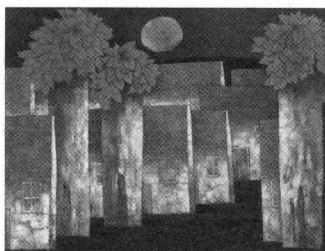

周加华——

著

艺林
闲思录

中西书局

图书在版编目（CIP）数据

艺林闲思录/周加华著. —修订本. —上海：中
西书局,2019(2021.7 重印)
　　ISBN 978－7－5475－1653－9

　　Ⅰ.①艺…　Ⅱ.①周…　Ⅲ.①散文集—中国—当代
Ⅳ.①I267

　　中国版本图书馆 CIP 数据核字(2019)第 263839 号

艺林闲思录
（修订本）

周加华　著

责任编辑	邓益明
装帧设计	梁业礼
特约校对	陆晓迪

出版发行　上海世纪出版集团
　　　　　　　中西書局(www.zxpress.com.cn)

地　　址	上海市陕西北路 457 号（邮编 200040）
印　　刷	上海商务联西印刷有限公司
开　　本	700×1000 毫米　1/16
印　　张	28.25
字　　数	293 000
版　　次	2019 年 12 月第 1 版　2021 年 7 月第 2 次印刷
书　　号	ISBN 978－7－5475－1653－9/I·199
定　　价	72.00 元

本书如有质量问题,请与承印厂联系。电话:021－56044193

目　录

自序

人秉元气于天，最重要的，则莫过于顺势而为，以求得自我身心的健康和获得诚信、明察、宁静、安乐的生活状态。

天地的宽阔，人世的沉浮，不过是予生命情感抒发的境域，浩叹多欲众生，纷纷扰扰，随着日出月入、一昭一幽，在事过境迁，在虚实相间，定会有感于心、达于性，终郁于情。

由此，在念念相续的生活里，要祈求自我生命的终极幸运所必需的宽度和能量，就应该反诸自我的人格和性情中，以真诚和宽仁的胸襟，去适应俗世的生活：既不患得患失，要让平静的生命不泥困于痛苦与忧愁，亦不在乎虚荣与屈辱，让一切辛、酸、苦、辣、甜的个中滋味，坦荡荡地流淌而过。

我只在乎我自己那秉元气而生的内我，要涵育有光明正大的自我人格力量。

我以为生命的价值，是诞生于一个最自由、最充沛的身心自我的意识中——元气酣畅而富有生机。

要恪守这自我坚定的志趣和情操，才能持续地耕耘那片属于自己的精神家园。

家园何在？岁月熙攘，当我怀揣着何处承续当代中国之文化慧命的难题，而苦苦求索，一份寂寞，一份甘之若饴的苦涩，我寄寓于图画和文字，不断地孜孜以求，踉踉跄跄地一路走来……65 个春秋年华，已然成为过往历史的记忆。

值此辛丑年春，将以往生活点滴、记忆片段，和着多年所思所虑所形成的一篇篇短文，再次集结整理成册。

从中似乎可以窥探到我对人生处世的态度和自我生命价值的文化主张。

亦所谓：种瓜得瓜，种豆得豆，莫问收获，但问耕耘。

是为序！

2021年3月25日

难得，俄旺扎西的图画

俄旺扎西，是我的藏族朋友，是一位僧侣，他来自四川阿坝州若尔盖县，我与他相识结缘于十五年前。

当年我应邀在台湾企业大都会集团担任文化总监，有机会在江南旅游胜地周庄，策划创建了"水月观音文化馆"。为了更好地弘法礼佛，由大都会集团特聘俄旺扎西为"水月观音文化馆"的护法住持，期间他以其智慧，不仅善尽职守，更是以他满腔的热忱，联合藏地著名的唐卡艺术大师扎西尖措、卓木本等共襄盛举，推广"热贡艺术"在上海和周庄两地展示弘法，并在周庄"水月观音文化馆"边上，精心着力打造了供奉佛教三圣的小佛堂，十五年来，在他倾心呵护下，至今香火不断。可惜，由于大都会集团在周庄总体项目的管理经营不善，"水月观音文化馆"受到波及，在 2014 年不得已而闭馆，我也早在 2013 年秋辞去了文化总监一职。

原以为扎西师父也早已离去，有四年多不曾见面，没有联系。不曾想到，在 2018 年仲夏的一个午后，我在随朋友游览周庄之际，偶遇了扎西师父。他依然是一袭红黄相间的僧侣服，相见之下，自然聊了很多，我也才知道，这么多年来,他就不曾离开过周庄,尽管"水月观音文化馆"早已闭馆息业,可他为护法修建的小佛堂依旧还在,多少年来风雨无阻,他坚持礼佛弘法。

而更让我惊叹的是,他居然在2017年间,在一位画油画的居士鼓励下,突发奇想,创作了图画约七十余件——非常神奇的绘制手法,看不到有丝毫笔触的痕迹,但是点、线、面完美的构成,气韵生动,作品弥漫着五彩斑斓的光泽;在空灵、洁净、壮美色彩的旋律中,直透着人与上苍沟通所发出的心灵震颤,心随意动,意象在五彩的光色间,似乎看到扎西师父,他通过图画意象的表达,在天地间觅得一方安详,静心地以画悟道。一花一世界,一叶一如来,他要在五彩斑斓的图画世界里,去抒发自己对人生的感悟和对美的诉求,而且俄旺扎西的图画语言是如此淳朴、自然天成,难得,实在难得。

是为序。

2021年7月21日

序一
周加华的艺术与人生随笔

我曾在加华《我的图画故事》里,看到这位不同凡响的画家,是怎样用西洋油画的画笔,把厚重的中国文化精神,那样契合地涂抹在一块块画布上。那古树、古屋,那嫩叶、月亮,那寂静的大地和冷峻的天空……这些在现实生活中难以寻觅的景象,是怎样被这位怪杰式的画家建构成一组组崭新的画面,它们既承载了几千年中国历史文明的沉重负担,又透露出这古老文化正在突破旧时代的外壳爆发出新时代的勃然生机。但我们仍然希望更多地了解这位画家是怎样生活的?是怎样成长的?特别是在艺术思维上他的一些特殊见解是怎样形成的?他是怎样走上一条颇为特殊的艺术道路的?摆在读者面前这本《艺林闲思录》中许多短文,为我们提供了很多饶有趣味的回答。

加华对人生的态度很值得玩味。本书开卷第一篇,首引庄子名言,"人之生也,与忧俱生。"他对人生看得超逸脱俗,似乎早已步入出世境界。但在生活中他又是个柴米油盐烟酒茶、实实在在的入世者,艺术上更是个红橙黄绿青蓝紫、天马行空般的创意者。他爱祖国,爱人民,爱家庭,尤其爱护自己的接班人。他积年累月、辛勤劳累地培养着爱子,从怎样做人到怎样成才,以身作则,谆谆教导,终于把他的爱子教育成为朝气蓬勃的、成绩卓越的、文明艺术的CEO。他的这种精神很值得某些好高骛远、实际上不懂生活的书生型家长学习。

2014 年清明节写于京沪快车上,北方大平原柳色青青,杏樱桃李百花怒放。唯雾霾时,天色灰蒙,杏花村中亦不免呼吸废气。建议有关部门迅速做出治理方案,限制烧煤电厂,限制内燃机车,限制焚烧秸秆,建立强大的新能源体系和电动汽车工业,还我干净大地,碧洗长空。

戚 文

序二

把感觉留在下界，领悟最高之美

　　与大多数初观周加华近20年作品者感受不同的是，我第一次在上海油雕院他的画室里见到一大批由断木、嫩叶、老宅、冷月等组成的大量油画作品时，一种莫名的激动让我的心情难以平静。就表现手法而言，它们兼容了古埃及壁画线与面的精巧搭配、古典油画明暗投影造型的立体感、印象派油画光与色冷暖关系的对比处理，甚至包容了中国绘画的皴擦技法和日本早期浮世绘版画的装饰效果；其色彩瑰丽而不失沉稳，简洁而富有变化，抽象却富含表征意蕴……从而形成了某种超越，产生了独特的视觉感染力，令所有观者过目不忘。

　　客观地讲，周加华如今形成的这种集大成的表现手法并非出于偶然。如果我们回顾一下上世纪70年代末至90年代间，周加华所走过的艺术道路，便会发现他早在70年代后期，就已在素描、色彩等方面打下了扎实的造型基础。那幅冬季在青岛的写生，不仅充分显示出画家非凡的整体控制力，而且透溢出其对色彩的独到理解。绘画技艺成熟期过早的到来，使周加华比其他同龄青年画家有了更多的精力，放眼于世界画坛的繁荣景象。很快，后印象主义富有主观性的夸张色彩和简约造型,便开始在他的习作中频繁出现。那幅在福建惠安码头的水粉写生《木舟》,无论是空间构图、光效质感还是色彩感染力,都堪称完美。

然而,绘画作为人类的一门造型艺术,其不同画种的起源自然有着地缘之分,但其未来的发扬光大,却不应有着地域性、民族性的桎梏。对于后印象主义效仿日臻成熟的周加华,并未停止其对绘画技法深入探索的步伐,转而对中国绘画的传统形态产生了巨大的兴趣。他沉浸于山西芮城明代永乐宫临摹壁画,深入河南洛阳龙门石窟考察唐宋佛教雕塑艺术,以感受文化在历史洗礼后的沧桑,体悟艺术的斑驳与时空变迁之间的对称感。也许是中国造型艺术的主观抽象性,冥冥之中点燃了周加华对西方现代艺术的深层理解。在他80年代的绘画实践中,写生开始成为主观创作的"灵感中介",直觉常常将那些繁琐的表象略去,紧紧抓住本质性的结构不放,《一堆拥挤的房子》、《山间道》、《母与子》等等,皆表现出画家给予自己内心更多的关照。于是,各种技法的"疆域"被打破,对艺术更高境界的渴望令周加华陷入某种彷徨。西式的水粉画中不仅采用了中国式线条的勾勒,而且色彩掺入了大量的黑(墨)色,画面效果多在凝重和迷离间摇摆不定。

终于,在上世纪80年代末,周加华带着寻找更加广阔艺术创作空间的愿望,东渡日本,开始了他的海外游学。这是一次时间不长,却具有脱变性质的开掘。在东瀛,周加华不仅对影响欧洲绘画近两个世纪的日本浮世绘版画有了全新的认识,那些无影平涂的色彩视觉冲击力、那些自由而多变的构图模式,都对其后来的创作产生了重要影响。而更重要的是,在与日本当代绘画大师平山郁夫的交流中,周加华心灵深处积淀颇深的人文情怀被点燃!

一位艺术家,一位负责任的艺术家,其对艺术的追求往往不是"就艺术而艺术"的,而是"就信念而艺术"的。而那些令艺术家步入"卓越殿堂"的信念,大多源自其对人类文明进步的理解与渴望。

上世纪90年代后,周加华的画风为之大变,内容取向日益摆脱对客观景物的简单反映,开始注入了自己对社会结构、文化演变的理解。毫无疑问,这样的变化,并不是画家脑海里的某种突发灵感所致,而是根植于骨髓中的人文情怀终于冲破了"技巧"的束缚,开始喷发出来。于是,我们看到了本文开头所提到的那些"断木、嫩叶、老宅、冷月"等诗一般的形象,越来越多地出现在他的画面中。天与地是那样平整空阔,显示出"无"的博大;层叠错落的板状老宅,似乎早已窒息于某种精神压力之下,从而失去了"社交"的热动力;几乎没有枝桠或仅有零星芽头的断木老树,几片嫩叶如花似朵地绽放出来。与其说这一切是那样的清虚宁静,不如说,它们给"天人感应"留下了灵魂交流的空间。画家通过这多少有些忧伤的形象,究竟想要说些什么呢?毫无疑问,这是一种担忧,但这绝不是为自己家人的那种"担忧",而是为国家、为民族的那种担忧,为中华文明所呈现出的某种断层而担忧!

一位尚未到"不惑"之年的青年画家,何以会有如此沉重的社会责任感呢?早在画家的童年,恰逢中国文化进入十年非常时期。原本具有一方尊严的家庭,突然因父亲的无辜失势而被乡邻所侧目。一边是忠诚厚道的仁父,一边是公信极高的红色信仰,两者不可兼崇的现实,令画家的童心疑问重重。记得,马克·吐温曾经这样说:"一帆风顺的人是浅薄的,因为他们来不及思考。"这话不无道理。正是这种早年莫名起伏的现实生活,促使周加华形成了独自思考的习惯,逐渐构筑起了自己对文化发展的冷静判断。于是,上世纪80年代中期,中国美术界开始意识到前苏联美术盛行的那种"现实主义"创作对人类主观创新的过分桎梏,因而希望借助西方"现代主义"的艺术表现,达到"解放思想"的内在需求,因而出现了"85美术新潮"。面对这样的艺术形态,周加华敏锐地意识到,这或许应是中国社会形态自我反省和吐故纳新的变革方向。于是他很快成为这一"新潮"的"先锋战士"。那幅寒宅依山错落、线面混合造型、超常规透视、黄绿单一色调的水粉画《山径人家》,似乎暗示着人们,生活虽然困顿,但希望就像那通天的曲径清晰可见!而1986年创作的《悠悠·然》,则更是以一轮高悬的太阳,让天地万物充满生机!

然而,80年代后期,西方所谓"后现代主义"开始侵蚀中国,以致国内诸多艺术投机者甚或中华文化诋毁者,打着所谓"民主"、"自由"、"创新"等幌子,以大量荒诞、无聊、反传统、反中华文化的垃圾作品,污染、丑化民族人文环境。以至于上世纪90年代中期以后,中国各地相继举办了"上海双年展"、"广州双年展"乃至"中国北京国际美术双年展"等等之类!面对如此一边倒的艺术局面,周加华再次显示出非凡的社会责任感和卓越的洞察力。他在2001年所撰《西风东渐——美术创作领域的一个怪圈》一文中这样写道:"一味地追求现代西方文化的表面风格样式,偏重于技巧,而忽略了中国文化的根本属性而全盘西化……由于心理的自卑从而失去了对中国本民族文化的自信，对它产生了质疑，甚至唾弃，因此使一些艺术家的人文修养为西方文化所掩夺，这不仅抑制了美术创作在其过程中生命本能的冲动和追求，而且使作品的创作往往衍变成空泛的观念及简单的抄袭和流于形式的图解，徒有其表，而乏实义。"这样的深知灼见，在今天依然是相当睿智而深刻的，何况其疾呼于15年前！而周加华那些痛楚于"文化断层"的断木素宅、寒天热土的创作意境，正始于这一时期。它们看似千篇一律，却无一相同；看似寂寞绝望，却隐动生机；看似西画为体，却充满国画意韵；看似苍茫空泛，却最大限度地包容天、地、人于一体……周加华在用一人之力，力挽中华艺术高速滑坡的颓势。他用自己的思考和行动，揭穿美国人自"二战"之后苦营数十年的艺术阴谋；唤醒国人的自尊，点燃中华文艺复兴的火种。古罗马新柏拉图派领袖普洛丁（Plotinus，205—270）曾说："至于最高的美，就不是感官所能感觉到的，而是要靠心灵才能见出的。心灵判定它们美，并不凭感官。要观照这种美，我们就得向更高处上升，把感觉留在下界。"（《九卷书》第一部分卷六）而欣赏周加华21世纪以来的画作，正需要将"感觉留在下界"，才能领悟其博大的人文情怀、深邃的政治洞察力、精湛的艺术语言和自觉的社会责任感！

我们有理由相信，如果有一天周加华的艺术形式发生了变化，一定不是因为艺术品市场的风向发生了变化，而是因为中国乃至世界艺术生态走向了未来！

底 谓

入世境界
的
感悟

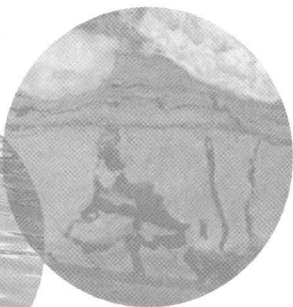

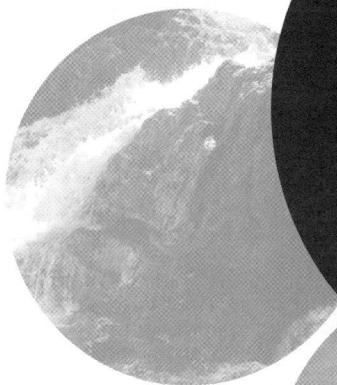

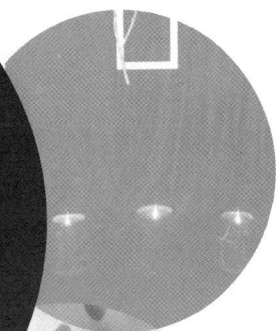

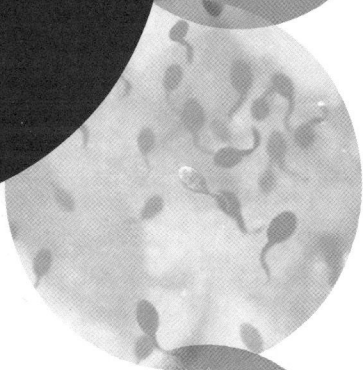

刻骨铭心的记忆

人类的自然性情总是向往着人生美好的寄托,而充满人生阳光的无忧无虑的生活经验,又通常都不会在人生的记忆轨道中留下印象,这似乎是人类自然的天性。

而惟独来自人生阅历中那惨痛磨难的切身体验,会自然植根于一个人的记忆之中,会被深深打上烙印,刻骨铭心而挥之不去,将永远留在人的心灵记忆深处。

故而,观察戏剧中的一些悲剧情节,比之于一些令人发笑的喜剧片段,则更具有震撼力及影响度,从而给人留下难以忘怀的印象。

在我个人的生活故事里,许许多多的往事已无从追忆,或成为淡淡的远景。而惟独让我刻骨铭心而无法忘却的,就是在我少年成长时期所遭遇到的家庭变故,也就是我父亲在政治上蒙难的突发事件,至今在我记忆中还历历在目。在我有限的生命旅途中,这如此深刻的创痛记忆,几乎影响了我一生中最重要的人生入世态度。

尽管在当时我才 11 岁,还是个无忧无虑的、整天在做着美好幻想并陶醉在梦境里的孩子。

我清晰地记得那天是冬天,很冷,是有着阳光的日子。

按往常的惯例,我上学的课间午饭是去我父亲的单位用餐,就在学校旁边不远处。那天,当我饥肠辘辘背着书包,小步快跑地走进县邮电局大门的一刹那,我的视觉猛然被入口处斜坡上的几个巨大的黑体字块强烈地震撼住而止步不前,约一平方米一个字,浓墨黑体书写着"打倒反动特务周金荣"。顿时,我觉得浑身冰冷,体内的血液几乎在瞬间凝固住了,脑子里是一片空白,我完全被眼前的景象惊呆了,茫茫然,昏昏然,便不由自主地退回脚步,此时,我也早已忘记了饥饿,心中只有一个欲望,就是跑回自己的家中,至于沿途路上的一切景象和来往的人流,在我,几乎连正视一眼的勇气都没有。

这天是有阳光的日子,但格外地寒冷。我的内心已是惨雾笼罩。

整个下午,我就躲在家里,连自家的大门口都不敢迈出一步,只有一种莫名的恐惧和从未有过的自卑心理紧紧困扰着我,让我不知所措。

也许这是我一生中所蒙受的最大的悲哀。

我没有去学校,这也是我进入学生时代,第一次所发生的旷课行为。

直到傍晚,母亲下班回家,才确切获悉我父亲已在政治上蒙难,被冤枉成了"特务",并即时开除了党籍,同时也已被单位造反派强制勒令停职检查而不能回家。

如此突发事件,在"文革"初期,其实也是个普遍现象。

那个年代,本身就是一个激烈的年代。

经过这一突发事件的影响,我家正常的日常生活状况,随之陷入了极度的困境之中,用"翻天覆地"这个词,显然十分适合我家这场突如其来的变故。

我家是从南京迁徙到嘉定这个小县城居住的,父亲从部队转业,当年全家日常生活的费用几乎全靠我父亲的工资收入。我父亲是邮电局的一名干部,有稳定的工资收入,按嘉定城区当时的生活标准,我家的经济条件是相当舒适的,几乎从来不会为了日常生活的各项开支而犯愁。我们三个孩子的口袋里,时常还会有些零花钱,在逢节假日期间,会更多一些。

可如此的飞来横祸,几乎在一夜之间家道中落,就给家中日常生活带来了极度困难的困境。

之后,家中所有一切的生活之必需,自然就由我母亲来独立承担。

我母亲的工资并不高,但她用她全部的爱以及顽强的自尊,支撑住了这个家。尽管生活艰难,但她从不怨天尤人。

在如此恶劣的生活环境下,在我母亲的精心治理下,我家以往的生活习惯被彻底改变了,我们全家从此过着粗茶淡饭,缝缝补补,节俭度日的日子,可是,在母亲的辛勤庇护下,我们三个孩子从未饿过一餐,每天都能干干净净地出门。

三年后,我父亲由于长期性情压抑而导致肝癌病发,仅九天的时间便在上海肿瘤医院,在剧烈的疼痛中离我们而去。于是,我家生活环境更加趋于艰难。这一年,我年仅16岁的哥哥也响应党的号召去了内蒙古支边。

如此艰难困苦的岁月,一直持续了约十余年光景,随着我们三个孩子相继踏上社会工作,我家才逐渐从困苦的生活环境里走了出来。

我父亲的冤案直到 1979 年 10 月才获得平反。

回想我过去的日子，我感恩我的母亲用她全部的爱和顽强的自尊及超凡的毅力，不仅呵护、养育了我们三个孩子的成长，更是深刻影响了我们三个孩子的心理建设——自尊、自强、自信。

从某种意义上讲，家庭这场突如其来的变故，对我的生命成长来说，几乎是一场彻彻底底的身心革命，以往无忧无虑的生活，似乎早已离我远去，苦闷压抑着我，生活的艰难、父亲问题的阴影，始终影响着我对生活的态度。

事实的悲哀和无奈，让我的人生第一次强烈体验到了生活的残酷和不可思议，不得不对今后的生活前景忧心忡忡。

有相当一个时期，我非常地孤独、寂寞，也许是自卑心理作祟，我开始远离人群，喜欢僻静的生活，从心理上排斥人群聚居的热闹而喜欢独往独来的清净，除了上学必需的时间外，我绝大部分时间包括节假日，都尽量地躲在家里。

在日常生活中，我开始学做些家务杂事，希望能减轻母亲操持家务的负担。

家，在我心中的位置，实在是太重要了。

我现在之所以能够操持一应生活家务，也就是在这段生活过程中，逐步养成的习惯而习以为常。

当然在家中，除了一应家务杂事要学着处理外，最让我沉迷其中的，还是搞自己所喜欢的图画，有一阵子我还迷上了民间刻纸手工，并且自己尝试着创作各类刻纸的图案，内容大多是取材于熟读的各类连环画图本，和一些从旧画报上剪下来的图像资料，如此画画、剪剪、贴贴的忙忙碌碌，倒也十分充实了我在家里的闲暇时间。

同时，在这个特殊时期，我还逐渐养成了每天读书的习惯。各种书籍，只要能借来或家中有的，我都会很认真地去看、去读，尽管有许多还似懂非懂，但乐在其中，甚至，为了治好我母亲的腰椎病，我还借了相关的中医书来研读，并成功地用书本上学来的中医推拿手法，用了近两年的时间治好了我母亲的腰椎病，至今回想此事，还很觉得自豪。

生活中有读书相伴，这给我的日常生活带来了极大的乐趣，我自然也从中获取了相当的人生教育经验。我慢慢感觉着自己不再是孤独的，诸多的书中人物，朝夕间相伴着我，使我的生活意识得以远离现世社会的种种困惑与纷扰，享受着生活的宁静。

久而久之，时间的流逝逐渐淡化了我心中所压抑着的心理阴影，自尊、自强、自信的生活理念，又不知不觉地在我心中重建。

我以为，倘不是我孩提时代所遭遇的这场突如其来的灾难，我也许依旧还是个无忧无虑的孩子，依旧过着丰衣足食的日子而无所事事。

命运的坎坷，让我不得不直面人生的诸多坎坷而有所思考，也许，这一切是冥冥之中的必然安排。

2004年1月于嘉定

虚拟的身份

　　人之生也,与忧俱生,寿者惛惛,久忧不死,何苦
也,其为形也亦远矣。

——庄子《至乐篇》

　　庄子这番言论,似乎是针对当时的一些饱经人世间忧患,却又一时不能寿终正寝而入土为安的老者所发出的悲悯感叹。

　　然而,在我读来,隐隐然,对如何理解人的生命价值之所在,却有着莫大的启示,无论是入世和出世,都是为了追求人生的真理,是为了解决人生欲求的疑惑。

　　我们不妨来探索一下人类的生命迹象,也就是人类始祖的最初由来,是否可以想象,应该是诞生于苍茫混沌的天地间,栖身于一片被洪水所包围着的地球内陆。

　　阴阳互动,有男人、女人,成牝牡之合,而逐步繁衍;又不断经历漫长的世纪年轮,周而复始,如此一代又一代的传承发展,才形成人类社会万头攒动,人海浮沉的茫茫大千世界。

　　当然有关人类的创始传说,在西方圣经里也有所表述,

似乎是通过"上帝之手"创造了亚当和夏娃的故事;而在学术界,则有达尔文"人类进化论"的推理,人是由古猿人逐步进化发展而来的论断,更是曾经影响了一个时期,以及东、西方各种样式的民间神化版本。

但从所有的想象及诸多神话的传说到科学的考古推理,却都还几乎无法来指正我们人类始祖的确切由来。

人,究竟从哪里来?

这也许是一道我们人类智慧所永远无法破译解密的难题,它始终是人类社会挥之不去的一大困惑。

可是纵观人类生命迹象的现实状况,"人生苦短"却是不争的事实。

生命即寂灭,寂灭即生命。

你来了,我走了,来去匆匆。

而"生、老、病、死"就像影子般困扰着人类的生命现象。

物换星移,改朝换代,如此一代又一代,从无间断地,生生不息,持续轮回而进取。

在人类社会的每个历史时期,芸芸众生相,都是在各自极为有限的生命旅途中,扮演着各自不同的角色,只是各自生命的时间长短有差异、经历不同罢了。

当然,生命的生死相连,其两端所连接的人类社会的各种生命体,都是极其平等而无分贵贱,尽管,人类社会的历史,始终存在着诸多的不平等。

缘生缘灭,所有生命最终都毫无幸免地归于死亡的境地而化为腐朽。

我们可以看到,人类从上古时代发展到今天的文明时尚社会的整个缓缓长途的脉动中,人类顽强地秉承着自身的智慧,演绎出一部光辉灿烂的人类社会的文明进步史,并且正不断地努力,期盼着会有更好的明天……

如此,前赴后继,传承,发展,不断变化着的人类社会,似乎是流动着的灵与肉,而一成不变的是人类生命所依傍的大自然环境。

天还是天,地还是地,河川大海依然是河川大海,崇山峻岭依然还是崇山峻岭。

太阳、月亮,以及太空中闪烁着的星辰,随着地球的引力,有节奏地舒缓转动,周而复始变换着春、夏、秋、冬四个季节,孕育着充塞于大自然怀抱中的各种生命体。

浩浩苍天,看似有情,却又无情地任其此消彼长而生生不息,直至永恒。

很显然,人类生命是处于一种无法抗拒的无常状态,就连大圣人孔子当年也曾在川流边,望着一去不复返的流水而发出叹息:"逝者如斯夫,不舍昼夜。"实在也是意识到人类生命的无常而无可奈何。

既然,生命是无常的,是不断流动着的灵与肉。那么,人类社会所产生的所有现象,包括所追求的人类生活的时尚指标,其真实意义都应该是虚拟的。

人类生命秉承着自身本能的天性,所谓的"七情六欲",执着地迷惑于虚拟的希望、梦想和欲望的无尽烦恼之中,几乎是拼命地竭尽全力地去追求,可生命的时间和精力到最后都会消磨殆尽,这种种欲望的诉求,又恰似天上的浮云飘来又飘去,全然是自我心魔的作祟。为其自我的心魔而执着地诉求,由此而产生的诸多困扰与迷茫,焦躁与心理障碍，实在是人自我心境的风云变幻。

我以为，惟有平静地安下心来，明镜似的，抱着一份赤诚的入世态度，一沙一花一世界，多多地顺其自然。

活着，给自己一个清澈明朗的心境，尽可能不去理会世间种种虚拟假象的诱惑，尽可能地保持自我人格的彰显，以防其扭曲自己独一无二的心灵感受，要实实在在地融入社会生活的脉动而达到天人合一的生存境界，贯穿于人类历史的生存发展轨迹之中。

要坦坦然，心无障碍地趋于"君子无忧"的状态而无所畏惧，淡淡地、不急不躁地、徐徐地按自己心目中的愿景，非常真实地把握住自己有限的生命迹象。

以平和的、充满着灿烂阳光而无阴影困扰的心境，来正确度量世间的种种欲望诉求与自己的人生道路。

活着是行者，死去是回家。

哪里来，哪里去，又何必计较纷繁的世俗名利的诱惑？世俗人间不过是一个虚构的社会。

人活着，不过是一个虚拟的身份。

2004年1月11日于上海

破除自我心中的"贼"

前些时日,有朋友来一通电话长聊,很激动,在略作寒暄之余,便是一阵唠唠叨叨的叙说,看情形似乎有着非常的苦闷而烦恼之极。

电话听得我很累,但有碍于彼此多年的友情交往,我不得不假以辞色,把握耐心,作认真的听取,还要时不时地予以附会"嗯、啊"几声,以表示理解与同情,并不断地搜寻些适当的遣词用语来加以劝而导之,企图尽绵薄之心力来帮助舒缓朋友的这番焦灼情绪。

我当时的诚意劝导,就像是一位善解人意的心理医生,在努力为患者治疗。

可我这位朋友所烦而恼之的一堆伤心事,恰恰又都是些社会日常生活现象中到处可闻可见的鸡毛蒜皮之小事,有诸如工作环境之不顺心、自己能力的无人赏识以及家庭生活中的种种负担等等,如此这些是如何地让我这位朋友久处压抑的困境而心力交瘁云云,说到激动处,我这位朋友居然还会禁不住悲悲戚戚而不胜伤感。

如此有差不多一个小时的对话,终于在相互一阵唏嘘之后放下了话筒,至于这位朋友能否采纳我一番苦口婆心的劝导,我茫然得很,我只算是尽了一份绵薄之心力。

不过,这通电话的长聊,却让我想了许多。

其实生活于当下世俗的社会空间里,自然会有着许多的心灵疾苦与烦恼,甚至还常会遇上些莫名其妙的困扰。是是非非,非非是是,会沉浮于社会生活的常态中而困人心智,只是个个有着程度深浅不同的显现罢了。而所有的诱发端倪,几乎都是由男人、女人、名誉、利益之欲望诉求的不平衡,从而导致人们的心灵疾苦与烦恼。倘能够理性地顺其缘由,抽丝剥茧而究其根本,我想,会不难发现,这一切的苦衷,绝然是源自于每一个人自我心灵中的"贼"在作祟而遭迷惘所致,因此而怨天、怨地、怨人,这自然也就是人的生存意义所区别于一般自然界生命的明显特征——人之欲望的企图"心"使然。

然而,这"心"为何物?在形而下的条件认知,它只是一团血肉的生理器官——心脏,它统率、作用着人之身体内的五脏六腑;但是依从形而上的常识概念,它却又是直指人的精神思维——"心"之"灵"动,具有着人类心理、伦理的象征,它的重要性,更是涵盖、包括了人之所有行为的视、听、言、动的生发枢纽,以其主宰一身。

很显然,唯有"心"的存在,才意味着人生的真实存在,才能构筑当下世俗天地间万事万物的存在意识。

人心只是一个灵明,充塞于世俗的天地间,否则天地间的万事万物,就必然如同漫漫之千古长夜,是一个没有丝毫意义和任何价值的茫茫世界。

自古道,天、地、人三才,人显然是天地之"心"。

而天地间万事万物的显现,也自然会归属于人"心"之

"灵"动的知觉感触而生发、演绎,所谓的"纵心所欲",也一定是从知觉感触的"心"之"灵"动的这个价值判断,来理解当下世俗天地间万事万物的存在意义之是是非非。

在当下世俗的社会生活中,按传统人文自然的生活现象来解读,早已呈世风日下的形势。原先较为淳厚的仁义、道德、礼让、情谊,及助人为乐的传统人文习俗的普世价值,正不断地被现代物质消费的时尚嗜欲所汲汲吞没,贪逸好乐的向往、追逐,以金钱和权势为至尊的价值观念,亦已成了当下世俗社会中重要的衡量尺度,由此维系人类社会的道德标准也正在不断地沦丧堕落,在人与人之间的情义互动关系上,已然由着对物质消费的嗜欲追求,转变为对金钱与权势的依赖。

人们那种极具聪明灵巧的智慧、用心,也都不免时时只在"钱"和"权"字上作功夫,唯"功利"是图,在社会现实中,民风日趋于专尚奢华,蝇营狗苟,你争我夺,早已把传统人文历史中一些优秀的道义精神,几乎都抛却于以往历史的尘埃之中,迷迷惘惘而自以为是。

但凡人之性情中所固有的那份恻隐之心、是非之心、辞让之心、羞恶之心,自然也被蒙上了一层层厚厚的嗜欲污垢而变得愈来愈模糊不清了,在人们各自的"心"之"灵"动的功效中,似乎只有"功利"之浅见,是唯一的诉求与企盼,而不惜罔顾自己有限的生命能量,竭尽全力地在世俗社会里奔波与角逐,这完完全全,都几乎在贪婪嗜欲中消耗生命。

殊不知,这"功利"的浅见,便是每个人自我"心"之"灵"动中的"贼",仅为虚拟的物象所诱惑而忽略了自我存在的价值,它定会搅得人身心不安而惹来无休止的烦恼,苦不堪言,此"贼"一日不除,人之心灵将永无安宁。

人的生命要生活于当下世俗的天地间,要获取有限生命的存在价值,期盼能步入安详而快乐的"心"境,就必须要找回人世间那最珍贵的朴实情义的价值诉求,让自我"心"之"灵"动的本体,重新回归于正大光明的生活状态,复归于自然而无忧无虑。

所以在当下社会现实中生活,必须要养成万事求诸自己的习惯,端诚意而处之,恬淡而静怡,不要有太过玄乎的理想而嗜欲重重,举不欲而观于俗,适自我性情之淡泊于茫茫世俗的社会间,无恚嗔之心,得其所利,必虑其所害,以务实的态度来看待人生,在外不妄行于事,在内无思想之患得患失,唯求自我"心"之"灵"动中那一份心安理得,以恬愉为务,以自得为功。

"美其食,乐其俗,高下而不相慕",悠闲而自在,处天地自然之和谐,从八风之理,和于阴阳,调于四时,游行于世俗天地间,而尽终其天年。

如此,人生在世,修"心"、养"心"、放"心",才是每一个人生命历程中所必修的功课。

2005年5月8日

归去来兮悼慈母

　　岁在丙申,是我的本命年,是阳历的 2016 年 11 月 10 日,亦是在我 11 月 11 日生日的前一天,这注定是一个不祥的日子,我最亲爱的妈妈这天走了,她走得是那般的匆忙,走得又是那样不可思议的突然,就像是流星划过漆黑的长夜而转瞬即逝。

　　在这之前,我最亲爱的妈妈,可从未见有丝毫即将要离去的征兆,以至于骨肉相连的我,竟来不及产生任何不祥的预感,当 11 月 10 日的夜半时分,日本传来如此噩耗时,我只觉得天旋地转,恍如是一场恶梦袭来,然而,这是真的,这是事实,这又怎能不叫我肝肠寸断而悲伤不已……

　　我最亲爱的妈妈,她虽已过了耄耋之年,已是 83 岁的老人了,可妈妈的身体状况,却依旧康健而神采怡然,在我的记忆里,她这一辈子还不曾有患病住院的记录,在时隔两个星期前的一次电话里,妈妈的声音还是那样的爽朗快捷,思路依旧是那样的清晰,在电话中再三相约,来年开春之际,我即带儿子诗元去东京探望……怎么,怎么就不曾想到那一次的电话,竟成了我和妈妈之间最后的一次通话? 真是情何以堪? 情何以堪!

我最亲爱的妈妈:是你给予我生命,是你哺育我们三个孩子成长,在你这一辈子的生活视野里,仿佛只有我们的存在,而从来没有你自己的生活享受,你把所有仁慈的爱,都毫无保留地聚焦在我们三个孩子的身上,特别是在当年爸爸病逝之后(当时哥哥加宁才16岁便已远赴内蒙古支边,我和小妹加萍还年幼),我们的家,顿时便陷于天翻地覆的劫难而家道中落,面对如此厄运而困苦不堪,是你,以一己之力,又支撑起我们的家,你忍受着因常年辛苦劳作所落下的腰椎疾病的折磨,一边与病魔抗争,一边又以羸弱的肩膀,毅然承担起养育子女和维护家庭的双重生活重任。多少个日日夜夜,无论在何种艰难困苦的条件下,你都不辞辛劳而一如既往,并时时恪守着洁净的操守和顽强的自尊。

风来你当墙,雨来你作伞,我们只知道有妈妈的地方,就是幸福的保障,更是快乐的天堂。

我们作为子女可曾想到,中年丧偶的妈妈,是如何经历着人生命运怎样的凄风苦雨?又遭遇过怎样世态炎凉的人情窘境?又饱尝过多少个无助的日子,和领略过多少孤独的晨昏?我们无从知道。

在妈妈坚强的背后是否也有脆弱?在妈妈果敢爽朗的性格中,是否也有不能触摸的暗伤?想到此,我禁不住又泪如雨下……

我最亲爱的妈妈:你平凡而伟大,你把毕生的爱都给了我们,你不仅呵护养育了我们三个孩子的生命,你宽厚仁慈的秉性和坚强自尊的品格,亦更是我们生命成长的厚实滋养,你不仅教会我们如何做事做人,更让我们葆育有顽强的自尊和自爱的生活态度,你让我们三个孩子都有了各自的事业和家庭。

而我们三个孩子所给你的爱和孝，不过是某句话、某件事的表达，甚至还常有些惹你生气的话，尽管也怀着善意的初心。

而你给我们的爱，却是年复一年365天的牵挂，细腻、长久而朴实无华，你只在乎我们三个子女的存在，我们的喜、怒、哀、乐，无不时时牵动着你的心弦——一个伟大慈母的心弦。

如今，我最亲爱的妈妈，你走了，你走了，你走得是那样地突然，而且，是以如此凄美而浪漫的方式呈现，是那么独特，在异国他乡，在东京荒川，你是不慎坠入？还是刻意为之？惟有冥冥的上苍知道，你是顺着清澈的水流而去，健健康康而干干净净。

噢！你一定是厌倦了这人世间浑浊不堪的生活，你一定是想洗尽这俗世历经的铅华，你这种惊天地烈士般面对生命的态度，似乎也印证了你洁净而高贵的品性和脱俗的人格魅力。

质本洁来还洁去，干干净净脱凡尘。

这一定是你灵慧清心的顿悟而不耽于生命的无常，从哪里来，又回哪里去，如此一清如水，不正是万念放下后的明净？

妈妈，我最亲爱的妈妈，你走了，你回去了，在你回去的路上，我想我们的爸爸定会在那儿迎接你，你不会孤独。

但问，人寿几何？人寿几何？

人生是有限的，但我始终相信人的灵魂是不灭的，我知道，妈妈：你一定会在天上时刻关注着我们。

倘若还有来世,妈妈:我还想做你的儿子。

我最亲爱的妈妈,你永远活在我的心中。

周加华

2016年11月13日写于井冈山

丁酉清明重新整理完稿

她，已悄然地走了

看生命何其实在？又何其飘忽？这也许是因缘始生，则又因缘终灭？我不曾想，甚至连一点点起心动念都没有，可还是发生了，是那样突然，也就一个瞬间，达生死之变，甚至来不及叹息一声，我最最、最最亲爱的爱妻丽苹，就在我的怀里——她，已悄然地走了。

事先可没有任何不祥的预兆，反之，这两天是她患病以来心情最舒展的日子，因为背脊经络的剧烈疼痛，正已在逐渐舒缓，尽管她人已极其地消瘦——两个多月的卧床不起，更是导致她腿部肌肉严重萎缩，她已无法自由行走，但也就这两天，连续八天的经络治疗后，已大大缓解了疼痛的困扰，她不仅可以借助轮椅从床上下来，进行必要的康复锻炼，还可以被搀扶着走上几步，更能坐着轮椅四处转转。

我清楚地记得，2021年5月26日这一天午后两点多，在我边给她的腿部按摩边聊天时，她兴致盎然，居然，我俩交谈了约八个小时，直到儿子诗元晚十点从外面回来，当看到我俩如此亲密地互动，仿佛是一对恋人在灯光下促膝交谈，他直呼难得。

约八个小时的交谈，几乎将我俩过往生活里的所有感情碰撞,都一一厘清,我也是第一次听到丽苹对我这样评价:"加华,我发现你很聪明,又有智慧,看你粗心大意的生活状态,我一直是反感的,老说你是山里人,可现实证明,你始终是健健康康的;而我历来注重生活的细节,要求品位,多少有点上海小资的生活情调,可我的健康却亮起了红灯,待恢复健康后,我一定要向你学,我今天好像是开窍了……"

不曾想到这开窍后的第二天,5 月 27 日,注定是个不祥的日子,尽管这一天,气候宜人,多云转晴。这天丽苹精神上特别放松,不仅是背脊经络的疼痛已消失了,更难得的是午后一点,她能坐着轮椅与我们共进午餐。她胃口也好,吃了不少东西,餐前还喝了一小杯橙汁。就在如此美好的时光,约在下午两点时,诗元用手机给妈妈拍了照片——她微微笑着,在她浅浅的笑窝中,似乎是看到了她对未来的生活充满着爱的憧憬。

哪里想到,这是丽苹留给世界的最后影像。

餐后,丽苹回房休息,直到下午四点醒来,睡得很香,精气神似乎还好,在喝了一小口水之后,她还有意愿,要下床锻炼,我和诗元都十分高兴,便一起搀扶着她又坐上了轮椅,转了几间房间后便停留在诗元的房间看窗外风景。

这一切看似平和美好,只觉得她体内病魔所带来的厄运,正在逐渐远离,而祥和安康的企盼,应该距离不远。

可真的是天有不测风云,人有旦夕祸福,殊不料在傍晚五点,丽苹只觉得两只手臂发麻,要我给她按摩,于是我一边为她按摩又一边和她聊天,也没觉得异常,直到她要上卫生间时,当我搀扶着她站起来的刹那间,她美丽的脸庞就非常乏力地倒在了我怀里,没有只言片语,连一声叹息也没有。

我即刻觉得不妙,急喊着诗元帮助搀扶,聪慧的儿子反应极快,即时拨了120抢救,并立即对妈妈施行人工呼吸……120赶到后急救,后又送至同仁医院抢救,然终是无效。

我一直不信这厄运的袭来,她的音容笑貌犹在眼前,那是一个活跃的生命,但又不得不面对这残酷的事实:顷刻间已是天人永隔。

我终于也不得不相信:丽苹,她走了,她真的已走了,她也许真的累了,她已是不堪再忍受这一年半以来极其残忍的医疗折磨,她要回"家"了。

庄子曰:寿则多辱。

痛定思痛,我以为丽苹与生俱来的自尊自爱的做人原则,以及智慧的觉醒,也许在冥冥中滋生出一股力量,也许这也是天意,她要让自己鲜活的生命能迅速地摆脱无明痛苦的天罗地网,她要往生到极乐世界,她要找回她自性中本有的清净,她要活好她自己的灵性,她要愉悦自在地抵达美丽的心灵家园。

佛说:人生的真相源起于虚空,其性"不生不灭、不垢不净、不增不减",终归于虚空。

丽萍,她要弃泥扬波,她要舍离生死海中的苦难,她要去到湛然寂静、真如实相的彼岸。

她似乎一切都已放下,她走得轻松,应该这也是她一生中,最后仅有一次极为自私的表现。

2021年5月30日　初稿
2021年6月11日　定稿

我、
妻子、
儿子

阳光灿烂的童年印象

套一句俗语"往事如烟"。

现在来回望自己的童年生活,实在是相当久远而无从追忆。

时过境迁,对过去的追忆,或许会产生一种烟尘朦胧的美感。

在模糊的印象里,我总会以为自己的童年生活一定过得十分地无忧无虑,应该是我一生中最充满阳光的日子,也许是我一生中最为幸福的快乐时光。

人之初,性本善。

混混沌沌的童年生活,就像伴随着黎明时分的朝霞,让视觉中的景观,充满着阳光的沐浴,亦带着丝丝清晨的露水,所呈现的物象景色全然是朦朦胧胧的,弥漫着稚气与好奇的光泽。

幼稚的童年,面对现世社会的纷纷扰扰、善善恶恶、恶恶善善,应该只是生活里不时变幻着的图像,而无清晰的是非判断。

而所有关于我童年的生活印象,都是在我母亲的平时言谈中有所知晓,她时常会津津乐道地叙述我童年时的一些故事。

一个总的印象，我是一个非常顽皮的孩子，是一个非常令父母操心的孩子。在家中三个孩子里，就属我这个老二，极其不安分，非常贪玩，生性又好动，在日常生活中经常是我不停的喧闹声，简直一刻都不肯安静下来。

在平日里，我总是和一些邻里的小孩子在一起舞枪弄棒的，到处串街走巷、嬉戏玩耍，还经常搞出些孩子间的麻烦纠纷，引不少孩子的家长们来我家告状。

在家中，父亲对我的管教是严厉的。每每看着我如此这样的胡闹、不求上进，自然会忧心忡忡。他会经常苦口婆心地教育我，但是我却屡教不改，常常当作耳边风而依然我行我素，因此常常搞得父亲怒火攻心而拳脚相加地"武力"教育我，所以我小时候就非常惧怕我的父亲，父亲在家时，我就尽量地找机会溜出去。

不过每当我挨揍的时候，我母亲常会给予我一些袒护，搞得父亲也很无奈。据说我幼年时，体质很弱，会经常犯哮喘。母亲最是疼惜我。

如此年复一年，我在无忧无虑的生活状态下自然地成长。

直至我 11 岁那年，父亲在政治上的蒙难，立刻使我家里日常生活的秩序，发生了翻天覆地的根本变化，使我贪玩的劣性，突然被蒙上了一层厚厚的阴影。

伴着稚拙、朦胧的自尊心，在艰难困苦的生活环境里，我开始逐渐正视那茫茫人世间的种种现象。

清晨的阳光在不断升起，视觉中的物象，再也不是朦胧的，一切变得是那样地清晰和明了。

对社会生活中的是是非非,我惟有面对,并开始有所思考。

生活的路是要一步一步地走下去的。

人生中早晨的阳光已离我远去,那种无忧无虑的童年生活空间,随着时光的流逝,已然尘封在过去历史的记忆里。

随着我年龄的逐渐长大,在面对是是非非的生活实践和体验中,我常常会产生心理上的困惑,觉得很疲劳,总想放轻松些,再轻松些。

然而,生活的现实,却是那样的无奈。

我想人生中最为快乐的时光,大概是童年的生活空间了,所以,我总是用想象来回忆自己童年的生活空间,试图将我童年生活的印象界定为"无忧无虑的、充满阳光的日子"。

2003 年10 月

父子亲情

人生在世,踉踉跄跄地一路走来,总免不了要陷入世俗约定的生活套路,要恋爱,要结婚,要生子,以传承宗脉。上古时代如此,现世社会也同样如此,这是亘古不变的道理。

在我 32 岁那年,遵循生活常理,按部就班,也就有了自己的孩子——诗元。

孩子的出生介入生活,让往日单纯的生活常态发生了质的变异,似乎也因此而成就了完整的家庭生活结构。

对幼小的生命在一天天成长过程中的每一个细微变化,我都会仔细地去琢磨并尽情地去关注,在我生活的性情世界里,充满着亲情爱抚的乐趣和无限的遐想空间。

我以为,有了孩子,特别是早期的抚养过程,应该是人生中最为精彩而美妙的时光。

但生活就是这样地矛盾和凑巧,在孩子出生才刚满 5个月的时候,我所办理的赴日本游学的签证,却在这个时候不期然而至,这很让我懊恼不已。

因为此一时、彼一时,我要求出国的欲望早已随着孩子的降生而兴趣暗淡。

然而在那个年代,能有机会出国深造发展,几乎是所有知识青年的向往。于是在家人和诸多朋友的劝说下、更由于自己企图心的蠢蠢欲动,我又终于选择了赴日本游学的计划。

不得已,要和年幼的儿子作短暂的别离,一时间,也真让我真实而非常深刻地解读了所谓"愁"字的个中滋味,是那样刻骨铭心的不舍,至今再回想那段日子时,我还是会耿耿于怀。

也许是受到亲情的困扰,尽管我人及时去了日本,但对太太、孩子的思念却始终系于心头,以至于无法稳定我当年在日本的创业信心,更谈不上企图发展而扎根日本的念头。

在日本游学期间,我几乎是每两天一封书信寄回国内,要探询孩子的成长状况。如若获悉儿子偶染小疾,或有住院治疗的讯息,我便会终日坐卧不宁而思念万分。

迫于对儿子思念的情绪纠结,我在日本才短短生活了4个月之后,便找到了理由而匆匆回国探望。

在国内休假期间,我甚至想断然放弃在日本的继续深造和事业发展,因为每天陪伴在孩子身边真是其乐无穷,只觉得心情非常愉悦,内心也踏实多了。但由于当时日本方面,还在持续地举办我的巡回画展,考虑到信誉的承诺,在回上海三个星期后,我又再度漂洋过海去了日本……

终于是熬到了一年期满,当时,我已在日本连续举办了七个画展,于是,我便毅然决然地放弃了在日本的发展计划,在1989年6月17日这个非常特殊的日子,我及时回到了上海,和太太、儿子相聚。

在当时的社会背景下,我的回国举措实在是很让我周围的朋友和家人诧异不已,不可思议。但是我回国后的心境，却是非常地踏实和平静，这也许正是我缺乏事业企图心的愚人愚识所致。

可至今，我都不后悔当年及时回国的举措，我对生命价值的解读是自私而通俗的，我十分在乎父子间的亲情。

日日夜夜能和孩子生活在一起，感受着父子间的脉脉亲情，尽管家务琐事的处理，几乎让我又变成了一位家庭"妇男"，非常非常地俗套，但我的生活情绪却一直是愉悦的，家庭的日常生活，更几乎是天天在围着孩子的成长而旋转。

在我所拍摄的家庭影像图册里，数百张儿子的生活图像，清楚、翔实地记录着孩子成长过程的故事印记，似乎也自然佐证了我对孩子的悉心关爱和乐在其中。

2004年9月22日

儿子,似乎已经长大了

只要思想未遭痼蔽的人,谁也喜欢子女比自己更强、更健康、更聪明高尚——更幸福。

——鲁　迅

一

成立了家庭,自然就会有孩子。

慈惠以生之,辅育教诲以成之。

孩子在父母亲心中,其最大的期盼和责任所系,莫过于为了孩子今后事业的前程而处心谋划,而有关于孩子亦步亦趋的成长教育历程,则更几乎是每一个中国家庭的生活主轴。

日常生活的辛勤辅育,功课学业的关照备至,父母不能放松警惕而有闲居的心思。

去年的五月,因考虑孩子的事业前程,在儿子步入 16 岁的年轮之际,我和太太丽苹就综合国内教育制度的利弊考量,在经过慎重的考虑决定和一番辛苦的忙碌之后,终于是多方设法为孩子办妥了一应赴澳大利亚留学的相关手续,毅然决然地送孩子远赴异国他乡,开始让他独立自主地在海外继续完成他的高中学业,以及今后大学的课程深造。

元元从小就有当一名建筑师的专业诉求,如今有机会去澳洲学习,通过在海外见多识广的历练,应该能更有效地拓展他今后生活的国际视野,进而学习和掌握国际的先进知识,这不仅能更多地充实孩子的成长阅历,同样也一定有助于成就孩子其自身的事业愿景。

所以作为我们父母亲的抉择,安排孩子出国留学的举措显然是十分明智的。

只是"可怜天下父母心",如此的抉择,却给我和太太留下了绵绵相思的牵挂。

孩子少小离家,毕竟才 16 岁的年龄,况且在父母的眼里,孩子一定是长不大的。以往孩子在国内日常生活里,几乎是时时和我们相伴左右,而猛然间,便朝夕不能相处,距离又是那么的遥远而不可及,又完全是处在一个陌生的、截然不同文化背景的国度。如此,孑然一身而独立生活,而又没有丝毫的海外生活经验,这不由得使我们在国内会时时牵肠挂肚而放心不下。

也正因为如此,我们和元元每星期所约定的电话联络,便会让我们十分地在乎,而元元的表现也十分地乖巧而善解人意,似乎是很理解我们父母的相思之苦。每次打来电话,都非常地准时,几乎是分秒不差,也许是为了节省费用,电话大都选择在夜半时分,而每次通话约一个小时,电话中,元元会详尽地报告他在悉尼的学习状况,及日常生活中的点点滴滴。对其中对每一个细微处,我们都会细加盘询,并告诉他我们在国内的一些情况。

真的,非常感谢现代通讯业的便利,这每次电话的相互联系,多少也会抚平一些压抑于我们心中的一份思念。

　　而更由于孩子喜欢业余时间摄影,这半年多来,他会经常通过电脑的智能化传递,将他在澳洲各处所拍摄的照片传递给我们,如此前前后后,累积差不多有三百余张,题材之丰富,小而微之、大而广之的图像语汇,都很耐人寻味,顺着一张张照片的图像显现,我们似乎可以从中探寻到一些孩子在澳洲所历经的故事及当时情感的记录。

　　所以,他传回上海的每一张照片,我们在阅览之后,都会极其认真地予以整理和归类,并时不时在手中翻阅,这显然也是对平日里我们一番相思之苦的最大抚慰。

二

　　时间过得很快,转瞬间便到了孩子放暑假该回国探亲的日子。

　　此时,在悉尼已是炎炎之夏日,而国内可是年关将近,是冬天寒冷的季节。大家都在忙碌,准备着农历年的春节,到处是一派喜气洋洋的祥和氛围。

　　接元元那天,我们早早就来到机场守候着,当看着元元背扛手提着行李步出机场海关时,神情是那样地内敛沉稳而不疾不徐,他不时地微微地抬手向我们致意,尽管还是那张童稚气十足的娃娃脸,但人的确是长高了,黝黑而结实,充满着阳光而朝气蓬勃。

　　这离别重逢的感情触动,才似乎让我真正体会到"喜悦"两个字的其中滋味。

而更让我们兴奋的是,承蒙一些朋友的友情出谋划策,居然在元元回国度假期间,结合元元在澳洲所拍摄的,及以往在国内所累积的摄影图像作品,将顺利地由香港一家出版社结集整理,出版了孩子入世以来的第一本摄影图片作品集,以"生命最初的咏叹"为标题,并顺势在上海为孩子举办了首届个人摄影图片展览会。

而展览会暨作品集发行的开幕仪式,就选在了元元当年生日的隔天,如此安排,颇有谋略,有着很重要的纪念意义。

在开幕仪式的当天,会场内外煞是热闹,大型的展览会宣传扣板,16 米 × 18 米,高高矗立在会场建筑的外墙上,十分地引人注目,而会场内更是人头攒动,他以往小学、中学的老师、同学,都纷纷前来祝贺,一些至亲和朋友,更是早早都来到会场帮忙,一群群的人,熙熙攘攘,只见元元在不停地忙碌于接待和问候他的同学和老师,时而也有媒体记者与元元交谈。

整个展览现场热烈而隆重,很有些节庆的气氛,在我,更是我人生中最最兴奋的一天。

随着展览会的开幕,特别让我们注意到的是孩子在会场上所表现出的那份自信和沉稳。他没有丝毫倨傲的神色,行为举止非常地笃实而彬彬有礼,在其简短的答谢致词中,相伴着童稚的口音,吐字清晰而富有条理,作为父亲的我站在边上,不由充满着一种莫名的感动。事实上,元元简短的致辞,确也赢得了当时满堂的掌声。

展览会和画册所展示的 160 余件摄影作品,充分记录着孩子这几年来的成长阅历和对当下社会生活的艺术观察和表现,这也显现出元元从事于摄影艺术创作的发展轨迹。

元元的摄影作品,他的图像取镜意识,看似非常地随兴,更几乎是涵盖了他在日常生活中所关心着的一切。无论是抽象的,还是具象的图像表现,都自然呼应着他那敏感的视觉触动,和着他若有所悟的"心"之"灵"动的那个瞬间,非常真实而直接地还原了他自己心中的所思所虑。

在一幅又一幅的图像中,读者的观赏解读能感受到一种思维灵性的闪烁而寻味无穷,并从中可以分享到元元其独特的审美情趣,能真实地体会到元元摄影作品中所蕴含的那些原创性与想象力。

三

元元摄影艺术的追求,显然与一些常识中所知道的专业摄影,有着极大的差异。他所拍摄的作品,没有丝毫刻意的痕迹,是纯自然的随机抓拍,是他在日常生活中的随兴采撷,非常地自然而不做作。

他所使用的摄影器械,不管是以往的胶片相机,还是现在的数码相机,在市场上的行情都是极为普通而不讲究的,只是充分扮演着在日常生活中多了双机械的眼睛而已。

他所拍摄的作品,基本源自于他"心"之"灵"动的感觉意识,而交织于他自身的知识学养。

他,在不断地观察和发现,对流动于他自我生活场景的种种现象,及对一景一物的关注,甚至于对一些在日常生活中所容易被忽略的细微处,来拍摄成像。

如此,他顺合其自我的心境和情趣,而我之为我,以自己独特的关注视角,来真实地叙说。

　　当然,元元摄影的技术是讲究的,一秒钟,还是几秒钟的曝光,以及快门的速度,胶片、数码的感应度,都非常之关键。这也不得不归功于元元从小就喜欢拆拆装装的习性,以往在我们家的日常生活里,不管是门锁坏了,还是电视机、音响的故障排除,几乎都要仰仗于元元一双灵巧的手,他平时玩的山地车、电脑,都曾经被动过"大手术"。

　　他做事情的态度,一直是非常地执着和认真。

　　看着儿子元元有今天斐然的成绩,作为父母的心情,固然是充满着喜悦而释怀,特别是在几个月之后,看到东方电视台所录制的专题节目《小眼看世界》,透过荧屏画面,听着元元侃侃而谈,不由想到,儿子元元,他似乎是已经长大了。

2005年2月于上海

儿子，真的已经长大了

在一个父亲的眼里，儿子似乎是永远也不会长大的。

在我和元元每天定时的电话交谈中，元元所感兴趣的话题，大多是一些形而上的文化问题，而我则是站在一个父亲的角度，更多的是关心孩子在澳洲独立生活中的日常琐事。

在每次通话末了，我总忘不了要多番地叮咛和嘱咐，我以为对儿子最重要的则莫过于平安、健康和快乐，我想这应该也是天下父母对子女关爱的唯一期许。

可是，在我每次走进元元一幅幅影像图片的"意境"中时，又会情不自禁地浑然而忘却了作为父亲的角色，我会将元元引为同道的知己。

我会非常认真地阅读和细细品味他在一幅幅照片中所流淌着的精神物语，这一种主观的生命情趣与客观的自然物象所交融互渗而形成的图式语汇，似一澈透灵魂的安慰和惺惺的微妙在感动着我的情思，会紧紧地攫获住我的视觉经验，让我深切地体会到元元思想的独特和敏锐度。

在艺术视角的表象下，潜流着的是浓浓的情感律动而意味无穷。在面对于社会生活的纷繁万象，以至于大自然所映照下的一切,甚至是一些不为人注意的细微处,元元,他都能以满腔的热忱予以关注,亦都自然呼应着他那敏感的视觉触动,从而交织于他那若有所悟的"心"之灵动的瞬间,去发现、来赏玩在日常生活中的色相、秩序、节奏、谐趣。

他所摄取的是他自我心灵所直接领悟的意象情趣,是自然造化和心灵撞击的凝合,他把自己融化在对象里而隐迹潜形,借以抒发他自我心灵深处的精神回响。

在一幅幅图片中,元元非常真实地还原了他自己心中的图像。

元元创造的是一种形而上似是而非的意象图景,似有意无意地将他自己的所思所虑和生活经验,都贯注在那形形色色的图片中去。

在思维灵性的闪烁处,于虚无中创现生命的流行。

他企图使无生命的,表现出蓬勃的生命力。

蹈光揖影,撰虚成实而超以物象,他以十分个性化的风格演绎来诠释世间万物的生命物语。

在一幅幅影像图片中我分享到了原创所带来的视觉感动和某种意义的启迪。

而在我将一些体会告诉元元时,元元在电话的那头总会表现出一种舒心的满足,并会再三地强调:"这些照片,只要能让爸爸看着满意、高兴,就行了。"他从没有丝毫骄傲的自满情绪。

在我的印象里,元元玩摄影艺术的成长过程,几乎全然是他在日常生活中的兴趣所在,绝没有刻意的执着,他所使用的照相器械,从胶片到数码有好多台,但在市场上却都是极为普通而不讲究的。元元,他始终认为:"无所谓专业还是非专业的器械,关键是'谁'在使用,重要的是拍摄者其自身人文学识的修养功夫。"

　　面对元元有如此丰硕的作品累积,在我每次浏览阅读的过程中,所呈现的图像话语又充满着联想的遐思,只见真、善、美,明澈的光华朗然照出诗元作品的经纬脉络。

　　在恍然间,我觉得,儿子,他真的已经长大了。

　　　　　　　　　2006年6月3日于西郊龙柏寓所

姻缘际会

"有美一人,清扬婉兮,邂逅相遇,适我愿兮。"

《诗经》里这段美妙的文字,在我每次拿来阅读时,都会在我思绪的意象中翩翩然浮现出一对青年男女相恋情爱的图式场景,直透着男欢女爱的浓浓的情意绵绵,而适情率意。这充满着浪漫、温馨,且又具有非常优美的诗语化形象,很显然,是出乎人的自然情性的舒展,龙起凤戢,而随时之宜,她,常会让我产生由衷的感动。

我也常思想着,但凡生活在现世今生的男人和女人们,这其中绝大多数的人,都应该会恪守传统的生活样式和受到社会伦理习俗的制约,而循规蹈矩地生活成长,很少会有人采取孑然孤僻的冷漠态度,来消遣人生有限的宝贵时光。

在我们生活着的人事物理世界里,人的生命是可贵的。在人的生命成长的过程里,我们知道,随着异性男女各自生理条件的发育成熟,到适当的年龄之际,都自然会因应着各自身体内一种性本能的欲念诉求,会情不自禁地萌发对异性男女情爱的渴望与追逐,而这男女之间的邂逅相遇,继而碰撞出相恋情爱的姻缘际会,往往有着不期然而然的机缘巧合,这很恰似有一种神奇的力量在左右。

而在人的诸多欲念中,有关男女间的相恋情爱,特别具有非凡的魔力,她能高度激发出人类性情的强烈欲望,和创造出许多虚幻的美好意象,能唤起一个人的潜在情绪的激荡。

　　不过,我们会发现,这男女相恋情爱的故事演绎,在经过跌宕起伏而一波三折的变化之余,亦自然会导入彼此相恋的情意变化之心灵互通,会由原始单纯的情意欲念之勃发,而日趋于非常理性的情感识别之谨慎研思,到末了,男女双方大多会抛弃幻想,而会以非常通俗又务实的态度去相得合适的异性伴侣为偶。

　　如是由一己之生命与另一生命的实质性相接触,类同相召又气同相合,让两情相随而相摩相悦,以获得至和且乐又精诚同心的圆润境界而怡然自得。

　　这样的"姻缘际会",会让有情人终成眷属而缔结良缘,去共同营造一个和和美美的家庭。

　　夫唱妇随,然后,再图一个生儿育女的美好期盼。

　　就这样你来我往,而得以续宗接代来保享家祚永隆之姓氏命脉,这也许就是在俗世社会里男女相恋情爱的美好硕果。

　　如此,种瓜得瓜,种豆得豆。

　　固为人谋,亦应天运。

　　我这样来推理有关男女成轮作对之嫁娶婚配的简要概述,实在是极为通俗演绎的常识性解读,很是俗套。

　　可是我相信,这种男女相恋情爱的通俗演绎的方程式,也正是在俗世社会里生活的男男女女,其人生规划和居家过日子的必然的生活常理。

人生在世，最最在意而要关心的，则莫过于自己生活的幸福和安全。

我，亦十分赞同这样通俗的生活态度。

我是一个十分恋家的男人。

在我人生而立之年的三十岁，一如我心中的美好期盼，我有了一个属于自己的家庭。

我至今还清楚地记得，我和妻子丽苹最初邂逅相遇的美好瞬间，是那样的神奇而突然，一个偶然的机会，她在人堆里浮现出来而一举进入我的眼帘，在不容我稍作丝毫迟疑之际，她便立即、刻不容缓地占据了我情感世界的版图，她的一言一笑，一举一动，都散发着一种奇妙而独特的神情风韵，透着端庄美丽而富有个性的情趣，让我怦然心动而撩起我心中的无限情思，并且，我信心满满地认定，她，一定，应该就是我要期盼的妻子。

这样一见钟情的心灵感受，也许就是我生命中所注定的"姻缘际会"。

直到今天，我都保存着这段十分清晰的美好记忆。

我非常感谢命运的造化和眷顾，让我有了一个家。

在我的生活里，妻子、儿子，永远是我的最爱。

要论及家国天下事，我所在乎的，必定首先是家庭的责任。

2007年5月25日

我的图画
故事

在幻觉中寻找自我

　　也许是潜伏在我孩提记忆深处的某种幻觉；也许是我个人生活遭遇中的某段沉浮的物化；也许是我对生活的微薄希冀；也许仅仅是我个人的气质所致。

　　每当我徘徊于街头小镇，或独步在乡间泥道上，或是登高远眺；尤其遇到黄昏时刻，我心底常常会涌出一股爱恋温柔的情感，目光所及，在夕阳照耀下所呈现的一切，处处蕴含着令人神往的意境。随着情感和思想的不断延伸、扩张，我自己的心态常常会被卷入一种茫然的境地，有一种说不出的枯涩混杂着莫名的希望，会贯穿于我所感受到的东方命运之中……撩起我胸中楚楚的痛苦和阵阵的欢乐。

　　那深沉的土壤里，那茂密的树林中，那绵绵的山脉上，那一切有生命的和无生命的运动，仿佛都舒缓有致地在生长着，形成着。我以为在这永无止境的舒缓动作中，有某种蕴藏在大自然中的声音，似乎在向我呼唤，在向我歌唱。在这情感升华的一刹那间，我眼前会腾现出五光十色的幻觉，似感悟到这生生灭灭的万物，都有着我们人类无法度量的生命。

　　一切有生命的和无生命的，它们的过去、现在和将来，此刻在这大自然的氛围内,都被我强烈地体验到了,并被震撼住了。

也许这朦胧的意识只不过是某种幻觉,然而恰恰是这种幻觉,使我常常处于一种激动的状态;我会紧紧地随着思绪的内在节奏,竭尽全力将自己的情感潜意识注入大自然的血脉中,与她一起流动,一起颤抖,同时会产生不可名状的希冀:宏大的自然啊,你能不能把自己深深埋藏的奥秘告诉我?

于是在自己情感的驱使下,抱着自己对大自然的敬畏以及对历史人文的关注,通过图画,将心目中的图像表现在画纸、画布上,甚至于墙上。那孤零低垂的太阳或是月亮和着毗邻的村野小屋、挺拔无叶的老树杈、涓涓的河流、令人神往的鱼……这一切的一切,组成了一连串近似符号的形象载体,再经过组合,便构成了我所喜爱的艺术氛围。

尽管我艺术表现的形式是那样的粗陋,笔触又是那样的稚拙,但每根线条,每个色块,都几乎成了我自己心律的记录。

在画面处理中,我力求抓住对象生命中最本质,最简朴的表现,对有碍于自由表达的东西,都毫不留情地将它抛弃,将它遗忘。

苏东坡曾说过:"君子可以寓意于物,而不可留意于物。"我以为画画的最佳效果就是简练和单纯,因为愈单纯就愈能体现我对自然对社会的感情和认识。在作画的过程中间,我从不依赖于照片或速写素材,一切见诸画面的种种造型、色彩、线条都早已烂熟于心中,只是等待着自己情感在适当时机的迸发,让它自然而然地畅然而出,由此就避免了具象的雕琢和理性的苦索。在无意的落笔中,黑、白两种颜色是最为我所厚爱的,顺着调色板上全部灿烂的色彩系列,合着自我的粗犷激情,色彩在画面上不断地运动,相互吞噬,消解……

形式,几乎总是在寥寥数笔结构线条里固定下来,让色彩继续前进,在稳固的感觉里创制形象,把一切有生命和无生命的形象联系起来,由原始情感和基本色彩这两种因素,交织出画面的精神内涵。

假象永远是浅薄的,必须把它撕去、赶走,让真实的内涵从表象的束缚中释放出来,似乎有一种幻觉让我窥见到世界的裂缝。

在幻觉中,在大自然的怀抱中,自我便从属于一切充满生命的形象了。

可能出于习惯,我作画时不从一个既定的观念出发,经过造型的推敲,去完成作品;而是在长期积淀的基础上,任凭作画时情绪的跌宕起伏,我在画面上不断寻找,不断去发现。在绘画过程中,我经常有意无意地进行毁坏,我要毁坏一切压抑我真实感受的东西。只有心灵中感受的一切真实,才能尽兴地表现出来;只有最后形成的画面,才能本质而充实地还原我的所思所虑。

所以,最后形成的画面效果,连我自己也常常说不清是怎样产生和形成的。

也许是我天性的愚顽和固执,我强调自己的直接感受。

然而在绘画技巧上曾滋养过我的,是1979年在上海戏剧学院就读时,去山西芮城永乐宫体验生活。在这座中国最大的元代道教宫殿中,墙上的壁画展现着理想的神韵和岁月的斑驳痕迹,一种民族精神的观照和历史流程的积淀,让我心旷神怡,在那里,我似乎更贴近了民族的艺术底蕴。

于是在我的画面上,常常会出现一种斑驳神秘的色彩背景,我企图通过这种处理达到一种旷远虚渺的视觉效果,企图有意无意地把握永恒的时空,现代的和古代的,骚动的和宁静的,协调的和不协调的——这也许就是映照在我艺术中诸多元素的组合。

我追求一种浑朴、自然的风格,力图通过单纯的画面来表达自己的生活理念和美学情趣。

要谦逊地沉浸在对社会现实生活的观照里。

要热爱大自然。

要热爱我们的民族。

我深信,所谓绘画的真实性是从人对大自然和人类的深情厚爱里来的。

我来自上海的郊区,三十年的人生道路走过来了,十几年的艺术生涯过去了,这两道足迹,有时平行,有时交错,有时相悖,一切主观的和客观的磨难,在我的感情心灵上,打下了深深的印记——人生的道路还很长,也很远;我要不断地、诚实地去亲近、去感受、去描绘社会生活所能给我的一切。

1987年3月于上海西郊

童趣与职业选择

一

当我的魂魄依附着肉体,茫茫然,秉承着父母的遗传基因和血统,就这样非常偶然地来到了人间,开始生命的旅程。

一切都将从无到有,随着生命的成长,契合着赖以生存的人事物理空间,和着这块土地所积淀的人文精神,我能怎样在现实社会的繁杂纷扰中去谋求生活的有序和安逸?

而当一个人生活在现实社会里,更由于自身所具天赋材质之局限和周围生活环境的影响,其个人的性情特质,就一定有着对自我生命价值的认知和愿景期盼。

二

我出生在一个平实而普通的家庭。

祖籍:淮安。

父母、兄妹和我,简简单单的五口之家。

1955 年家父从军队转业至地方工作,由南京迁徙到嘉定县城的一条老街上落户定居,我就是出生在这条老街上的。

在我稍明人事的年龄,也曾企图探寻我父母亲祖上的传承宗脉,希望能找到些文化基因。可怎么找,也没有所谓的家谱、族谱类的资料可以探个究竟。很显然,在我家父母亲的家族史背景上,已然无法去获得先祖辈的文化遗风的承载,而可以垂顾、影响我今生今世的生活前程。

古人云:"人不为己,天诛地灭。"

不得已,我既然已来到了人世间,就必须爱惜自我生命的有限时光,要为自己短暂的一生去负责,如何有品质地度过今生今世,而不是苟活于世,像行尸走肉般地虚耗年华?

三

在我自己以往的印象里,我可不是一个自年少时便满怀一定志向的人,更谈不上有什么人生宏伟事业的企图心。在我家兄妹三人中,就属我脑子最不开窍,天性又很顽皮,可却有着很倔强的性格,这表现在日常生活常态中,就显得非常地率性而另类,总是凭一己之主观认知,来判断周围的人与事。

今天,回首往事,我已有半世人生的历练,晃晃悠悠地一步步走到今天,一切的是是非非、非非是是,其中都有着自己的一份坚持,总希望能有效地把握住自我生命的价值,能尽量地按自我心境的度量,以求一个"光明正大"的现实生活状态。

可是，社会生活是非常现实的，其最大的困惑，则莫过于对自身社会生存环境的困扰。作为人的生存条件，首先，是解决衣食温饱的问题，因为日复一日，太阳每天总会升起来，日子要一天天地过下去。

所以能顺应自己的个性，又要寻找到相对稳定的社会职业而可以安身立命，这应该是我人生道路中所必须考虑的问题。

而至于精神上的文化追求，则是在温饱之余似乎才能够思考的问题。孔子曰，"富贵而仁"，应该指的就是精神和物质的关系。

四

也许是机缘凑巧，在我成长的道路上，我的日常生活居然能够与绘画艺术结缘，而成为一位职业画家，也就自然而然赋予了我"艺术生活"的全部意义。这使我在日常生活中，对大自然，对现世社会的所思所虑，也就有了这么一块精神空间，得以寄托而纵情舒展。

现在，回想起最初我接触图画的缘由，完全是我年少时纯粹的天真情趣的使然，应该是没有丝毫的刻意追求，或许还只是一颗稚拙而又盲目的少年自尊心在作祟。

小学期间，也许是仅有的自然天赋，在所学的诸多课目中，惟独我的图画课作业，常常能获得任课老师的表扬和肯定，并多次将我的图画作业刊选在学校宣传栏里示范，每回，我的自尊心都很受鼓舞和激荡。

而对于其他所学的课目，除了我所喜爱的语文课程外，都比较一般化而没有兴趣,甚至有个别课目,在我每学年的成绩单上,居然还有"红灯"闪现的不良记录。我至今对数理化的知识还非常地粗浅,在数学方面,也就只有"加、减、乘、除"的四则运算罢了。

于是,那些年,我就特别喜欢上图画课,能多听到一些表扬的声音,能多获得一些赞许的目光,我的心情就会很快乐,当然,这也许是人性中的弱点。

尽管我后来上初中之后,迫于学校、家庭的双重压力,我在各门功课上都已有很大的改善,甚至还当选了一个班长头衔的学生干部,但是,对于图画创作的喜好,应该在我的兴趣爱好中已悄然定型。

因为,我总觉得图画能够给我的日常生活带来很多的快乐和情趣,并透过图画学习,会自然提振不少精神上的自信力。尤其重要的是,通过图画练习作业,必然会接触到一大堆各种题材的连环画本和书籍插图,这对于年少时的我,长期在嘉定的小地方居住,在认识文字还十分有限的状况下,能借助这一些书本上的图画参考,能让我粗浅地知晓在嘉定小地方以外的纷繁世界和一些古往今来的历史人物故事,那些善善恶恶、恶恶善善的形象语汇,极大丰富了我对现世社会生活的想象,在某种程度上也让我了解到现世社会的人与事,及大自然的种种,有着自我认识上的很多收益。

五

在那个年代画画,我所使用的图画工具都非常地简单,也就是一些极为普通的铅笔、毛笔、墨汁,加上十分廉价的小方块十二色水彩画颜料和非常一般的纸张。不过,我对待每幅图画作业的态度,都非常地认真,也很有耐心,有时为了求得图形的临摹正确,特别是画一些伟人的形象时,我还经常使用画"九宫格"的方法来绘制。

由于没有系统的美术课辅导,我所学的图画知识非常地有限,对图画中的"素描"、"色彩关系"等诸多专业词汇,更是无从知晓,只晓得对着图片,简单地依葫芦画样和移花接木,只求与被临摹的图形一致,至于对"神似"、"形似"的所谓美术标准,更是闻所未闻,只是一味的兴趣所在。

但图画是件快乐的事,我常常一坐下来就是几个小时,浑然不觉时间的流逝,在图画作业的绘制过程中,我的心情会一直处于平稳愉快的状态,而每遇到有自己所满意的图画作品,便会一一张贴在家中的白墙壁上,作自我欣赏。

在那些年里,家中井然有序的布置,常常会被我搞得很乱,墙壁上到处是东一张、西一张的图画作业,因此,也常惹我母亲生气,我母亲特别爱干净。我记得有一回,也只有这一回,我母亲在整理房间时,顺便将墙上花花绿绿的图画作业给撕了下来,顺手丢弃在我家前院的角落里,待我放学回家后看到,可让我第一次感受到了委屈和伤心的滋味,为此我和母亲"斗争"了好几天。

不过自此以后,我母亲就再也未曾丢弃过我的任何图画作业,她知道这图画是我的最爱。

事隔那么多年,现在回想起来还特别有意思,也可见我的个性是很倔犟的。

六

如此亦步亦趋地往前过日子，自身年龄也在逐渐长大，就在我进入小学五年级的时候，一场史无前例的"文革"，正开始浩浩荡荡、呈风起云涌之势地闹腾起来，我所生活居住的嘉定城厢小镇，一时间也喧闹非凡，在小城镇上的街道两侧及公共环境，甚至一些电线杆上，到处可见多种样式的大字报、批判专栏及各类标语口号，人们的意识都已到了一种十分亢奋的地步，在当时，我作为一个年少无知的小孩子，也无法去分辨当时的政治气候，只是喜欢凑热闹，总往人多的地方去挤，经常懵懵懂懂地尾随在一些大人、大孩子后面到处瞎混。

有一段时期，几乎天天有批斗游街的人群招摇过市，我很好奇，但不知其所以然。在那个时期，不少老师也已遭红卫兵、红小兵的批斗，学校已无法维持正常的教学秩序，在"停课闹革命"的日子里，就迫使我们这些小学生经常游荡在大街小巷，而无所事事。

我几乎天天出门，去看各类奇奇怪怪的批判专栏和大字报，而特别让我感兴趣的是其中的人像漫画及各种宣传图画，感觉画面都很生动，而这些绘画及各种样式的宣传图画，大多是有人在现场绘制的，这在我觉得更是非常神奇而仰慕万分。

那时嘉定城厢的街头巷尾，好像凭空冒出了不少书画家，他们在一堆堆人群的围观中，肆意挥洒，包括用宽宽的排笔直接书写着各类标语口号，展现着书画艺术的技艺，而相较于我在家中所临摹的连环画本及一些书籍的插图而言,这场面似乎更具有直观的感性刺激作用。偶尔,我也能找到些机会,帮人去画一些刊头、刊尾的图画部分,每每在这个时候,感觉总会很得意。

我每次逛完街回家,都会靠记忆的方式,学着各种绘画,很觉得过瘾。

我未来想当一个画家的企图心,在这个阶段,朦胧间,似乎已然在我的潜意识中更趋于清晰。

我现在还时常在想,当年的这场"文革"运动,对于当时全国的经济、文化建设和发展,显然是一场灾难,然而在这场运动中,就某种意义而言,却又似乎对美术事业的普及和推广,有着一番奇特的功效。在当时的年代,相应也造就了一大批美术事业的专业人才,在我所接受美术教育的启蒙阶段,似乎也从中有或多或少的得益。

我决然没有想到,也就是我年少时对图画的一些天真童趣,会"一以贯之"地导入于我今后日常生活的常态中。

诸多的机缘凑巧,若干年后我能以图画的专业而形成谋取生活的社会职业保障。

细想来,也不知所以然来,不由感慨命运造化的神奇。

2003年12月于上海西郊

绘事杂言

一

21世纪的今天,艺术展演手段的形式多样,已然形成当下视觉文化形态的多元表现。

其中更重要的是媒介文化、互联网的传播。

所有历经传统艺术语汇的单纯表达,正逐步趋于成为自身观念的显现和张扬,作品更具有个性化特征。

在现实社会的诸多行业中,艺术创作相对要超然一些。

而审美的情趣,决然不是所谓"专业"的特权,是现世社会人们生活的普世价值,是人们温饱之余的精神追求与寄托。

每个时代,都有这么一批人,从事于形而上的艺术创作职业,亦是社会生活三百六十行中的一行罢了。

通过不同的个人生活机缘和经验来反映当下社会的意识形态,决然有着不同的思维角度和艺术风格的显现。

在雅俗之间,很难有泾渭区隔,这源自于受众不同生活理念的诉求各异,而各得其所,就像闲逛大百货公司一样,诸多的商品,顾客的选择不同罢了。

但艺术创作者必须具备健全的心态、敏锐的视觉、思维的前瞻、生活的体验、技术功力的精湛表现。

二

在欣赏艺术之时,不仅仅是感受其作品的表层图像,还要设法学习如何去进入艺术家创作的经验中,去寻求艺术家敏锐的生活观察力及对物象的想象空间,去窥探艺术家创作灵感的源头所在。

如此,才能分享艺术家其独到的审美情趣,真正地欣赏到艺术品中所蕴含的原创性与想象力。

艺术创作的行为,是提示普通人意识中所忽略的东西。

将视觉所触及的外部世界的一景一物,透过艺术家独到的想象力,转换成新的视觉图像形态,同时被赋予某种象征的意义,继而创作出新的价值诉求,而成为震撼人心的艺术品。

我认为一个艺术家所创作的作品,往往是艺术家生活经验的声明或诠释。

三

无论是怎样的现代艺术品,在今天是现代的,明天自然成为过去。

人文历史的跌宕,偶尔的机缘,有些作品,便成为历史的经典。

四

要关心的是当下实实在在的生活空间,去感受社会生活的纷纷扰扰,让视觉物象触动意识的灵感,诚实地去感悟,去表现。

当下美术界,心浮气躁,在各种文化观念的映照下,形而上的意识形态已然是混混沌沌了,呈五花八门。

喋喋不休的所谓学术性探讨,更是不同程度地混淆了艺术品的审美价值。

为顺应艺术市场的利益追逐,舍本求末,标新立异,几乎已到了殚精竭虑的焦灼程度,这也许就是当下社会物质欲太强盛的缘故,从而导致人类精神文明的逐渐沦丧。

五

人类生活在虚实之间,精神的,物质的。

很多无形的虚拟要素,往往会产生巨大的财富,这无疑是文化的附加值的作用。

在虚实之间,某种程度上,虚拟的精神空间,更是人类生活的重要指标。

六

没有一蹴而就的成功,只有持之以恒的感动。

一件艺术品,能否具有其蕴含的持久力及占据空间的能力,能否会令人不由自主地停留脚步,来探索其能量而影响情绪跌宕的视觉感动,定然是检验艺术品的重要指数。

从艺的态度,贵在于"真诚",一以贯之于社会生活的实际体验。

七

灵感的勃起、发端,应该是自然而然的,不矫情,不媚俗,不枉直,不东张西望。

本着自己的个性、认知,真实地叙说,种瓜得瓜,种豆得豆,自食其果。

"力所不胜而强举之,伤也;悲哀憔悴,伤也;喜乐过度,伤也;汲汲所欲,伤也;久谈高笑,伤也。"

务宁静淡泊,取法自然。

游离物象,随意表现,顺其心境,舒服自然,我之为我,成熟之时。

图画创作是性心所使,应"抱一"而君临天下,博观约取,方法万千,不离自性。

八

西洋画是看山画山,中国画是心中有山画山,境界殊异,观念之差异。

是具象的,抑或是抽象的,绘事者总是在力图创造着一种表现,一定是个人性情所灌注于的图像诠释,而无一不是生存空间的诸多基本形的想象拓展。

九

美在于画面图像的关系和谐，是艺术的至高境界。

清，上浮而飘逸；浊，下沉而媚俗。

假、冒、伪、劣；欺诳天下以窥势利者，侥幸得一时，而终遭殃罚，天网恢恢，终不漏也。

前、后、左、右，顾盼蹑足，如履薄冰，战战兢兢，实在太累了，因为心中有太多的欲望、诉求，活该。

直觉灵感是一切高尚艺术产生的源泉，生意跃动、神致活泼，是生命、是精神、是气韵，是自然，而不是刻意的。

十

想到图画，便去抹上几笔，切忌为图画而画画，图画的过程是愉快的。

放下执着，复归于宁静、淡泊，其乐融融。

困了睡觉，饿了吃饭，顺其自然之道，这是我理解的"禅"。

2004年1月于上海

我的老师

一

但凡,心好其事,必透过明师而得其法,使其规尽其圆、矩竭其方、绳肆其直。

所以,一个人事业的成长过程,在他所生活的当下社会环境条件下,个人材质的先天条件固然是心好其事的前提所在,但其后天的造化,家教、师教的垂顾影响,必然也十分要紧。特别是一个人步入成年之后,倘能够遇到明师的指导提携,这对一个人的事业前程更是至关重要。

1977 年,我非常侥幸地圆了读大学的梦,成为在"文革"之后的首届大学生,能有机会开始系统地接受美术创作的专业教育。

在历经数年的寒窗研习,受益多多,而最让我记忆深刻的,则莫过于能有幸列于当时美术系当家人孔柏基老师的门下,聆听老师的教诲。这不仅仅通过美术专业的系统学习,能熟知掌握相关的一些美术专业知识,更是由于孔柏基老师的为人师表,其一言一行的真诚、严谨,其做人、做事的务实、诚信,能长久影响我在日后的社会生活态度、职业操守,以及自我美术创作理念的逐步形成。

老师作画、做人的风范相得益彰,使我深受教育。

二

多少年来,我常常是以一种感恩的心情来回忆当年和老师相处的日子。

在读大学前,我日常生活的足迹,基本局限于上海的近郊——嘉定老城厢的小地方,几乎没有什么社会阅历,自然是见不多、识不广,单纯之极。对美术图画的理解,空泛而幼稚,只是盲目地热衷于画画而已,而企图想成为一个画家的愿景诉求,也不过是一种虚荣心在作祟罢了。

如此侥幸,晃晃悠悠,一脚踏进了所谓艺术高等学府的门槛,所有视觉感受到的一切,都透着新鲜和好奇,就像《红楼梦》里刘姥姥走进大观园,迷惘而亢奋。

这也是我第一次离家,开始住校过上集体生活的日子,在面对大上海环境的认识,以往也只是从图片上获得的粗浅印象,校内校外全然是一个新的生活环境,我心中多少有一些困扰和不安,需要我逐步去适应。

在当时全班的十个同学中,大多已在上海美术界有些历练,有好几位都曾参加过一些县、市级的美术活动;甚至有同学参加过全国美术大展的,更有个别同学,已经出版过自己作品的图册,比较之下,自己相形见绌,更是有些惶恐而不安。

不过,老师孔柏基所领导的美术系,在当年却有着非常宽松自如的教学氛围,老师与学生之间,无分彼此,无拘无束,经常在一起画写生作业,并探讨一些相关的美术话题。在这样的学习氛围下,随着时间流逝,逐渐让我忐忑不安的心态日趋于平和,能静下心来融入学校正常有序的专业课程的学习中。

在当年,孔老师所具有的美学观念,已然是非常的超前,并有着非常厚实的知识学养。在教学中,他非常强调美术创作的个性化语汇,并身体力行,他常给我们观摩他所创作的作品,并结合讲解来疏导我们的思想。

老师作品中的图像,完全是源自他现实生活中的体验而超然于生活,一些日常生活中平凡的一景一物,在他的作品中,经过其独特美学视角发现和艺术处理,被赋予了全新的美学论述。作品中的线条变化及色彩肌理所产生的美感,充溢着美学的情趣,我们可以强烈地感受到孔老师对"美"的诉求及其独特的艺术表现力所在。

在孔老师的带领下,当年我们班的专业学习氛围非常活跃、紧张、自如,同学们都很用功,为了加强绘画基本功训练,经常晚上凑在一起,画石膏、画人物速写、画色彩,谁都不甘于落后。

可最令我们同学高兴的是一年两度的户外体验生活、画写生。每次几乎都是孔老师带队前往,我们跟着老师,扛着画具,走南闯北,在浙西天目山、在杨湾、在青岛、在崂山、在芮城、在福州、在泉州、在惠安、在华山、在洛阳,到处都留下我们过往的足迹。

当年我是班上的生活委员,每一个外景地,我都要和老师去打前站,具体落实沿途吃、住、行的诸多事项,于是,我和孔老师交往的机会就更多了。

我们每到一个外景地,孔老师总是率先扛着画具出门去写生,似乎从不觉得疲劳,不管是气候炎热还是天寒地冻、刮风下雨的时节,都丝毫不影响老师的作画情绪,他每天都有近六件作品的高产成绩,而且每幅作品都画得非常精彩。

相比较老师的这种作画精神,也实在令我们学生汗颜,而每到晚上休息闲聊时,老师总会和我们讲解他白天的写生感受,彼此交流心得,让我们学生受益良多。

在那些户外写生的日子里,日常生活是相当的艰苦,加上气候的温差,有时又要赶路,经常是疲惫不堪,但同学们的情绪,却从未有过低落,同吃、同住、同行,大家在孔老师的带领下,专情于一景一物而流连忘返,如此,每学年的作业汇报,自然会洋洋大观而各具特色。

三

重技艺,但更注重于各方面知识学养的学习与绘画观念的提升,这是我从孔老师的画作中所隐隐然感受到的一些美术创作中的道理,在我混沌的思维想象空间里,似乎出现了一道道清晰的光亮,我再也不会整天拘泥于素描和色彩的反复折腾,我更多的时间则是跑学校的图书馆,携带上简便的画具,流连于中外艺术家的书籍中,读到喜爱处,便即刻摹写,以加强对所读作品的理解,有一段时期,我特别喜欢德国表现主义的作品。

出于对孔老师艺术作品的喜欢,平时在校园里,我也会常常找机会去孔老师的办公室,因为老师在学校里几乎是没有休息的时间,只要有空闲,老师就会在自己的办公室里作画,而每次观看老师作画,都有非常的受益,老师也常和我交流些绘画的心得,如此,去的趟数多了,时间久了,自然也就更熟悉了,因此也常有机会去老师家请教。

记得有一个时期,每次我从嘉定老家回上海之际,便一定会先去老师家,偶尔也在老师家混个晚饭,老师、师母和他们的两个女儿对我的每次造访都很热情,这让我不仅仅有机会多聆听老师的教诲,更是深深感受到老师全家对我的关怀,同时,在老师家中,我也亲眼目睹了老师对自己家人的关怀备至所具有的细腻,可见立言、立行、立德亦源自于对生活的真挚情怀。

在和老师交往的日子里,承蒙老师厚爱,曾收藏过老师一幅作品以作纪念,老师还欣然在画的上端立下文字:

汉画中之虎,形像奔驰呼啸之形,将邈远之幻想与现实之意志相结合,充满着活力。这也正是我所崇尚的精神。今画此以赠加华学弟。辛酉岁末。

这件作品从此便一直挂在我家书屋中央的壁上。

四

岁月匆匆,倏忽而过。

大学毕业后,全班同学便各奔东西,各自发展。

而曾经哺育过我们的美术系,不久也因为学校的教育体制改革而被撤掉了。

没有几年的时间,老师便携全家赴美国发展。

一度我曾失去和老师的联系,只传闻老师在异国他乡,如何辉煌发展云云。

前二年,辗转通过朋友寻找,总算恢复了和老师的书信联络。

今年的七月份，获悉孔老师携全家回沪小住，不由喜出望外。

在二十余年之后，我又能看到老师的音容笑貌，实在是盼望已久了。

我也终于在上个星期天，在上海兴国饭店和老师会面，感慨万千。孔老师依然还是老样子，不过添了些许白发，多了几道皱纹罢了。

这次短暂的重逢，老师又送给了我一幅近作，这让我欣喜不已，第二天，便装裱好悬挂在我的办公室里珍藏。

非常谢谢老师的厚爱。

2004年7月15日

追忆和纪念

　　画画的人凑在一起办个展览会,其诉求目的,实在是单纯之极,因为在平时画了一堆画,总希望能有公开展示的机会,于是就有了这样一个自然而然的行为方式。

　　在 21 年前,也正是现在的季节,天很热。

　　一个非常偶然的机缘,也就是几位画画的朋友在一块闲聊中突发倡议:能否串联十个人,将各自不同的绘画风格作品,结集办一个联展,冠之以"实验"的名义,既作社会公开的展示,也进行一番学术探讨。

　　那个年代正值改革开放的初级阶段,社会的意识形态环境已然有所改善,国际间的各种文化观念、艺术思潮,业已构成对中国美术界诸多层面的影响,而上海美术界的思想当然更是日趋活跃,在绘画领域内各种不同的绘画风格已悄然流行。

　　在社会大时空文化背景的参照下,串联办画展的倡议,很快获得了相关画界朋友的支持和回应。

　　就这样聚在一起,我参展的情绪是积极的,但企图心却非常的茫然,很为自己参展作品的形式风格而担心,毕竟是第一回将自己的作品作公开展示。

在这个参展的群体中,我的年龄最小,刚跨出校园才3年的时间。参展的其余画家,又大多是我的老师辈人物。所以,在整个的策划筹备过程中,我只是"人云亦云"地混迹于其中罢了,几乎不曾有自己的观点和想法。

连续的开会讨论,诸多画展的事项准备,忙忙碌碌了一阵子,画展如期在1983年9月7日"鸣锣开场"。

是太困了,还是心理紧张的困扰?

在画展开幕式的当天,我居然睡到午后3时左右才醒来,恍然意识到今天是画展开幕的重要日子,便急匆匆往复旦大学赶去。

当时展览现场气氛非常热烈,会场内人头攒动,拥挤不堪,我倍感兴奋。

相当一个阶段的辛苦,终于看到了回报。

我也像一个观众一样,在展览现场,转了好几圈,努力倾听着观众的各种评述。

殊不料,就在第二天下午,当我再度赶去展览场地,却看到场外有不少观众在抱怨连连,而会场入口处已是铁将军把门,会场给锁了,我只好找便门通道,直奔场内,里面安静极了,几位朋友也茫然不知所措地在空荡荡的展览现场徘徊。

画展居然给查封了,无奈之下,我和几位朋友便聚集在会场内的庭院草坪上,苦苦思索,想方设法来应对这突如其来的局面,可大家讨论来,讨论去,终究还是非常地无奈,甚至不少朋友开始担忧事态的发展。

忙碌了相当一个时期的展览行动,就这样莫名其妙地结束了,大家当时的心情都很压抑。

余下的日子,几乎天天都在郁闷的讨论中度过,直到最后拿着各自的作品落荒而去,才一了百了。

　　往日的热情,一段时间后,也已然复归于宁静。

　　现在回忆我那段时间的心情,倒也不曾有丝毫的压力和不安,只是非常地可惜劳动和成果的不对称而已。我以往对社会上的美术展览动态,确实也不太关注,我总认为,画画是自己生活中一块精神空间的自留地,自耕自作,自得其乐,如此而已,既然事情已过去了也就过去了,只是生活中的一道痕迹罢了。

　　若干年后,有媒体再度提及此事,并似乎给予了重新的评价和论证,但时过境迁,我始终都在忙忙碌碌之中度过,我也未曾多加留意。

　　21年后的今天,十位朋友又再度相聚一起办画展,过去和今天,已然今非昔比,其真实的意义实在莫大于对往事的追忆与纪念。

2004年8月31日

解读我的绘画语言

志闲而少欲,心安而不惧。美其食,任其服,乐其俗。高下而不相慕。

——《黄帝内经·上古天真记》

一

这是我所崇尚的生活道理,希望单纯而复单纯。

我秉承着一己之生活理念,和着自我顽强的个性,亦步亦趋,在美术创作的园地里,悠哉游哉。

独寄情于当下社会生活的自然之道。

我之在我,只在于自我心律的平和、协调。

"世人昭昭,我独昏昏。世人察察,我独闷闷。"

我超然而独立,清净而顺之,虽身处八面来风而不会有损。

树动,还是心在动,似乎作了很好的诠释。

二

　　我,固执己见的生活道理,必然会一以贯之于我图画创作中的心态诉求。

　　当下现世空间生活的五光十色,名、利、时尚的追逐,若隐若现,熙熙攘攘,汲汲然,会直接引发诸多文化意识形态的思考,会不断地流连于我感受的记忆中而上下沉浮。

　　片片思绪心得的涟漪,会自然地显现在我一幅幅图像的作品中:

　　　茫茫的上苍,渺渺高天
　　　孤悬着的太阳
　　　抑或是月亮所散发出的幽幽光芒
　　　远处山峦起伏变化着的天际线轮廓
　　　吻合着,坚实的大地
　　　似冬、似秋、似夏、似春
　　　簇拥着鳞次栉比的叠叠小屋
　　　在屋前,在屋后
　　　总有那么几棵,几乎是被截断了的
　　　骨刺般直面上苍的千年古树
　　　偶尔会添上
　　　些许嫩绿的叶子
　　　有水
　　　川流呈平面色块不时在画面的构图中迂回穿梭
　　　……

透过视觉图画的符号语汇，缓缓道来……

这既非抽象、亦非具象的图式演绎，几乎涵盖、承载着我生命中诸多情感的物化和寄托。

其中，没有刻意的雕琢而直露情愫，自然是自我性情的坦见而释然。

我们所居住的土地，历史人文的过去、现在和将来，在周而复始的周期性轮回的脉动中，我似乎强烈感受到东方命运之浓浓的文化苦涩味，似乎栖身于人文历史的断层，若思若悟。

三

于是，日积月累，年复一年，我笔下的图画世界里，便逐渐日趋于概念符号化的叙说，并逐日地凝固在我的绘画意识中，构成了我的绘画语汇，始终有意无意地交织于我所创作的图画中。

简单而复简单，似乎以此来演绎、诠释在我有限的生命旅途中所感悟到的种种世俗间的困惑与欲望。

2005年3月于上海

我和敦煌艺术的结缘

早在我大学期间,便已喜好阅读敦煌的相关图册,尽管是表现佛学教义的题材,可美轮美奂的洞窟壁画和彩塑,特别是经历史风尘侵蚀物化所产生的斑驳肌理,更是让我感动而有了浓厚的兴趣。

当年在学校里,我曾依据敦煌图册的参考,认真临摹、绘制了多幅敦煌造像图,那飘逸着的线条勾勒、瑰丽的缤纷色彩,极大地丰富了我对绘画知识的掌握。

后来1988年我东渡日本游学,也正值井上靖的电影《敦煌》在东京隆重上演,这是我在日本所看的第一部电影,同时,我还参观了平山郁夫大师的"敦煌遗迹协力展",而相关于敦煌的媒体报道更是到处可见可闻而家喻户晓。

在我一次和平山郁夫的会晤交谈中,彼此的话题也是从日本流行的"敦煌热"而展开的,不乏有赞美之辞。

我非常感动日本人对中国敦煌的热忱态度,同时也意识到,敦煌艺术的魅力不仅仅在中国美术史上占有其重要的位置,她更是在世界文化艺术的宝库中,作为代表东方艺术的传统经典而深受国际社会的广泛尊崇。

也许是受到"敦煌热"的感染,在我日本游学期间,以自己仅有的一些敦煌知识和心得,画了近100幅敦煌造像图系列,并且大动作地在日本举办展览会,其中与日本电视台的合作,更是有效扩大了我画敦煌画的知名度,日本《读卖新闻》及一些报章,也都适时作了报道。

在日本仅有的一年时间里,我相继举办了七次个人画展,顺利的艺术活动和工作状态,自然给我在日本的生存环境造就了非常好的形势,我俨然像一位职业画家在日本生活,能有如此好的运气,我不得不感恩于敦煌艺术的魅力之所在。

但一直令我遗憾的是,我画了那么多的敦煌造像图,却还未曾去过敦煌,思想来,也颇有些荒诞而不可思议。所以,要走近敦煌一睹究竟的念头,似乎一直是我心头挥之不去的情结。

凑巧的是,今年也是我第一次随沪上美术家代表团赴欧洲考察,在我一路颠簸回上海才仅有二天的时间,满脑子还尽是些欧洲的文化印记时,我便有幸接到欧迪芬集团董事长王文宗先生的邀请,相约在几天后同去敦煌。这实在是一件十分美妙的差事,这不仅能实现了我去敦煌的愿望,更是促成了在短时间内能感受东、西方截然不同文化理念的脑力激荡,于是我便欣然承诺前往。

时值已是晚秋的季节,云高而气爽。

我们一行终于在13日上午10:30分抵达了敦煌机场。

当飞机还在天空中飞行时,我便已好奇地探头俯瞰下方,只见一路到处是熟褐色、土黄色的色块在交融移动,就是不见丝毫的绿色,看似非常的空旷荒凉。

很显然,敦煌是在一片戈壁沙漠的包围之中。

但有趣的是，当我走出机舱，在晴空万里的碧天之下，我还是看到了不少的绿色植被，最让人注目的就是白杨树了，它高高大大，挺拔伫立在旷野中，因为是晚秋的季节，一些树叶已染上了金黄的色泽，从远处眺望，金灿灿的似一幅浓烈的金秋图景，在这样的好季节里，心情当然是灿烂而愉悦的。

我们一行在匆匆用过午餐后，便在当地导游的引领下，迫不及待地直奔莫高窟而去，这也是我们此行的重点。

可当走近莫高窟时，却又好似走近了江南某一名胜古刹，这里居然有着好多好多不同的树种，婀娜而多姿。

在灿烂的阳光照耀下，映衬着横卧的莫高窟沙石山脉，视觉中的景观则更显得瑰美而壮丽了。

自公元 4 世纪莫高窟开凿以来，虽经历史的变迁，人为的破坏和风沙的侵蚀，但至今莫高窟仍存洞窟 735 个，壁画近 5 万平方米，彩塑 2 千余尊，堪称是当今世界上保存最好、石窟数量最多的佛教艺术宝库。

我在浏览参观石窟时，为了能达到静心地观摩，我尽量避开一堆堆的旅游客和讲解员空泛的讲解声浪，独自寻找机会进出洞窟，尽管洞窟内的光线极其微弱，特别在一些深处，还不得不用手电筒来辅助照明，但我还是实实在在地体会到能零距离解读石窟壁画的妙趣之所在。

我很惊叹于历代那些无名画师的高超技艺和卓越的创作才能，所呈现的壁画艺术形式既承载了本土汉晋的文化风骨，同时亦吸收融合了域外印度、中亚、西亚的风俗文化，而自然形成了线描述型、夸张变形、想象组合、散点透视、随色象类、以形写神等系统的表现技法，同时亦创造了单幅画、组画、连环画、屏风画等多种表现样式。

透过一幅幅壁画形象的解读，似乎能窥探到图像所具有的丰厚内涵。

从一连串的佛教经变图像的诸多故事中，直接或间接地反映了我国古代各民族、各阶层的劳动生活，社会生活，文化生活，风俗习惯，科学技术，及衣冠服饰之丰富多彩。

承前而启后，我相信传统经典的敦煌艺术，对于我们今天所处的时尚社会，必然有着其重要的参考学术价值。

当我走出最后一个 249 号洞窟时，太阳已渐西下，视觉中的莫高窟周围景观，其色彩更显得沉着而灿烂，似透着金光闪烁。

此时此刻，我的心情感到无比的惬意和舒坦，多少年的心中愿望，终于如愿以偿。

2006 年 10 月 24 日

方寸之心，制之在我

——我的图画声明

　　图画创作于我，绝对是有限生命中一处不可或缺的精神自留地，在这方天地里，我图画创作的心态和行为意识，显然会自由自在而无所顾忌，我可以将一切生活里的感受——辛、酸、苦、辣、甜的个中滋味，以及对现实社会中文化环境的所思所虑，和着对人文历史的追溯、反省，统统在这块图画创作的天地里，找寻并过滤而得以净化。

　　我在图画意象的创作中，所勾勒的每一根线条和着五彩缤纷的融合所呈现的画面形象，都实实在在吻合着我内心意识的自我主张，而得以纵情地挥洒和叙说，绝无任何刻意的做作，毫无苦思冥想般的深沉折磨。

　　图画创作是属于我自己精神领域的自留地，是我个人意志得以舒展驰骋的一片天地。

　　在这里，我可以暂时忘掉现实生活中的纷纷扰扰，我可以离开市俗的企图心，很远，很远，而我行我素。

　　我可以淡然徘徊于市俗的名利场外，快乐逍遥于图画创作的自由自在，我只在乎自我性情的一份宁静与平和，我所关注的是我内心的诚与不诚，以及自我意识的坚守与自我人格的文化精神。

但凡对他人有所求,就必然会授人以柄,在滚滚红尘中,人心不免会被生活中诸般欲求不得的烦恼所牵引与束缚,人只有到了无所他求的境域,方能建立起自我意志的精神品格,和获得人生真正意义的价值,从而能坦坦荡荡、无拘无束地行走在社会生活里,就像春风拂面,清爽而舒适,因为在我心中,始终有一份坚强的自信——世界因为我而存在。

当然我也相信本性具足的智慧,会让我的心更逐渐清明而敞亮。

我以为人生最美好的生活境界,应该是葆有乐天知命的感恩情怀去享受朴素的生活,重要的是时刻能保持心灵的健全和纯洁。

人的生命是有限的,要珍惜,不要虚度光阴,一定要有生活的节制,而整日忙忙碌碌地,拼着命去赶所谓的"事业",实在是太过于轻忽了生命的真正价值。

人生旅途中,诸般辛、酸、苦、辣、甜的个中不同的滋味,其实在社会不同的境界层面都有其特定而美妙的感受,要顺势,要变化应求而皆有度,我想"乐亦在其中矣"。

孟子曰:"素富贵,行乎富贵;素贫贱,行乎贫贱。"

要透彻社会物质文化环境的虚荣、惑乱,而功、名、利、禄、富、贵,绝对是人生处世其最大的诱因,是世人竞相角逐的目标,殊不知命不该有的而执着地去追求,自然是自讨苦吃。

所以要明白人生处世的诸般道理,只有懂得知足而甘于淡泊的人,才能免除在生活里忧思集结而彷徨寻觅的窘境。

富、贵、贫、贱、寿、夭,人生本有定命,却又像浮云般聚散不定,终于是一个短暂的现象罢了。

要生活的神清气爽,又自由自在。

端诚而处之,又何患之有?

2008年12月10日 于上海西郊

我所崇尚的精神境界

一

人类所赖以生活的天地间,不过是寓生命情感抒发的境域,而社会生态中一切的人事物理现象,在"现在"刹那的现实生活里与人生各自不同的遭遇,自然会变化万千,而每个人的本性都祈求趋善避恶,以获得各自生命内在精神的祥和与充实,这也自然会应因着自我生命情感的感受,而痛苦而欢乐。

所以要建立一种最高美学的精神活动,要让自我生命意识中的理想、情绪,能直接感受到自然造化的生命呼吸,去观察、去体验,去形成最自由而最充沛的身心自我。

二

在人的有限生命的秉性中,最重要的莫过于对自我身心的约束,以求达到诚信、明察、宁静、祥和的精神状态。

所以在日常社会生活里,都要时刻注意和提防世俗污秽的侵袭，要努力在自我意识中能时时保持坚定的纯真。

三

在现实社会生活的常态中，对"名"和"利"的欲望诉求，是由人的心理和生理的需求因素而产生的，如果改善了人的心理和生理的欲望诉求，就可以淡泊"名"和"利"的困扰，让生命处在情怡虚无的状态中。

但要获得如此崇高的精神境界，则必须涵育有艺术和哲学的营养滋润，这显然是一种生命智慧的知识，多一份这样的知识，便可以减去一份欲望，而这一份生命智慧的知识形成，要结合自我的独特个性，要注入独立的思想内涵，要让外界的意象充溢情趣，而凝炼成一种文明状态的表现，进而学会包容、内省与静观。

如此，从容而淡静，蹈机握杼，织成天地之化育，让生命可以闪烁着艺术"美"和哲学思辩的光泽，去温暖人生日复一日的生活，这样，便万物顺焉，人伦正焉。

四

要重视精细和恰当的美，要找回当代的文化慧命，让自己的灵魂感到无比地清净爽快而自由自在，又优游自得。

我倡导和赞美在现实的人文社会里，应持有一种朴素而快乐的生活态度，不仅要知天乐命，更要安分守己，要学会放弃一切不可捉摸的未来，不要执着，要返求于自然，

"素朴则天下莫能与之争",这是庄子说的,重要的是能保持一个自我身心与道德的健康状态,而自在的精神光辉,无疑是建立在有规范的生活上。

五

以恬淡、知足、乐天的德性去养成忍耐、勤俭、谦恭、平和的生活习惯,努力让自己成为一个性情温和的人,能坦然面对痛苦与忧愁,也不困扰于虚荣与屈辱,在一个人命运所赋予的生活里,能舒坦地坚守自我意识的主张,而能充分享受自己有限生命的宝贵时光。

我以为这天地间一切的人情物理和万象世界,都应该用心去观察,从宏观到微观,都似乎潜藏着一个深沉浓挚的大精神,有待去发现。

在纷繁的现实生活里,我明白万般现实的因果,皆有真心诚意地去随缘而显现,不悲、不喜,平静无波,只是一股自然的心泉在涓涓流动,诚恳地面对人生的浩荡,也许可以了无障碍地听到自己心底最深处的呼吸。

六

在当下丑陋的社会大环境下,为聊以自慰,我图画的意象含义,只是从某个角度去揭示:现代文明在面对生命和大自然时,似有一种无可挽回的弱势及无奈。

我感受到一份寂寞,感受到一份说不出苦涩的滋味,当然,更有一份在醒悟之后的宁静,企图达到自我心灵的虚静和恬淡。

　　要找回当代中国的文化慧命,是我这一辈子的追求。

2009年2月

引领大众美学的领导者

今天是一个令人振奋而激动的日子，易元堂作为一个还年轻、还仅仅只有一年多成长经历的美术馆，却能迎来全球极富盛名荣耀的俄罗斯国立艾尔塔什博物馆（冬宫）馆长一行，而更让我感动而景仰的是馆长一行七人，在抵达我们美术馆之后，即不顾长途旅行的劳顿，在简便的用餐过后，便在演讲会场为我们早已久候的中方嘉宾，展开了极为生动而精彩的主题演讲和座谈。

"冬宫艺术在全球的发展计划……"随着馆长铿锵有力的智慧论述，随着屏幕影像的同步播放，我们看到并聆听到了俄罗斯冬宫艺术其厚重的历史文脉及宝贵的艺术藏品，和对世界文化的卓越贡献，特别是馆长对冬宫艺术在当代所做的在世界范围内的布局，及屏幕所显示的不同国家地区的建设业态和活动示范，更是充溢着当代生活的时尚创意，也更让我对于馆长其博大的人文情怀和高尚的文化普及的责任担当，深感由衷的敬佩。

当屏幕图像出现了位于冬宫前广场的一组马车拉动的雕塑景观时，馆长指着骏马高昂的马首，动情地说道："它要引领大众美学的前景，要把崇高的文化艺术美学落实普及到广大人民日常生活的细节中去,艺术的审美没有国界,是全人类共享的文明财富!"这是何等宽广却又细微的文化视角!

演讲过程足足约一个多小时,但我所感受到的是冬宫艺术将在当代、在新的世纪,被注入鲜活的伟力而光耀世界。

今天,2016年12月18日,应该是特别有意义并值得纪念的日子。

我们看似还年轻、还仅有一岁多成长历史的易元堂美术馆,能够与当今极富盛名和荣耀,又位列世界四大博物馆之一的俄罗斯国立艾尔塔什博物馆(冬宫)一起来共同会商美学经济和美学生活的话题,实在是一个难能可贵的机会。

当然,易元堂美术馆也一定会秉持建馆时的初心,"让艺术融入日常百姓生活的细节中",为建设人类生活的美好精神家园而善尽责任。任重而道远,易元堂美术馆会永远铭记今天这个日子,努力前行。

周加华

2016年12月18日

我的"生命之树"

——第一次尝试装置艺术的创作

一路走来，回望过往的艺术创作之路，架上油画创作一直是我专业的着力之处，并一直贯注于恒久不变的文化理念，就是要立志图画出属于我自我意识所感悟到的，也是我生命在现实生活里体验到的文化自觉，要尽可能创造出真正意义上的中国当代油画，追索当代中国文化慧命的归依。

在上个世纪80年代末，我有幸东渡日本，也算是出了国门，开了眼界，在举办了七届个人画展之际，也看了日本当地诸多的美术馆、博物馆和画廊业，对东西方当代艺术现状多少有了些了解。

当我匆匆完成了一年在日本的游学归国之后，当回到稳定的创作状态时，我似乎是找到了我图画创作的形象符号——树和房子在天地间堆积着，以意象的图式去写心中万物，似乎寄托着我对现实人生所处文化环境的所思所虑。

时间、年轮、历史，过去、现在和将来，都静静地在我的画面上流淌，图画创作就像是一面镜子，过滤着、折射出我对人生、我对文化的认识，因为图画创作承载着我的灵魂。

于是,日积月累、年复一年地不断图画着,差不多已有三十年的时间,思维的理性似乎始终牢牢控制着我的创作情绪,在一幅幅画面上,几乎看不到丝毫非理性的所谓生命力躁动的痕迹,而且永远是一个主题,应该是一个和我相依为命又恒久不变的命题,就是追索当代中国文化慧命的归依:"志道,配天"。

　　我以为人的自我意识的终极使命,就在于对思想的思想,"我思故我在"。

　　只有理性的执着坚持,才能以明朗的自我意识经过心底意念选择撷取过滤而保持对生活的兴趣,和"对美"的纯净感悟和追逐,才能达到对当下时代精神的文化自觉,我日以继日,我自然努力以求,诚意,尽性而穷其极。

　　就这样概念化的理性执着,我欲以卑微的一己之力,企图维系着生我养我的这块土地所承载的传统文化慧命的命脉。

　　这不仅仅是由外在有形的物象,触动了我的视觉,而是有某种形而上的灵感和悟道,唤起我诸多的文化联想,从"物象"引申为"意象",不是见形而画形,当然,情感对象化的原则并未失效,只是上升到抽象的形而上思考,会获得更加广阔的文化视野,我是要图画出我心中的"意象",因为艺术表现的本质,真正说来就是自我意识的认识。

　　似是而非,我一直生活在自我想象的图画世界里,可突然有一天,这平静的生活创作状态被打破了,这缘自我与儿子诗元的一次对话,儿子提问道:"爸爸,你这作品几乎画了一辈子,当然,你的创作理念不予置评,但也不妨建议你,多看看外面的世界,当代艺术的表现形态有多种多样,也许用你所固有的文化理念,转换一下艺术表现的形式,可能会更有效地让别人读懂、看懂你的思想。"这突如其来的提问,的确触碰到我习惯的思维定向,也可能是冥冥中有股力量在让我改变,紧接着不多的日子,由诗元精心策划的以"自然,环境,生命的延续"为主题的,集中、英、韩三国青年艺术家,为期十一天的"2019 崇明绿华易元堂艺术创作"即将登场,活动还特意邀请了当代法国极富盛名的大艺术家帕奇先生来华指导,并且让我出任中国方面的导师。如此,不得已,我不得不全力以赴。并且按活动要求,要和大家一起在一处废弃了二十多年的旧厂房里,要充分利用所有被废弃的物品,就地取材,来进行创作,以"变废为宝"来完成此项装置艺术的创作任务。

也是我的运气,在这 40 亩地的旧厂房空地上,还留存着我去年搞活动的 56 个树墩子,经过又一年多阳光的暴晒和风雨的侵蚀,这些树墩的表面色泽已然更显得苍劲、古朴,我突然想起了我的图画符号和我心兹念兹的文化理念,于是便起心动念,并利用易元堂主办的优势,提前打造了一个由 36 个树墩叠加而成的一棵约 5 米多高的大树,再加上现场找寻到的枯枝枯藤点缀上下。当完成制作,在特定的室内空间内展示出来时,其形象的震撼力,真的让我感动。同时在儿子的帮助下配上灯光照明,特别是在大树顶端的枯枝间,内置好绿色的激光能源,当我看着一道道绿色光能在枯枝间旋转四射,似乎正涌动着生生不息的生命能量,似乎又象征着中国传统文化慧命的风骨依然在历史的进程中昂然伫立,感动之余,我即刻在大树边上的墙上,写下了"生命之树"的命题。

这是我第一次做了个装置艺术的作品,这转换的艺术表现形式似乎也更有效地诠释了我一以贯之的形象符号。我相信通过观赏我的这棵大树,会让更多人因此而认识到我固执己见的文化思考。

2019年10月17日
崇明·绿华

89

孤独的入世者

《富世》杂志记者　高亮亮　撰文

　　与周加华结识缘于颛桥小镇的报道,我尊称他为老师,一是因为他的年纪足以堪当我的父辈,二是近距离的观察、接触,他的言传与身教让我受益良多。

　　我究竟学到了什么?对城市肌理的体察与反思,从大文化的角度追本溯源的思维方式,艺术家对作品的坚守与执着,君子的有所为有所不为。

　　我渐渐懂得他的画蕴藏着怎样巨大的文化能量。日本《读卖新闻》称他"中国的夏加尔",当你知道夏加尔在日本人心中的地位,便不难明白这是何等高度的褒扬。周加华坚持自己的绘画符号,甘心做个孤独者,似乎也确可与夏加尔类比。

　　只是我知道,周加华未必认同这样的指称。骨子里深具中国传统士大夫精神的他,甘心又不甘心做个孤独者,他还有着积极投身社会的那一个面向。对于中国当代艺术以及深层次中国文化的病症,他敢于直言不讳;不仅敢言,更有行动,试图通过民间力量为失范的当下,建立一种艺术标准。用"孤独的入世者"来形容周加华,是不是更准确一些?

从 艺 历 程

记　者：您是科班出身，大学学的是版画专业，可在您的作品集里看不到版画作品。反过来，您的油画对主题的开掘与坚持有种内在的匠人精神，似修行，算不算版画的一种内化与延续？

周加华：我读大学的时候恰逢改革开放，所有的禁区都打开了，大量文学名著出现在书店里。我们那辈人真可以用"如饥似渴"这四个字来形容。

绘画是自己从小喜欢的，1977年比较幸运地考进上海戏剧学院美术系，读的是版画专业，但我一辈子没搞过版画。我嫌版画像作坊一样，要正刻反印，繁琐的过程影响表达的流畅。最终我选择了油画的表现形式。不过在我的作品里，确也有很多木刻版画的痕迹，我自己想来，版画其实培育了我——黑白，非黑即白，非常肯定。

大学的时候，我喜欢画水粉画。水粉画的特点是携带方便，写生中干得快。去永乐宫写生是读书4年最值得回味的，我总共画了26件作品，最多一天可以画4张，可以想见我当时对壁画的关注。永乐宫壁画在整个中国壁画发展史上是最辉煌的，那种壮观我在文章里专门描述过。

绘画无非是点线面和色彩。永乐宫那些画有意思在于它不是全新的，而是经过了时代的洗刷呈现出历史斑驳的痕迹。画最美的是如何塑造肌理，肌理会让视觉产生感动。

记　者：您大学毕业后，正遇上中国当代艺术的兴起。提到这段历程，"八五美术新潮"是最常被提及的一个坐标，很巧，我在资料里查到您是上海这边最早的参与者。

周加华：1983年因为几位朋友的建议，带一些探索意味的，取名"83阶段实验绘画展"，在复旦大学教工俱乐部做了这个展览。没想到，社会反映非常热烈，也许是太热闹了，引起宣传部门的关注，结果展览第二天就给官方查封了。我们这十个画家也不知所以然，心里不免发慌，有过各种各样的假设，把事态想得非常严重。

可我觉得无非大家出来办展览，今天把你关掉了，明天再展嘛，我们又没什么政治错误。在若干年后，对这一事件有各种评价，很受到美术界的关注与追捧。

记　者：我注意到您的敦煌画集中于留日时期，应该也是和日本推崇中国文化的氛围有关吧？

周加华：到日本纯属运气好，也感谢日本人对中国敦煌艺术的尊重，在日游学一年，我办了7个个展，我的敦煌画在日本很受欢迎。这不仅解决生存问题，更让我过上了一种自由自在的生活。日本的经历给我很多养料，特别值得一提的是在东京，我与平山郁夫的访谈交流。

平山郁夫对整个日本文化发展如数家珍，从绳纹时代一路谈到今天。他说自己深受中国文化影响，"你们有两块'金牌'，一是汉文化，另一是唐文化"。这让我反思，我们可能一直都没弄清楚，作为一个中国人，真实的身份在哪里。身边有不少中国人，他们所有的语言、文化、思维好像都与中国的传统是两回事，根本就不像中国人。

记　者：是这样，日本文化的精致以及他们对文化的保护力度,值得我们反思和学习。

周加华:平山郁夫经历过二战,所以他一辈子都崇尚和平,他说通过二战,日本也在反省。20世纪80年代末日本有钱,在全世界买好东西,包括梵高的《向日葵》都给他们买走了。平山郁夫有个理论:"我把世界的宝贝都买回来,炸弹就不会掉下来。"这就是从军事扩张而转向文化护国,听得我很感动。

平山郁夫自己对艺术的取向也对我影响很大。他的作品有一种宗教情怀和审美相融合的风格,有追求禅的意境,这些恰恰是我们中国文化里很重要的部分。

通过日本一年的游学,我更明确了自己的文化走向,就是以非常坚定的一些理念、来描绘我所感受到的当下中国文化的现象。也就是在文化断层中,我隐隐感觉到一种东方命运的苦涩感,要把这种感觉画出来。

记　者:1990年以后,您进入上海油雕院,是不是意味着"回归体制"?

周加华:回国的第二年我就被调到油雕院,一直走到今天,变成了一个体制内的专业画家。

但不管在不在体制内,我都是比较独立的。说起来,上海那些文化团体我都沾过边,但是转个身就走掉了,因为我觉得很无聊。大家都在追求自己想要的东西,没有人来为社会发出点声音,都在找新鲜的、能吸引眼球的东西,我想不凑这个热闹了,你们忙活吧。

外面的世界变得越来越喧哗,我更要保持一种宁静,成为一个孤独者,一个人当失去了对物质的诱惑,会很孤独,这时,他才会发现原来还有个你自己。

自 说 自 画

记　者:到了油雕院之后,您的绘画风格、元素看似都沉淀了下来,老树、老屋、地平线开始大量出现。如今算来已坚持 20 多年,未来的走向呢?

周加华:到油雕院就稳定了,再没有朝三暮四。20 世纪 80 年代我的画看起来有勃勃生机,那时候是我东张西望的年代。到了 1992 年之后,我的绘画状态归于平静、趋于稳定。2011 年油雕院帮我办个人画展,拿出 120 多件作品,比较全面。有朋友、媒体来问我,未来怎么走? 我说未来继续这样走,只是画法里更会体现微妙的东西。

我一步步走来的指向和脉络非常清晰。第一张画《小树林》,那时还不知道水粉写生应该怎么画,就跟着大家去天目山体验生活,这是我进大学后第一幅的写生作品。

后来我从日本回来选择"树"来作为图画的符号。于是一开始的"小树林"就慢慢萌发了,人生就是这么有意思。

记　者:如何诠释这些符号?

周加华:我选择了大自然最原始的符号,树,是一种文化的象征,树有千年的古树。我所有的树都是被截断的,所有背景的房子只为展示人文环境,是东方的,但不去对建筑细节仔细描绘,它们只是符号。所以,这些树也好,房子也好,包括天上那么个圆的像太阳又像月亮的东西、水的波动等等,还经常有山、有地平线,就是自然的一种生存空间,或者说是人类赖以生存的最基本的时空环境,我通过这些符号组合来表现自己的一种情绪。

我可能画100幅都是这几件元素构成的图画,但是所表现出来的温度、情感却不一样,它的指向是不一样的。

记 者:当下的中国艺术界使用个人符号是一种流行,但您的这种绘画符号很不同,是内敛的、不张扬,不会一下子夺人眼球。

周加华:作画时的我和生活中的我不一样。生活中我很感性,什么事都不太在乎。但绘画上我十分理性。每天坐下来对着一件作品,我就会进入状态,非常能静下心来,可以在画面中找到我要的东西。

而且是非常明确的,比如我要塑造一片叶子,我脑子不会想太多,只是考虑到画面如何协调共生,能把我这种感觉透过绘画意象来传递出来,让我自己也能感觉到原来我讲的东西在画面里呈现了。

记 者:这种准确度是不是您特别追求的?

周加华:那当然,就是要让图画的创制来符合自己的心愿。所以我的画,有些甚至好几年才完成。经常是画完后放在边上,不时重新审视,觉得不舒服便稍事修改,再过若干年回来,又不对了,再改。

最典型的是这幅《倚寒·翠》,画了多年。最早画的是我小孩,那时候我太太怀孕,孩子还没生下来,这里画是一条路,光屁股的小孩从天上走下来到人间。后来从日本回来,觉得不舒服,我涂掉,画了一堆和平鸽。再到油雕院,又折腾,我又改画了一堆小房子上去。当这些小房子画好,我觉得这幅画对了,就是我要追求的东西。从这个点开始,我的指向越来越明确。一种斑驳的沧桑感、人文的东西,在这幅画上都有了。

记　者:我听说您不卖画,出于怎样的考量? 您作画完全不考虑市场吗?

周加华:我回国之后也陆陆续续卖过画,但是2000年之后就不卖了。因为艺术市场的纷乱,我看着很不舒服,也不希望自己搅在里面。买卖作品炒来炒去,像一个小孩四处流浪,我觉得是在糟蹋艺术。当然这也因为我现实的基础还可以,如果没有基础,要吃饭,照样也得卖画。

我觉得人生很有限,不想虚耗在没有价值的事情上。绘画只是我的一个自留地,干干净净地去思考。至于外界接受不接受,与我无关,但是我相信还是会感动一些人。

记　者:确实,您的画有一种文化的内在张力,我相信每个观者都有自己的解读。

周加华:图画会讲话,会在人的视觉里产生激荡。每个人经历不同,解读也是不一样的。我的绘画正是如此,是有解读空间的,懂的人会觉得我的画有一种文化的能量在里面,苦涩、期待、天人合一、禅的意境⋯⋯也有些朋友可能觉得就是风景画,这也对。曾经有个美国朋友对我小孩认真地说:"毕加索也好,马蒂斯也好,他们发现问题,但没有解决问题,你爸爸了不起,你爸爸解决了问题。"他说的问题就是中国文化里的"天人合一"的理念。

我画里的那些文化能量,其实都是我们的传统文脉中所固有的。可惜中国从南宋之后,文脉就弱了。元、清有外族入侵,而明朝的统治者也有很多问题。原有的审美的东西,被政治削弱了。

当代艺术批判

记　者:您一直在强调艺术中的文化之根,您眼中的中国文化是怎样的?

周加华:中国文化天生是艺术性的,讲究精神的内敛。西方人"见山画山",但中国人不是,常常画心中的山,在画里寄托了很多东西,就像我们听音乐,作者把自己的情感、理念寄托其中,绘画也同样如此。

中国文化最精彩的是春秋战国时期。有诸子百家:儒家、墨家、法家、兵家、农家、纵横家……那才是百花齐放、思想最为丰满的一个时代。这样的汉文化自然最精彩。其中蕴含的"天人合一、尊重自然"的理念,是中华文明不同于西方文明的最大特点。

我们从清末开始,走的就是向西方学习之路。对于当时的中国而言,是出路。但如今已到了反思的时刻,特别是这近代三十多年,无论文化还是艺术,我们又走入另一个怪圈。

记　者:这三十多年的划分点在哪里? 改革开放?

周加华:不,是"文革"结束。1976 年之前的 27 年学习苏联,技法也好,现实主义的题材表现也好。那时候为什么我们的画没有得到一种所谓国际的认可,道理很简单,因为没有自己的民族魂魄在里头,只是图解政治需求。

1976 年"文革"结束,很快改革开放,从非常左到了非常右,没有中间过渡,始终没有找到自己的根在哪里。可以说改革开放后这三十多年,是把欧美文化整个抄袭了一遍,从古典一直到现在最时尚的;也可以说是"山寨",根本找不到我们的文化立足点。

记　者:忽左忽右都离开了自己的文脉,中国当代艺术正是这样的产物。

周加华:从1988年那次当代艺术展"不准回头"的符号开始,一直到现在最流行的当代艺术的表现形式,我们所看到的中国当代艺术,大多是丑陋的、血腥的,或者把政治人物妖魔化。这可能与西方的引导与控制关系密切,而不是从我们文化里生长出来的,所本该有的面貌。

坦率地说,中国的"当代艺术"给整个社会的观感非常负面。

记　者:是不是让人对当代艺术都有一种反感了?

周加华:对,因为对美术而言,真善美是永远的指向。而现在变成了假丑恶的东西,整个当代艺术作品和老百姓的生活几乎无关,也没有任何真和善的东西在里面。所以艺术发展到这一步,整个思想领域都有问题。

记　者:反思一下,"八五新潮"所代表的是当时年轻人冲破体制束缚、思想禁锢的力量,有他们的真诚。但同样这批参与者如今是当代艺术的"大腕",为何他们一步步退化成了要被打倒的对象?

周加华:我觉得20世纪80年代整个社会有一种正能量,因为那些西方的思想进来就像是一道光,希望变革,希望创新。但是80年代初期这段时间太短了,很快走到一个畸形的道路上,可能整个社会太过于物质了。

1992年后,随着中国房地产的爆发,好像中国人整个脑子都变了。我觉得那个时候是个历史的拐点。当初还是正面的东西,后来就乱套了。

记　者:这对艺术界的影响也非常大吗?

周加华:影响当然大,商业像飓风般席卷一切的威力,是足以改变文化地貌的。

市场上哪个值钱哪个就出来,艺术家只顾自己的利益。90年代后,当代艺术肆意横行的场面,好像没有冲击力就不能称为艺术,这是很荒诞的。这种东西成为了主流,学院也以此为标杆。假丑恶的东西被大家认可,再加上市场经济的催化剂,几千块的东西拍到几千万,90年代到本世纪制造了太多的神话。

这对年轻艺术家和艺术界的伤害非常大,你到全国的美院里走走,都是在教一些莫名其妙的东西,连基本的审美情趣都没有。

记　者:现在很多画廊老板、收藏家有个潮流,到美院买学生的画,好比"风投",总有押对宝的时候。

周加华:这很困难,因为现在整个美术教育都有问题。市场起了很大的负面作用,标准已经模糊不清,现在美术界的混乱状态让人很难想象它再能坏到哪里去,因为所有假丑恶的东西表演得已淋漓尽致,都到它的极致了。"否极泰来",我认为会出现反弹,会出现很多反思,这恰恰又是我们民族文化振兴的时候。

记　者:从您的反思来看,中国艺术的问题究竟出在哪里?

周加华:三百六十行,标准最重要。所有问题归根到底就是标准。这也是全社会的问题,美术只是一个侧面表现。有标准就能看得到差异,没有标准,不存在好坏差异。所谓大收藏家是乱来,因为他有资本,这个影响大了,会产生误导,会引领风潮。

记　者:那要改变就要先建立标准,近几年各地民营美术馆的兴起,有没有这方面的考量?

周加华:现在的民营美术馆是在房地产泡沫行将破灭前夜做的转向,根本没有任何标准,只是想在所谓的文化产业上去捞取一点利益或者规避一些风险而已。我也接触到很多企业家,都要搞美术馆,口气大的不得了。可到他们的会所看一看,那些画三四流都不入。很多顾问专家根本没有这个水平,可能是有口碑、以前写过书、头上有个什么光环。而企业家确实也不懂,本身没有判断力,专家说好肯定好。这就出问题了,生态越来越糟糕。

公天下与大美术

记　者:那我们不禁要问出路何在? 我注意到您在画家的身份之外,也从事了不少与艺术相关的社会活动。

周加华:中国文化讲究是通才,你得去经历各种各样的事。所以2000年,我在当时中国第一高楼金茂大厦的裙楼里搞了个精文艺术中心,有1万多平方米的空间。三个月做出第一个大展,涵盖了八个艺术门类——漫画、版画、陶艺、书法、水彩、油画、国画,雕塑。约500余件作品,参展艺术家有175位,更有已故的大师级人物,李叔同、徐悲鸿、吴作人、丰子恺、傅抱石、颜文梁、吴大羽、林风眠,都是代表作。靳尚谊在参观时激动地说,他梦里就想有这样一个展览。

我想通过这个大展来看看现当代艺术,做一个梳理。所以我并没有以个人的好恶来决定画展的走向,我很包容,有写实,有抽象,也有表现主义,各种风格汇聚。这个大展很有影响力,可惜精文艺术中心属于市委宣传部的官方平台,后来由于经济困扰,只坚持一年后就被迫关闭,很可惜。回头想想,当时的社会背景还不具备办那么大机构的条件和氛围。但如果当时坚持下来,今天就是中国最了不起的艺术中心。

　　记　者:我看过您以前大都会美术馆的方案,太壮观了,可惜最终没能实施。

　　周加华:"精文"之后我希望建一个真正意义上的现当代美术馆,把真正符合中国当代艺术品相的作品集中在一起,是全方位的。我有一种认定,在美术界群体里还是有人甘于寂寞,有坚守和坚持,有自己的艺术主张,也符合我们的民族文化精神,表现出的东西跟中国的文化土壤相容,而不是光怪陆离的。

　　这个跟精文艺术大展完全是两个标准。这个美术馆的门槛很高,全国能选过来的艺术家很有限,而且不是一两件作品,要他们一个阶段一个时期的作品完整拿过来,要不惜代价地征集,计划能做成供长期陈列的美术馆。我们现在看到的各省市所谓的美术馆,充其量都只是一个个展览厅、展览馆而已。

　　记　者:这是为什么?

　　周加华:因为尽管中国所有的美术馆每年都有收藏,但就是没有一个长期做陈列展览的美术馆,这是怪事。所以说还是以钱来得快为标准。在中国的美术馆,花钱就可以办展览。我们的理论界是有所谓稿酬的,十万、百万都有,因此许多山寨版在中国可以肆无忌惮地跑来跑去,所谓的专家、名家是托,由于对金钱的渴望,亦早已迷失了自己的天理、良知,钱,就是标准。

他们说:"你们艺术家来钱快,我们爬格子的也要买车买房。"我也无言以对,他讲的是实话。我们中国整个社会除了钱,一片茫然,能甘于寂寞甘于孤独的,真是少之又少。

记　者:大都会美术馆可不可以理解为树立标准的一种尝试?

周加华:美术馆的建造不能期待体制,只能寄希望于民间,寄希望于几个还在坚守的人,将他们的力量集聚起来,能够做一些示范。这些艺术家有自己的坚守,有自己独立思想和人格。把他们的作品收集起来展示出来,是对社会的一种责任。

我还提倡捐赠,我自己做表率,我一辈子就画了这300多件作品,会毫无保留地统统捐赠。我是希望让历史沉淀后,通过画来认识这个时代的变迁。

记　者:其实精文艺术中心也好,大都会美术馆的构想也好,都符合您一贯倡导的"大美术"。"大美术"是理解您的一把钥匙,也是我们当下所匮乏的。于您而言,"大美术"意味着什么?

周加华:我一直认为美学不仅停留在画架上,还是衣食住行所离不开的,譬如建筑是美学,穿衣是美学,言谈举止也是美学。作为艺术家,要有一颗"公天下"的心,有教化"大美术"的责任感,对这个社会应该有所贡献、有所作为。

最近我还在思考"中国文艺复兴"的概念,要有文化自信,民族才有希望。严格意义上来讲,人类真要走向更高级的文明,全世界都应该学习中国文化里"天人合一、尊重自然"的生活理念。人如果都能尊重自然,和自然和谐共生,那在未来,很多当代社会的弊端也就解决了。

你看到我的很多画里有嫩绿的叶子,这是苦涩之外的一种希冀,希望有朝一日中国的文化能够复兴。

2014年6月23日于上海虹桥

文化
的
社会价值

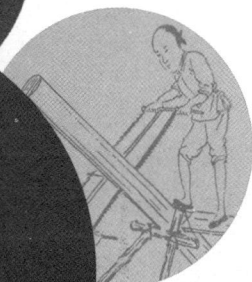

平山郁夫谈文化的引进消化发展

借游学东京之机,我有幸拜识了日本当代绘画大师平山郁夫先生,逾三小时的会晤,先生十分地健谈。

交谈中,他就日本文化的引进、消化、发展的问题发表自己的见解,非常的清晰、明了而娓娓道来:

"日本最早大约是从公元538年经朝鲜半岛开始引进中国、朝鲜等外国的文化,但正式在日本被接受、加以应用,是始于公元7世纪初,618年中国唐朝建立后,唐文化开始传入日本,特别是初唐时期,日本是全盘接受中国文化。直至8世纪的平安时代,才逐渐趋于日本化,9至10世纪是日本引进中国文化的集大成时期。

"接下来经镰仓时代至江户时代,是日本文化的自我成长期,也可以说是闭关锁国期,尽管如此,在日本九州、长崎,还是通过荷兰殖民者,引进并推行了一些西方文化。

"关键在明治维新(1868年)后,日本开始正式接受西方文化,这就是所谓的'和根洋栽',本质还是日本的,其方法论则是采用西方先进国家的。

"二次大战大败之后,日本再次开放。

"作为日本的固有文化,历史上,如绳纹时代、弥生时代,就产生过一些土俗文化,而作为国际性的文化,则是始于同大陆接触之后,在传入的诸多文化中,佛教是主流。

"当然,刚接受外来文化时,是有冲突的,如此边学习、边消化,渐渐趋于日本本土文化的合理化发展。

"日本是一个善于接受外来文化的国度,与西方的一元论思想不同,常常是几种文化、几种主义并存,日本虽是单一民族,但却是一个多元文化的国家,外来文化虽然像潮水一样涌到了日本,但日本固有文化的基本结构却丝毫没有被冲垮,而是得到了巩固和发展,当优秀的异国文化进入日本,它总是在不知不觉中被演绎为日本本土的文化样式。

"日本文化的这些特征也体现在艺术表现中,新旧共存,东西并举,但日本艺术中的精神内涵却是自身独有的,并且是恒定不变的。

"由于地理位置和气候环境的原因,日本人对于四季的更替及自然的变化极为敏感,尤其十分看中那些生命力较弱、较短暂的东西。

"比起荣耀、灿烂,日本人更喜欢静寂、无常的东西,樱花一开即谢,但日本人却极喜爱,而奉为国花,樱花几乎是日本人美学观的象征载体,它具有瞬间的美,软弱的美,淡泊的美。

"日本艺术和美学观的同一性,一直保持着。"

逾三个小时的会晤让我得益良多,就像上了一堂简约的日文历史课程,可见平山郁夫先生不仅有着超凡而又精湛的艺术创造力,更有着广泛和深厚的历史文化的知识学养,这对于我认识日本当代艺术的文化背景和历史渊源更有了一个清晰的认识。这是一个值得纪念的日子,当我走出东京艺术大学校园时,我的心情非常愉悦,便匆匆记录一下,及时和国内的朋友分享。

1989年2月1日于东京

中国"敦煌"在日本

　　在日本当代画坛大师平山郁夫先生的极力宣导下、联合日本实业界共同努力，目前，在日本已逐步形成一股自上而下的"敦煌遗迹保护运动"，这一热点，还在不断地扩大。

　　平山郁夫的"敦煌遗迹协力展"、"平山郁夫素描新作展"以及井上靖的《敦煌》电影，可谓盛况一时而家喻户晓，在日本的大、中、小城市无不留下其深深的印记。

　　许多文人学者也纷纷卷入对敦煌的研究与开发，我的一位日本友人长田昌次郎先生（从事美学的学者），每次和我见面交谈，话题常要转到"敦煌"这一热点，常竖起大拇指，说："了不起，你们中国有敦煌。"

　　这次我在东京艺术大学内，有幸拜会日本画坛大师平山郁夫先生，我就目前日本时兴的"敦煌热"，顺便提了一下，平山郁夫先生感情真挚、爽朗地说："我是一直这样想的，佛教文化是属于国际性文化，伊朗、中东、印度、中国等许多国家都深受其影响，日本随着佛教文化的传入，可以这样说，日本人从历史上即受惠于中国文化的教益，故今后日本要尽最大的努力为中国的发展做些有益的事，这是应该的。中国在历史上，可以说曾经荣获过二块国际性文化金牌,一是汉文化,二是唐文化。今后只要在前进的路上不断求索,总结历史,不断发展,我深信社会主义的中国也一定会荣获第三块金牌,中国目前大力发展经济,而经济的发展必然会带来文化的繁荣,我期待着,并坚信这一点。"平山郁夫先生的这段话,其意味是深长的。我不由联想到我国这几十年来对古文化的保护、修缮等问题的轻视,颇觉得有些困惑。

历史文化,源远流长。我们脚踏着具有五千年文明历史的土地,我们这一代,应处处为后人着想。

1989年4月于东京

日本画廊和艺术市场

　　去年,我应中央区京桥画廊的邀请,在这享有近三十年历史的画廊,举办我在东京的第二次个人画展。在画展期间,我常和画廊的老板居原田修老先生闲谈画廊在日本艺术市场中的作用。

　　画廊不仅是以商业效益为其唯一经营手段,也相对具有评定作品、发现人才的功能。画廊与有关的美术馆、博物馆、艺术收藏家和新闻界都保持一定的联系。博物馆和艺术评论家对于一个艺术家的事业来说,起着关键的作用。其中,艺术经纪人所担负的角色更为重要。因为任何一件艺术品,往往是由艺术经纪人传递给博物馆和收藏家的。

　　当一个艺术新人悄悄出现时,一些有着敏锐眼光的画廊老板(这些人往往是鉴定艺术品的才识不凡的行家),会接受画家的作品。工商界的大公司及艺术商家等也会看准行情,划出巨资作为后援,并以高价定购画家的作品,从而让这位画家的社会地位迅速上升。日本不同于欧美国家,一旦一位艺术家达到一定的声望之后,他可以持久地延续下去。在京桥画廊,居原田修老先生有趣地告诉我:"东京人买画,可不是靠眼睛,而是凭耳朵。"我之所以能踏进京桥画廊，首先得益于日本《读卖新闻》的两次报道，以及一家株式会社社长小形和已先生（艺术经纪人）的大力资助。加上靠了这个画廊的影响，并且在东京的其他画廊包括百货商场的沙龙里，又很顺利地持续举办了三次画展。

作为一般作品进入画廊的程式，通常是由画廊老板先看过作品的幻灯片及有关作者的艺术经历，有时也看原作。有些艺术家事先有着名评论家或艺术经纪人的推荐，这样就会带来一些便利。

但是，要打入艺术市场，的确非常艰难。日本的画家也只有极少数是靠卖画维持生活的。据平山郁夫先生告诉我，东京艺术大学毕业的学生，到社会上之后，只有百分之二的人可以成为专职画家；其余的只能去从事广告、装潢等工艺性工作。当然，其中大部分人还在坚持业余艺术创作。

所以，中国绘画除个别画家外，从整体来看，至今尚未正式进入东京的艺术市场，这倒并不是中国绘画不受日本人欢迎，而是因为进入东京的艺术市场的确是非常困难的。

1990年1月7日

看吉伯特与乔治访华展览

　　两位当代的英国绅士——吉伯特与乔治,他俩所穿的西服,都是带三个纽扣的,一高一矮,颇有戏剧性地将生活与艺术创作,结为一体,共同投入,是一对极为独特的、又富有个性的艺术搭档。

　　上个月我去北京,恰逢中国美术馆正在举办他俩首次来华的作品展示会,便专意前往。一进入二楼展示厅,精神不由一振:巨幅的,色彩是那样地灿烂夺目,深深刺激着我的视觉观感。其参展作品大多是巨幅的,是由一块块画面组合拼装而成,会产生强有力的形象和灿烂色彩的观照。

　　作为人类发展中的艺术表现形式,吉伯特与乔治选择了一个很好的角度,他俩将人类生存与发展的整体性问题和普遍性问题作为切入点,充分地在其作品中表现出一种对现实世界的感知,真实而非外表的,让灿烂的作品带有恰到好处的温暖与活力,又似乎是用极为冷峻的目光在审视,在高声向人们诉说着"关于愿望的折磨、死亡的恐惧,以及在一个似乎正在崩溃的世界里的生活之焦虑"的画面形象,综合着英格兰的现代生活场景:市场、街道、办公楼、排屋、公墓和花园,其作品的人物造型,有机地呈机械式大幅度变化,交融于各类场景,画面利用各种材料制作,形成极为强烈的画面视觉感应,作品的艺术处理,灿烂而严谨,表现手法是象征性的,在作品的艺术表现中,成功地展示了一个令人振奋又令人惊恐的感情和知觉的世界——未来生活的梦幻。

吉伯特与乔治,这两位当代的英国绅士,给我们带来了一股崭新的文化气息,和对当代世界所面临的一些思考。

纽约大学一位美术教授说得好:"他们的艺术虽然植根于英国,但是却大胆进入世人皆知的领域:天堂和地狱、疾病和死亡、城市和乡村、抑郁和欢欣、睡眠和做梦、身体和灵魂。"

吉伯特与乔治访华展览经过北京首次展示,这次又来到上海,献给我们上海的广大观众,我相信,凡是在作品前停留的观众,都会留下一个极为深刻的印象。

1993年10月30日

西风东渐

——美术创作领域的一个怪圈

稍微观察一下国内的美术创作领域,略作一下历史的纵横比照,"西风东渐"的现象真可谓是"盛况空前"。

中国改革开放的市场经济所引发的现代西方文化多角度的侵袭、辐射,强烈地震撼着中国美术的创作领域,再加上文化经济市场的交融作用,在短短十几年的时间内,现代西方文化的各种流派,几乎已席卷了整个中国画坛。

当你随处、随手翻阅一下国内不同版本的美术画册、期刊等,及踏入各大小不等的艺术展、画廊,及诸多公共环境建筑的艺术陈列,包括进入家居生活的艺术装饰品市场,所呈现在眼前的作品,尤其是当代中青年的艺术作品,作品的风格样式都深刻烙上了现代西方文化各种风格样式的印记。而更有一些作品,纯属移植、搬弄、贩卖,无论是从其构图、技法,似乎都可以从西方某一位艺术家的作品中找到极相似之版本,甚至可以逐一对号入座。所不同的只是其艺术表现功力、画面精神,相去甚远罢了。这些作品的"抄袭"时间跨度,涵盖了从早期西方的古典主义到写实主义、印象派、立体派、抽象派,乃至当代西方社会所流行的前卫艺术的诸多表现形式,这似乎已形成时下中国美术创作发展主流的一个文化怪圈。

一些美术评论家及报刊记者，在种种利益的诱惑下，也是摇旗呐喊，纷纷挥笔而引经据典地进行炒作。各种各样的现代西方艺术名词，充塞于各类大小不等的美术评论中，营造出一批又一批在当今画坛的"力作"、"新人"；更有一些去西洋、东洋转了一圈的艺术家们，回到国内，便立刻自称或被封为"大师"而招摇过市，令许多人竞相追捧。

看到中国美术界的如此乱象，我心中自然有一股莫名的惆怅和苦涩。

我以为，中国人自有中国的文化历史背景与美学价值，正如西方人自有西方的文化历史背景与美学价值。地球上共同生活的人们是以各自不同的地域文化的习俗、美学情趣，来不断创造出各自不同的文化艺术的风格样式，如此才能极大地丰富着我们人类社会的文明发展。而每一种艺术的风格样式，当它具有了国家和民族固有特色的同时，也具有了世界的意义。

为复兴一代民族文化之美术精神，中国美术创作的风格样式，是应当从不同的方面和角度去吸收外来文化的精华，再结合本土文化的历史承载，融会贯通，创造出属于当下中国文化特色的现代艺术作品。

然而，一味地追求现代西方文化的表面风格样式，偏重于技巧，而忽略了中国文化的根本属性而全盘西化，甚至游离于中国固有文化的土壤——造福于东方人类社会达几千年之久的中国文化，由于心理的自卑从而失去对中国本民族文化的自信，对它产生了质疑，甚至唾弃，因此使一些艺术家的人文修养为西方文化所掩夺，这不仅抑制了美术创作在其过程中生命本能的冲动和追求,而且使作品的创作往往衍变成空泛的观念及简单抄袭和流于形式的图解,徒有其表,而乏实义。

受各种利益所困扰的一些艺术家们,他们整天心神不宁,在极度浮躁的心理作用下,急功近利地角逐,他们确实也活得很累。尽管有些人,亦有着敏感的聪明才智,以及行为上的刻苦努力;但大多数的一些所谓的"艺术家",本身没有文化修养,在艺术创作上喜欢走捷径。他们将大部分的时间都消耗在模仿现代西方文化所流行的各类艺术样式中,寻寻觅觅,到处钻营,纷争于时代的浪花位置,他们寄希望于耀眼的各类宣传媒体的作秀和炒作。

当然,在如此困扰的年代,也有相当一部分艺术家,他们是以自己的人格、修养、虔诚之心来对待艺术创作,他们默默地在艺术园地里耕耘,心态淡泊而不求闻达,只是认真地做人作画。可惜这一部分人士,尚无法构成当今中国美术创作领域的主流。

当我们浏览一下今日中国泡沫经济的状况,泡影宏伟,光环奇美,然而它的生命却总是瞬息即逝,这与当下中国美术创作领域所呈现的状况,居然是那样的相似。

2001年2月于上海

新生代的锐气

——解读俄罗斯现实主义新生代作品展

　　21 世纪的中国美术界,恰逢东西方各种文化潮流交互撞击的时代。现代西方强势文化的多角度侵袭和辐射,兼有文化经济市场的交融作用,强烈地震撼着中国的美术创作领域。

　　在近二三十年里,各种时尚的流派,从早期的西方古典主义画派到现实主义、印象派、立体派、抽象表现主义,乃至当代西方社会所流行的各种前卫艺术的表现形式,几乎都一览无遗地充塞于中国当代的美术创作领域。

　　生于 21 世纪的中国美术家,在如此纷纭复杂的各类潮流中,自然会四顾徘徊、周遍观察,希望能找到自己应有的位置,创作出符合我们的时代,具有鲜明中国气派的艺术作品。

　　日前,上海精文艺术中心美术馆所展示的俄罗斯现实主义新生代作品展,不由让我在迷茫、沉闷中感到一股沁人肺腑的清新,面对这一幅又一幅作品,我想到了许多。

　　在苏联解体后的十年里,在已变换了的政治环境下,很难想象俄罗斯新一代崛起的画家,却依然能固执地传承着俄罗斯文化的优秀传统,他们继续坚持在现实主义艺术的大旗下,苦苦求索、奋而崛起,他们以极大的热忱关注着社会的现实生活和自己民族的历史与命运,以及当代人的生存状态。

画家所描绘的也许只不过是绵延不绝的社会生活中的一个瞬间,或是一道风景,或是一组静物,或是人物场景,但艺术家也必须作"历史的"思考,也就是说不仅要观察表现物件的现在,还应当关注他们的过去与未来——只有这样他才能够赋予他的作品里的每一个角色以真正生命,并深深烙上了艺术家个人对于画面形象的理解,充满了艺术家心坎里的信念。

俄罗斯画家的作品反映出他们极具个性化的生活视角,并以高超的专业技术与表现形式的完美结合,对永恒的生活主题赋予了新的精神内涵和极富个性化的表现形式,他们的精品力作,更进一步拓展了俄罗斯现实主义艺术的发展空间。

细细品读一幅幅俄罗斯新生代的作品,不由在记忆深处又仿佛看到了那个曾经辉煌于世的俄罗斯巡回画派,以及苏联社会主义现实主义画派的诸多作品,一个个响亮的名字依然不朽:列宾、苏里科夫、柯拉姆斯科依、列维坦、约干松、塞格尔、赫美里柯、格拉西莫夫……

俄罗斯文化在新世纪中是否还能够持续保持和发展他们的辉煌呢? 在这一幅幅画作前,我似乎已经找到了答案。

其实,任何一件美术作品的风格、流派,都必须源于生活,源于艺术家身临其境的观察和思考。

不站在地上,你怎么上天?

要知道,我们中国有着五千年灿烂的文化历史,并有着丰富多样的生活习俗,中国艺术家必须要有充分的文化自信,和社会责任担当。艺术家贯注在自己作品里的情感、智慧,创造性的劳动越多,那么作品对社会就会产生积极的影响,而这样的作品才是永久性的。

而一味地追求表面的艺术样式,赶时尚,而游离于我中华固有的文化土壤,必然会由心理的自卑进而失去对本土文化的自信,这不仅抑制了中国美术创作在其过程中生命本能的冲动和诉求,而且往往会使作品衍变成空泛的观念及流于形式的表面图解。

希望美术界的大师们及爱好美术创作的同仁们,不妨抽空去看一看、读一读来自俄罗斯新生代画家的作品,了解一些当代俄罗斯的美术发展,从中会获得一些启迪。

2002年4月于上海

重拾信心，否极泰来
——浅议"工艺美术"的传承与创新

"工艺美术"，究其传承的文化脉络，应该是脱胎于中华传统手工技艺所赋予的近现代专业名词。

它所涵盖、涉及的作业范围，非常的宽泛，更几乎是包罗万象，品类繁多而无所不及，既有庙堂文化，也有民俗文化和乡土文化并存，大而广之，小而微之，都始终贯穿于我们社会人文历史的文脉中。

毫无疑问，"工艺美术"的活动与我们人类社会生活实践是一种有机的相互依存的关系，它与我们人类社会的日常生活是息息相关的。

由于物质与精神的关系，"工艺美术"的创意、设计和生产还不仅仅只是为我们提供所必需的实际应用的物品，还必须具有人文情怀的艺术造型和文化包装。因为人们在获得必需的物质享受外，人们更希望追求的是深层心里的感情交流和文化陶冶的精神享受，它作用于人的感觉，有心理的、有物理的、也有生理的诸多因素，所以讲，一件"工艺美术"产品，哪怕是一双简单的吃饭用的筷子，它所呈现的不仅仅有其实际使用的功能，更有其背后的文化创意，必须有艺术的巧思妙想的文化属性，如此，文质相济而让人喜欢。

现从相关的古籍史料中可以发现,人类不同族群的文明进程,大多都发端于先民对自然的观察和对生活环境诸多物象的感性认识,同时基于人类社会生活本能的要求,以及对人世间庶物的应用考量,于是各类专业学说便趁势而兴,进而形成相关专业的形而上的美学伦理,以专业的学说角度来引领"工艺美术"事业的繁荣和有序成长。

文以载道,回望几千年来的人文历史,我们可以清晰地看到,每一个种族,每一个朝代,每一个地区都有着属于他自己的"工艺美术"产品,而其中任何一件"工艺美术"产品,不仅有着不同族群其鲜明的在地风俗的文化烙印,以及丰富特色的在地材料的应用,更有着其独特的、极具匠人文化个性的造型设计,也必然承载着丰厚的在地历史发展的文化信息。

如此,从一段木头,一块石头,一根骨头等物制作工具开始,文化就作为一种精神思考而自然地注入与被设计的器物中,由此,人类追求"美"的欲望、潜意识,也就顺其自然的被融入于衣、食、住、行的日常生活里。这样,人类生活才会获得在物质上、精神上臻于文明健康的生存环境。

而至于我们中国"工艺美术"的成长史,可以讲,有着悠久的历史,她应该是世界上现存国家中年龄最高的,上下五千年而一以贯之,却又是多民族和人口最多的国家,她一直葆有着属于自己的文化和审美理念,她屹立在世界的东方,在历史上她曾经是傲视全球的强大帝国,她对世界的文明建设有着重大的贡献,她的四大发明更是加速了世界文明的进程,她涵育有完全自己的生活智慧,有自己固有的文学和哲学,在宽泛的"工艺美术"业界,当别个民族还在拍翅学飞的时候,她已然在历史的长空中振翅高翔了,她以平静、内敛、明慧、圆熟的东方文化精神,抱着"天人合一"的入世情怀,她常常返求于自然,让人的生命意识中的理想、情绪、及美学主张能直接感受着自然造化的生命呼吸,她以自然为真、善、美的永久幸福的文化渊源,她以和谐灵动的设计,以恰到好处的感觉,她任意地在"工艺美术"的意象空间里驰骋……她自由而精彩地创作出了许许多多精致而美奂美轮的"工艺美术"类产品。

也正是由于其独特而优秀的中华本土文化的精神之魅力所在,由此而产生的文化价值观也深刻影响着中国"工艺美术"事业的有序发展而世代相传。

时至今日,在全世界范围内,只要有华人的地方,就一定会有中华"工艺美术"的优秀传承。而且,在华人的精神上和灵魂中,总有着一种自觉的、有非常坚定而持之以恒的文化凝聚力,我相信,这一定是源自于同文、同宗、同血缘的依归,以及更出自共有的文化渊源。

可是,在近二十多年来,在步入高科技现代化的历史时期,随着"西风东渐"的大势所趋,尽管中国高速的经济建设已在全球独树一帜,可是当代中国人的文化精神面貌却愈见衰竭而乏力,中华"工艺美术"的发展境遇也日渐颓势而无奈,正日趋表现出令人担忧的矛盾困扰。首先是对中华本土文化的信心失落而执迷于欧美文化的美学价值观,使得传统的中华"工艺美术"发展所承载的空间更见窘迫而不安,在思想上,正在逐渐失去其原有传统美学的滋养土壤,在技术上,一些精湛的传统技艺也正在逐渐消失,而一些中西结合的"工艺美术"观念也更是陷于一种莫名的迷茫中。

当然，更让人悲观的是，当下中国"工艺美术"市场的混乱不堪，在各种利益的驱动下而急功近利，真、善、美的传统美学在市场经济的作用下似乎是羞于启口的名词。

纯粹的商业功利似乎已涵盖了一切，尽管许许多多的工艺产品都已标注上中国传统文化的符号，但表现形式和工艺品质却粗糙而低俗，仅流于表象的模仿，空洞而乏味，根本就缺少了中国传统匠人文化的精神张力。因为追求的是短期的名利效益，心被"物"转，只要能创造财富，必然引无数从业者竞相折腰而趋炎附势，也没有所谓道德的底线。

但凡，君子与小人最大的、也是根本的差异，也就是"有所为而有所不为"，所以攫取财富的最大空间，当然可以有所联想。

今天我们的社会环境已严重被"唯利是图"的欲望所污染，社会伦理价值观的常识，也被"物欲"所颠覆。在这历史时期当下，中华"工艺美术"事业的有序发展似乎遭到了重创，商业如飓风般席卷一切的威力足以改变一个国家的文化地貌。

但是，"否极泰来"，现在应该已到了觉醒的时候了，为复兴一代中华"工艺美术"的文化精神，中华"工艺美术"事业的生存发展，必须要走出迷惘，要温故而知新，要透过表层的文化现象与生活方式，去深刻地反省，去重新连接中华文化的传承命脉，要重新振作中华本土的文化精神，中国人自有中国人的生活方式和美学观念，"文明，也许脆弱不堪，但是除了文明外，这别无选择。"

我以为无论现代有些国人如何鄙弃自家故物，我相信终有一日会幡然醒悟，会重拾信心，找回尊严，去开启自己的历史文化宝藏而寻求健康的发展。

　　能否让传统"工艺美术"符合当下社会生活的理念诉求，这就需要我们用现代的表现手法加以创意整合，是应该从不同文化的角度，尤其是工艺材料的应用，要正确吸收外来文化的精华，在原有的传承基础上，不断去升华和突破。不仅让中华本土文化的"元素"仍然存在，而且更富有视觉、触觉的感染力，这是历史传承，艺术创作的演变过程，自古以来都是如此。不能一成不变，因为我们是21世纪的人类，更需要新时代的创意。

　　对中华本土文化的反思，并在本世纪发端，振作精神，整装出发，努力倡导真、善、美的文化价值观，在此基础上发展具有中国文化特色的当代"工艺美术"，既是过去的荣耀与骄傲，又是未来、永恒的精神诉求。

2004年9月27日

假冒伪劣，混淆视听
——闲话文化产业之"美术商品"市场

时来运转，才仅有二十多年的岁月更迭，我们生活所居住的社会空间，已然历经了翻天覆地的社会蜕变而今非昔比。

政治意识形态之淡化，改革开放之国策主张，极端地鼓舞着人心而激荡于我们社会生活的方方面面，那潜在的、那被长久所郁结的智慧能量，一旦迸发而宣泄，实在是汹涌澎湃而波澜壮阔，才仅有短短的 20 年，中华大地新一轮改天换地的气魄，已足以令全世界为此瞩目。

往日里，社会消费物质匮乏的艰难岁月，终于成了过往历史的苍凉记忆。

"仓廪实，知礼仪；衣食足，知荣辱"，作为东方文化的中国，有独享五千年文明历史的中国人，在享受社会物质生活的富裕之余，必形势利导而日趋于对社会生活其内在精神品质的求索，孔子曰："富贵而仁"，这似乎可以解读为在我们人类社会生活中，其物质消费与文化品质的相互依托关系："互为因果而一张一弛"的必然规律。

如此，在当下，在社会消费物质充裕的年代，追求文化产业之"美术商品"的市场份额，便自然会融入社会经济的发展而成为重要的经营指标,这也是一个城市、一个地区、乃至一个国家极其重要的文化战略的形象塑造。

特别在一些经济发达城市,随着房地产业与金融证券业此起彼落的辉煌之余波荡漾,文化产业之"美术商品",在市场机制的作用下,也相应地蒸蒸日上,炽热异常,表现在市场经济的行情价格指数,更是一路飙升,形势喜人。

这不仅仅极大地繁荣与充实了一些城市及地区的文化建设,也可以让广大社会民众能充分地得益于视觉艺术的精神享受,进而能广泛提升人们在社会日常生活中的文化品质。

同时,文化产业之"美术商品"市场的发展势头,近几年更直指海外的文化消费而日益走俏,这在获得利益的同时,也可以让世界不同文化背景的民众,亦能从中获取和分享我中华文化其独特的视觉欣赏魅力。

随着文化产业之"美术商品"的市场流通,正愈来愈凸显出我中华美术之价值转换,及其不可抑制的巨大潜在之能量,这无疑是一个振奋人心的时代,这对一些专业从事于艺术经济的文人雅士们,这必然身心受到鼓舞,这也是他们长久所企盼的黄金岁月。

然而在今日之"美术商品"市场,却又很难寻觅到富有当代人文精神的"美术商品",每当我们走进美术馆、画廊及诸多社会公共环境,甚至走进一些居家生活的布置空间,我们所看到的一些艺术品陈列,则大多是非常鄙俗的文化垃圾,艺术风格的表现样式是那样的苍白而乏力,不仅缺乏中国本土文化的内涵,更难以辨识画家其独特的创作精神,仅流于图像、表现形式的创新而空洞乏味,而其中更多的是对西洋文化的简单移植,几乎是涵盖了整部西洋美术史,从早期西洋的古典主义到印象派、立体派、抽象派。乃至当代西方社会所流行的诸多所谓前卫艺术的多样表现形式。这种"山寨版"现象普遍已渗透在当代中国的油画、水墨画、雕塑、版画、水彩画等多项艺术创作的文脉里,比比皆是。

以及当下专业美术界的风气,更是每况愈下,一些美术界的狂妄之徒,单凭小聪明的伎俩,在不断地玩弄一些自身都似懂非懂的术语符号,他们成群结队地互相角力来混淆视听、惑弄民众、招摇而过市,假冒伪劣,粗制滥造,充塞于"美术商品"的流通市场。

也许是我国文化产业之"美术商品"市场,倘处于萌芽发展的初级状态,就像一个人久处于黑暗之中,一旦光线涌入,必然会刺激感觉器官,会导致血脉贲张而耳鸣目眩,会瞬间产生相当的盲目冲动,从而会极度破坏理性的正常辨识能力,这需要一个适应时期,来逐渐回归于正常的视觉辨识。

有鉴于以往的点滴经验,我曾在多年前的一次朋友餐会上讲过:"经济的发展,必然导致文化的繁荣,这是历史的必然。但要注意一个问题,要慎而慎之。"文化产业"的市场效应,在其最初的萌芽发展期,尤其在一朝"富裕"的相当一个短时期内,"文化产业"市场在诸多不成熟条件的困扰下,市场所行销经纪的艺术类商品,其品质必然是泥沙俱下而鱼目混珠,甚至连一些十分鄙俗的义化垃圾,在一番包装之后,也会"衣冠楚楚"地身价百倍而"登堂入室",而从事于市场运作的一些艺术品经纪机构、经纪人,但凡也是缺乏良好的美学修养,大多是唯利是图的小商贾背景,他们所经营的模式,又大多是学习海外发达国家的经验,不免在过程中会"背书走样",甚至会诱导美术观念之异化。"

当然,某种程度而言,诸多艺术经纪机构、经纪人,俨然又是一些艺术家的衣食父母,他们所具有的文化品位,多少会影响部分艺术家的创作心态和混淆美学的价值取向,进而影响着社会大众对艺术品的审美情趣。

所以,文化产业之"美术商品"的商场繁荣,固然是一件好事,但也相伴着难以规避的困难期,是面临身心的抉择和坚持的考验,需要有清醒的认知,但更要有大智慧的理性思考,如何保持一个中国文化人的风骨与情怀?切不可利欲熏心地陷于经济的困惑而随波逐流,因此而忽略了艺术职业的操守以及对本土文化所持有的历史责任意识。

人类历史的文明进程,是一代人又一代人的薪火传递,要有坚定而卓然独立的文化精神,要让真正代表我们时代的经典艺术,能"登堂入室",进而流传下去,去造福社会及后代子孙,这样才无愧于历史人文的承载,更无愧于一个艺文工作者的天理、良知。

2005年3月于上海

130

意识形态的错位交易
——美国苏富比"亚洲现代艺术拍卖"有感

作者:张晓刚

材料:布面油画

尺寸:190cm×150cm

标题:血统系列——同志 120 号

该作品所呈现的是一幅有着典型中国男性特征的肖像画图式。"他"的创意素材,则显然是借助于在日常社会生活中人们通常使用的标准人头像的相片,从而来作为在生发艺术创作中其基本的意象之参考。

画家以其自己的社会生活体验和文化修养,用"他"来表现人文社会生活过程中某一段历史的沉浮和记忆。"他"承载着画家心灵中的那一份所思所虑,抑或是某一种力量的感召,如此在画布上予以形象般的图画诠释,企图赋予"他"无名肖像的某种意义,在某种程度则更是指向深刻的、有关乎人类命运的议题。

作品语汇,允溢着画家其独特的个性化审美情趣的观照和极具当代所谓国际时尚美学观念的风格诉求。画面图像的构成,非常的简单,几乎就是一张 2 寸标准相片的放大数倍而已;所使用的颜色也很单纯,但却有着非常鲜明的视觉冲击,其中很有些"怪诞"的成分。"他"所给我的视觉印象,是非常的突凸和刺激:只见一双呆滞麻木而十分空洞的眼睛,茫茫然,表现出一种人类现象中那部分极端弱智低能而愚昧无知的人物表情。感觉上,这几乎就是一张没有灵魂的脸的形象。"他"紧紧攫获住我的注意力,让我在无意识中感受到一股冷冽的颤抖和内心的震撼。"他"交织在我的思绪中,久久难以释怀。这也许正是艺术的魅力之所在。

透过这件作品的视觉解读,似乎可以从中体会到画家在人生轨迹中的那份思虑及内心世界所潜藏的一种冷漠和悲凉。

这是一幅很耐人寻味的,极富有思想品质的当代油画作品。

就是这幅作品,在今年度美国苏富比"亚洲现代艺术拍卖"的竞拍中,"他"居然是出乎意料的成为该场拍卖的明星而荣登榜首——价值95万美金,首次在美国创下了中国当代油画的不菲记录。"他"的成功业绩,显然为中国当代油画进军国际艺术市场,揭开了崭新的一页。这不仅仅是极大鼓舞了海外华人艺术家的自信心,而且对于有着13亿人口的中国的当代美术界人士,则更是有着非常重要的社会现实意义。"他"所创造的价格指标,多少也象征着中国当代艺术在国际艺术市场的辉煌崛起,又似乎可以佐证,中国社会在迅速发展经济建设的同时,相应着在形而上文化艺术的提升和成长,亦然是相得益彰。

当我在美国康州逗留期间,偶尔在当地一份世界华人日报上翻阅到这则新闻和所载的作品图像时,也是一阵惊喜和激动。我捧着这张报纸,对这不多文字的新闻和图片作反复而仔细的研读。希望借此能多分享这一利好消息所带来的喜悦快感。毕竟自己也是中国人,更何况是在美国当地看到这则新闻。

当然,这其中多少也有些狭隘民族意识的心态在作祟。

这一天是有着阳光的日子,是初春的季节。康州格林尼治小镇,几乎是被早春的嫩绿色彩所层层浸染而美奂美轮,到处是怡人的景象。在如此优美的环境氛围中阅读着这份利好消息的新闻,这定然是一个身心舒展的好日子。

可是,我这轻松愉悦的好心情,却未能维持很久。对作品图像的深刻记忆,"他"让我感到有阵阵莫名的哀伤与悲凉的压迫感,愉悦的心情逐渐变得十分的沮丧。在"他"的形象话语中,我似乎是看到了一张苍白而苦涩,又不知所措的当代中国文化的脸。

这尽管是一件普通的油画作品,但"他"所传达的视觉资讯和话语解读,是否也就是中国当代文化形象在国际社会的观瞻和解读?

我不由联想到若干年来,随着中国经济的迅速崛起,在国际间的中国文化艺术交流活动,已是日趋于频繁,并且可以通过各种媒体的宣导而知晓到有诸多中国当代艺术作品在国际屡屡获奖的讯息。我常常为此而感到一阵阵的兴奋。但每回回有机会拜读到这些获奖的作品时(包括去观摩一些获得某项国际大奖的影视作品时),我的视觉经验,总是会令自己的心情处于一种压抑而困惑的状态。这些获奖作品的素材,几乎都是在收集中国在某个历史时期的悲情故事,而大多是用一些贫困、落后、丑陋而愚昧的话语串连而成。

我似乎朦胧地意识到,在当前国际社会的大环境中,有一些国家对当代中国的历史性巨变,多少还存在着认知上的一种差距,还是非常的片面而抱有某种以往的历史成见。

在诸多中国艺术品的国际交易中,恐怕有更多的是一种意识形态的错位交易。

2006年4月30日

134

欧洲三国游札记

　　要在短短 11 天往返行程的日子里,安排参访欧洲三国,法兰西、意大利和西班牙,思想来,这旅行一定会非常辛劳。

　　可我还是十分的兴趣满满和不在乎旅途的辛苦,因为我还不曾有过到欧洲的经验,尽管在以往我透过诸多的图文典籍和影像资讯,对欧洲的人文历史环境多多少少有所知晓,特别是针对欧洲文艺复兴前后的事件和人物,更是有所研究和心得。但这一切都是间接的视听觉印象,所以能有机会让我踏上欧洲的土地,实地走一走,四处看一看,或许仅仅是浮光掠影地兜一圈,可势必会大大充实我以往对欧洲文化的实际认识,并且,此次欧洲三国游计划的设置,完全是基于我们一行访客的专业取向来特意制定的相关参访路线,非常地实际而便利,所以便欣然前往。

　　这欧洲三国,不仅仅是崇尚文化艺术的国度,且更是一块产生和培植伟大艺术巨匠的肥沃土壤,凡是在西方美术史册上有着辉煌的记载,为世人所津津乐道的欧洲历代经典而优秀的人文艺术珍品,几乎大多都保存在这三个国家的众多大小不等的美术博物馆内,有国家机构管理的,也有民间私人收藏的,很有规模而星罗棋布地散落在诸多的城市里。

一些来自世界各地的旅游客,到了欧洲,首选的,大多是参观各类美术博物馆,不管是古典的,还是现当代的艺术作品,你只要购买非常便宜的门票,便可以从容地逐一去美术馆内寻觅而饱览无遗,你尽可以零距离去和伟大艺术家的作品作静心的对话和揣摩,去细细品味解读作品中所潜藏的那份深厚的人文情怀,去欣赏作者精湛而高超的艺术技巧。

能如此将历代不同风格的绘画和雕刻集聚一堂而形成的观赏空间,这无疑是澡雪精神的阆苑,让你体会到美学的妙用,从而舒解你被俗事所困扰的心智,而度过美好的时光。

但是,要在仅有的 11 天时间里,去参访计划中的大小美术博物馆,以企图填满此次欧洲三国游的求知欲望,我们就不得不采用走马观花的快节奏方式,就必须集体准时准点,保持按路线序列的活动。所以,每天安排的时间都很急迫,可活动内容却非常的简单而重复,也就是一个美术馆接一个美术馆地赶来又赶去,然后排队购票,再鱼贯而入地混杂在人群堆里,亦步亦趋地观读展品。

因为参访的大多是一些极负盛名的公共展馆,当然是人潮聚集的地方,也就不免会在人群堆里挤来又挤去的十分辛苦,所以,我每天到了傍晚时分,便会头昏眼花,乏力而疲惫不堪。可是,每到第二天的早晨,我便又会神采盎然地随团队出发而从不迟到,如此情绪的改善,这也许是得益于每天都能倚傍在历代大师巨匠的身边,可以阅读到欧洲文明不同历史时期的人文风采和艺术风格,这一幅幅、一件件美轮美奂的经典绘画和雕刻,她们所具有的优美、精致、神韵和着气息,不时地交错在我的视觉印象里,并不断地在我思绪的意象中推挤,我所感受到的,不仅仅是美学意境的精神享受,也似乎从中体会到欧洲文明所宣导的人类自信和尊严。

今天,时易世变,大多国家的美术之境界亦随世运而异,可欧洲文明一路走来的民族文化个性却依然光鲜亮丽而一脉相承。

西方人自有西方文化的历史背景和价值。

在赞叹之余,不由进而反思我国现当代美术学界的精神品格和审美趣味,在近一个多世纪以来,受"西风东渐"的强势影响,西方文化的意识形态,几乎是直接主导了我国现当代美术教育和创作的主流意识,不管是西方古典的、现代的,还是当代时尚前卫的种种艺术样式,统统是争相效仿的楷模而受到尊崇礼拜。

如此一味地追求,似乎是忽略了,甚至是早已迷失了中国人自有的中国文化历史背景和价值。

比较西方人的文化态度,我们很需要反省,在主张向西方文化学习的同时,是否更应该注重学习西方人对自己文化的坚持中所具有的自信和尊严,要学会理性地思考,什么才是多元文化的世界大同? 我们需要克服精神意境的贫病而恢复对自己文化的自信,更要迷途知返,要寻回自己文化的尊严,不要再舍弃自己固有的文化宝藏而一味地沉迷于欧美文化的阴影里,在学习欧美文化的同时,更要坚守自己传统的文化主张,"苟日新而日日新之"。

......

　11 天的欧洲三国游,转瞬就结束了。但所受教益颇丰,倘有许多值得回味,日来兴趣所致,画了三幅欧洲风景习作,聊作对此次旅行的特别记录。

2007年4月23日

繁华背后是文化的缺失

仓廪衣食，乃人类之物质生活；

礼节荣辱，乃人类之精神生活。

如果将时间推移到三十多年前，那时对广大中国人而言，一切都是红色的记忆，那时的中国，由于倡导社会主义的政治理念，一切经济活动均以国家计划为导向，加之以频繁的政治运动，我国社会经济的发展比较迟缓，特别在民生用品方面更是严重短缺，人们的日常生活不免艰辛而乏味，尤其人们的私欲在社会主义的道德层面更是被深深地压制而无处宣泄，在如此社会的生存环境下，要求变法改革、要求改善生活状态的诉求，几乎在当时已成了全中国人民的共识和强有力的意志。

终于在某个早晨，天放晴，改革开放的国策创导，顿时激活了中国经济发展的市场机制，让长期处于计划经济下的人群，蠕动着，激奋着，如同嗅到了市场的气息和财富诱人的腥香，人们又怎能不贪婪地向"钱"冲去？

才仅有二十多年的时间，要求致富的爆发力和超强的物质欲望，让中国社会的经济建设和繁荣，日益发生着翻天覆地的历史巨变，特别是股票业和房地产业的推波助澜，亿万人民,亿万的能量聚集,人们兴奋地角逐纷争,一切朝"钱"看,一切朝"钱"去努力,整个华夏大地的东、西、南、北、中,到处都闪烁着财富竞争的流光溢彩。

"仓廪实,衣食足",今日的中国经济,不仅能满足人民的日常生活消费,更由于财富的快速增长,中国的产能俨然已成为当代国际社会的经济巨人,他足以令各国商贾倾心仰慕而纷至沓来,他们争先恐后地希望在如此黄金时段,能各自谋划到其丰厚的在华利益。

试看当今中国谁是英雄?毫无疑问,财富的拥有绝对是重要而不可忽略的指标,看中国各种名目的财富榜单,则更会让人血脉贲张,在每年度的发布会中,就像是走马灯似的,不断有被刷新的记录,不断涌现出一个个千万、亿万大富翁的闪亮登场,然后通过各类媒体的竞相追捧和传播,又不断地刺激着亿万人民的发财欲望,拓展、拼搏、争抢而努力在各自的领域里竞相致富,从而又继续创造出一个又一个令人神往的"大富翁"。

在目前这样一个钱潮滚滚的中国社会里,人们的意识正从一个极端走向另一个极端,纯粹的商业功利似乎涵盖了一切,人们追求的是消费的物质和享乐的物质,几乎已完全不在乎人格的分裂和文化精神的蜕变,非道德化和心灵的物欲化,让人们对"物"的追求,远远超过了对人性的"性情",以及对生活中"真、善、美"的理性探索和坚持。

如此物质立于精神之上的颠覆,已严重扰乱了正常、有序的社会伦理,生命价值与知识价值的不断被市场化而日趋低廉,人们的文化精神面貌已发生根本的变化。因为商业化的市场机制,让今天所有的文化艺术类表现载体,都可以变为可用金钱来购买的物品，当然这自然包括了人自身的肉体、情感、才能、良知，甚至良心，因为这一切似乎都可以用货币的计量来核算。

我们中华民族历史形成的自然、悠然而超然的文化状态早已变味、变质而日趋低俗不堪，这无疑是人文精神的迷失和艺术气息的丧失。人们既听不懂人文精神的召唤，自然也就没有能力去欣赏文化之美的艺术存在，有的只是庸众的欲望、庸众的快感、庸众的莫名傻笑。

在现代化高物质的社会里，人们生活的自然生态、社会生态以及人们的自我心灵，很显然，都在社会财富无节制的推挤重压下，被扭曲而变形，甚至已日趋荒漠化。

透过物欲横流的现象看本质，似乎能够窥探到，在富裕繁华的背后是文化的缺失。

看着满大街熙熙攘攘、忙忙碌碌的人群，不由常让我联想到当代中国油画家张晓刚笔下的人物形象：痴呆而迷惘，都像是一群被掏空了灵魂的纸面人。实在是极为酷似而惟妙惟肖。

2008 年 7 月 13 日

茫然与畸形

——闲聊"中国当代艺术"的发展窘境

倘用"茫然与畸形"的辞汇,来形容概括今日之"中国当代艺术"的发展窘境及其精神气象,特别是针对社会大众对"中国当代艺术"的片面与盲从认识,应该是最为恰当的表述。

回望"中国当代艺术"的概念流行,不得不追溯到 20世纪的 80 年代,恰逢中国当代史上又一场历史变革,鉴于十年"文革"的惨痛经验教训,当时有一股强悍的政治力量,由上而下地广泛发动,结合社会大众迫切要求致富、改善生活的愿望,一个"改革开放、解放思想"的口号,几乎成了当年社会发展的基本国策和全体中国人民的共同意志。

一时间,举国沸腾而群情激荡,各种各样的新思潮,随着国门洞开,形势奔腾呼啸而来而泥沙俱下。特别是有那么一群知识分子,历来对欧美发达国家的生活状态、自由民主制度及文化美学,犹如雾里看花般,充满着憧憬,很快"向欧美学习"的诉求,便成了当年改革开放形势中最为鲜明的时尚风向标,不管是在文化或是经济等领域,所采取的态度,是坚定地否定过去,要毫无羁绊地去拓展灿烂的未来而与时俱进。

没有经验怎么办？只要找准方向就无所畏惧，于是"摸着石子过河"，"不管白猫黑猫，只要抓到老鼠的，就是好猫"的论述，便成就了当年改革开放、搞活经济的发展硬道理。

在如此热烈亢奋的形势感召下，中国社会迎来了一个翻天覆地的历史机遇，迅速地由原来计划经济的社会主义发展模式而拐入到市场经济的社会主义特色的发展模式。由于政治、经济、文化的交互作用，自然就直接影响到中国美术界新一轮的思想革命。由于受到时尚风向标的导引，中国社会的文化意识的主流，已不是"东风压倒西风"，而绝对是"西风压倒东风"的形势必然。而在中国美术界，它更是以压倒一切力量的强势狂飙进而催生出当年"八五思潮"的汹涌澎湃，其气势蓬勃而充满着一往无前的锐气，它一举涤荡而影响着广大艺术家的思想意识。于是人们从一个极端走到另一个极端，对过去受教育所宣导的"为人民服务"的所谓社会现实主义的红色经典之美学价值，持以怀疑、甚至给予彻底的颠覆和唾弃，而惟有极端的个性解放，一面倒地崇尚欧美文化，似乎才是未来中国美术界的主流文化价值。

在1988年的冬季，一场具有划时代意义的当代中国艺术大展应运而生，它的不准回头的会标的设计理念，充满着锐气和朝气，在中国的首都北京，堂堂中国美术馆，隆重而热烈地拉开了帷幕，可谓盛况空前，会场内外人头攒动，挤满了灰色的人群，人们游走在一件件别出心裁的艺术作品之间，企图读懂它们，可神色间大多是新奇而茫然。

大展所呈现的艺术风格和样式，可谓五花八门，稀奇古怪,更有装置与行为艺术的登场作秀(不过现在回忆,其中大部分作品,似拾人牙慧,都是从欧美文化中捡取的风格样式)。而伴随着一声清脆的枪响,当一颗真正的子弹击穿了一位参展艺术家所设计的电话亭装置作品时,我以为这一届大展所产生的广泛社会影响力,不仅轰动,更极大震撼着中国美术界,亦同时震撼着广大中国艺术家的灵魂。这届大展又似乎形象地标志着"中国当代艺术"得以完美地登场亮相而走入崭新的历史阶段。

之后,也只有仅十来年的时间,在中国美术家群体中有那么一批敢为天下先的先锋人物,迫于自我表现欲的急剧膨胀,在面对欧美文化的强势排荡而盲目地给以狂热的崇拜。他们的思想意识被一些乘时而兴的新奇观念所搅乱,纷纭杂糅而扯破了他们脆弱的灵魂,从而迷茫而错失于一种矛盾的心理。由于缺乏对中国人文历史的全面认识,在这些人眼中中国的一切都是不堪忍受的,他们一切的美学情趣和文化意识,均以欧美文化的观念和表现样式为依归。

于是,可以看到一些先锋人物所策划的各类名目的展览,无论是从具象到抽象的表现,还是一些稀奇古怪的装置艺术到行为作秀的泛滥,几乎都隐约地标注上欧美文化的注脚,模仿抄袭比比皆是,其中很少有原创的作品。可这些艺术家们却毫无羞耻感,非常的理所当然而堂而皇之。而其中最为火爆的,又极具代表性的,则莫过于一些带有强烈政治波普意味的架上、架下作品,有人物,有动物,亦不乏对一些历史伟人的恶意调侃。而所有这类作品,给人一个深刻的视觉印象,就是作品形象所表现的癫狂、麻木、痴呆、丑陋而令人作呕。

但就是这类作品,却有着非凡的魔力,在国内外有着巨大的影响力,不知是依据什么样的学术标准,在国内外舆论势力的极力鼓噪下,这类作品,却居然统统被冠之"中国当代艺术"的文化标签。这十几年来只要提到"中国当代艺术"的概念,就必然会联想到这类作品,也就是这类作品,引领、统摄着"中国当代艺术"的发展。直至今天,一些美术类大专院校的毕业展,依然充斥着这类作品。

　　不过,有趣的是,这类作品,不仅在学术上顶着"中国当代艺术"的名号,更是在国内外的艺术市场上,其价值也是一枝独秀,不断闪现出金色的光芒。一场又一场的艺术拍卖会从几千元到几万元、到几百万元、到几千万元,甚至破了亿元的天价,如此地一路攀升,可让"中国当代艺术"的名声大噪天下,而绝对让世人瞠目而结舌。

　　流市俗,争名利,纯粹功利的理性主义,在今天物欲横流的社会里,显然已根植人心,而"心被物转",只要能创造财富,必然会引无数英雄竞折腰而趋炎附势,"中国当代艺术"的气势纵横,其社会影响力,这是必然的。

　　现在的人们只在乎对名利的急切获得和占有的一份痴情,他们不必去关心人文道德和信仰的缺失,因为贪荣重利早已取代了好善尚德的传统人文精神。我有时在想,有那么一些中国艺术家的灵魂,其本质早已异化,早已没有了对自己中华文化的认同而变得不伦不类,而非一个堂堂正正的中国人的作为。在他们的思维定式里,唯有欧美文化的价值标准(尽管也是一知半解,肤浅得很)和市场经济的利益,它要远高于一切人文思想和精神品格,而当下社会的商业机制,确也以非常高明的手段在主导和影响着艺术创作的价值空间,并不知不觉地在腐蚀着艺术家的思想和灵魂。

熙熙攘攘皆为"名利"而来,熙熙攘攘又皆为"名利"而去。看着如此热闹的艺术名利场而几乎都是"中国当代艺术"的市场垄断,看多了,看久了,我只觉得脚底下似有一道阴气在徐徐上升,只感觉阵阵的颤栗、发麻而悲凉。

如此"中国当代艺术"的发展,意欲何往?我茫然而不得所知。

2010年11月

从壮怀激烈到颓废茫然的悲凉

——对中国当代艺术发展现状的批评

今天能有机会和在座的 15 位美国朋友来讨论中国当代艺术发展的现状,在高兴之余,不免又觉得颇有些滑稽和不堪。因为以我的认识,中国所谓"当代艺术"的发展成形,绝对是处在西方文化观念的阴影下所快速成长起来的怪胎,这与中国所固有的文化土壤及传统美学理念似乎是毫不相干,是纯粹从西方舶来的玩意儿。而所有围绕中国"当代艺术"的相关媒体批评以及诸多美术批评家和专家学者,又几乎都是"香蕉人"的语境,"黄皮白心",大多是在推行贩卖西方文化的美学价值观,及使用一些翻译过来的词汇来忽悠中国社会。所以,我作为一个中国的文化工作者,今天来和诸位美国朋友谈论中国所谓的"当代艺术"的发展现状,就不免会觉得有些滑稽而不堪,不过,我还是有兴趣来谈论这个话题。

说起中国当代艺术的发展和形成,这不得不追溯到 20 世纪的 80 年代,一场天翻地覆的政治变革,几乎颠覆了过去中国所有的价值观。在已过去的年代,也就是从 1949 年到 1976 年之际,那是在毛泽东为首的中央政府领导下,实行的是以工农联盟为基础的社会主义国家制度。那时的中国社会,尽管生活物质匮乏,但是 56 个民族的人民非常团结,他们士气高昂,满怀着建设社会主义新中国的豪情和实现共产主义的远大理想,质朴而单纯。而作为当年主导艺术创作的理念,所秉承的就是"为人民服务",是处在社会主义建设的光环下,大多是配合着当时的政治运动,循循发展而成长起来的。而作为学习的参照,在国际上由于和苏联在政治意识形态上同属于社会主义阵营,当年文化艺术界主要是向苏联学习,无论是文学、电影、美术、音乐等各类艺术形式,基本是以社会主义现实题材为创作的主流,这也正是那个年代的社会文化特质,而在那个年代所有的文化艺术创作的作品,中国的老百姓都是看得懂的。

我们现在把那个年代的艺术作品,大多称之为"社会主义的红色经典"。

而到了 1976 年毛主席不幸去世之后,中国社会的政治制度随着市场经济的勃然兴起而起伏跌宕。当年最时髦的口号就是"改革开放、解放思想",从中央到地方的各级政府一切工作的重点,就是如何搞活经济建设。于是,过去由政府主导的社会主义计划经济的发展模式也迅速转换为有社会主义特色的市场经济的发展模式,"不管白猫和黑猫,抓住老鼠的就是好猫",只要能发展经济。可一时找不到方向怎么办?可以"摸着石头过河",于是,全国 13 亿人民为摆脱物质的贫乏,统统朝着致富的康庄大道飞跑,这无疑是一个激情燃烧的时代。

如此社会政治、经济的风向指引,绝对会影响到社会文化意识形态的变革和未来的走向,差不多到了 20 世纪 80年代,向欧美文化学习的声浪终于取代了以往向苏联学习的热诚。一时间,欧美文化的各种思潮及文化理念,似潮水般涌向中国,激荡着中国知识分子的求知欲。那些年又是国门洞开,去美国,去欧洲,去日本成了最诱人的话题,很显然"西风东渐"的狂飙,已呈大势所趋,而对于过去长年所倡导和坚守的"文艺为工农兵服务"的方针,对所谓"社会主义红色经典"的文艺作品,则普遍持否定的态度而将其无情地唾弃。整个中国社会的文化知识界人士,其大部分都义无反顾地投入到欧美文化的怀抱里。

就在这样的社会文化背景下,"中国当代艺术"的出现,似横空出世,其崭新鲜亮的形象,又绝然是在欧美文化的阴影下,得以快速地成长。

在经过20世纪80年代"八五思潮"的汹涌澎湃的激荡之后,"中国当代艺术"的真正崛起,似乎被定格在1988年的冬天,在一个不准回头的标志指引下,中国当代艺术大展在首都北京中国美术馆隆重登场,而随着一声清脆的枪响,当一颗真正的子弹击穿了一件电话亭装置的作品时,我认为这个瞬间,就意味着"当代艺术"已在中国得以标志性地亮相,而这届当代艺术大展所展示的所有作品,也只有仅几年的短暂积累,可是艺术形式的多样,从印象派、野兽派、立体派、抽象派以及装置艺术、行为艺术,更几乎是一下翻过了欧美文化几百年的发展历史,如此能量、如此智慧,在当年这个大展所给予社会的,特别是给中国美术界带来的震撼,绝对是空前而巨大的。

不过,我们今天来回忆当年的这场大展所展示的各种新潮玩意儿,其相当的数量,其形式、风格,都几乎是直接从欧美弄来的舶来品,只是个三分像,而更多有着模仿、抄袭的嫌疑。

但是，就是这么个大展的延伸，它带动了所有欧美舶来的新名词、新形式和新理念，都快速地在中国美术界的土壤上生根、发芽、开花、结果，甚至影响到中国美术教育界的教学理念，并很快形成了中国美术界的主流文化而势不可挡。

看看今日"中国当代艺术"的现状，其标杆的示范，无非是"威尼斯双年展"、"卡塞儿文献展"等一些欧美范本，可在一些中国美术圈内的所谓专业评估却有着莫大的荣誉，壮怀激烈，引无数中国艺术家趋之若鹜。而国内的一些美术经营机构和相关媒体，则更是摇旗呐喊，也照样地依葫芦画瓢地去贩卖什么双年展、文献展的概念。这在中国的大中城市里比比皆是，大家你追我赶，走马灯似地不断炮制出一些新潮艺术家，并不断有人去国际领奖。

可是，激情过后是颓废而茫然。"中国当代艺术"所表现出来的形象、语境，似乎已成了一种定式，几乎大都是丑陋的、麻木而病态的，略混合着一股血腥味。甚至有许多作品的表现理念纯粹是意识形态的投机取宠，他们将一些中国的历史人物进行妖魔化处理，并有明确的题目指向，而一味地向欧美主子献媚，企图以此换取名利。

堂堂中华五千年文化的国度，在西方文化的映照下，我们的一些艺术家们居然如此的丧魂而落魄，在"中国当代艺术"的文化符号内，中华文化的精、气、神，都几乎消亡殆尽，是那样的无奈而悲凉。

地球村的概念，西方文化的物质诱惑，让许多的中国文化人迷失了方向而一味地生活在欧美浅层次的文化阴影里而自以为得意。他们忘了自己固有的身份，因为他，永远是一个中国人,因为他的黑头发、黑眼睛、黄皮肤永远是改变不了的,他的子子孙孙亦永远是有着一张黑头发、黑眼珠、黄皮肤的脸。

其实,中华文化的精神内核,是放之四海皆准的生活道理,是人类日趋于文明进步的文化指标。

中华文化主张的是天人合一的生存法则和朴素的生活理念。尊崇大自然,在大自然面前,永远保持谦卑的态度,是追求人类精神的物化和寄托,讲究的是灵动、虚静和飘逸的美学境界。她不同于西方文化的哲学理念,西方人在大自然面前是写实的,是见山画山,是见水画水,而中国人在大自然面前则是意象的,画的是他自己心中的大山大水,让一个艺术家以自己最充沛的自我去构筑情趣意象的图景。他把在现实社会中所感受到的"美"的意涵及所思所虑,如实而真诚地反映到他所描绘、所创作的作品中去,非常强调一件艺术作品的思想内涵,要努力做到艺术形式与内容意涵的完美统一,他认为高尚的艺术审美境界应为人类精神生命的文化结晶。

所以,我以为在若干年之后,一旦中国人能重新醒悟过来,能振奋精神,能多一份民族文化的自信力,能重新续接中华文化的命脉,那么,中华文化的高尚品质一定会给整个世界带来精神的营养滋润,怡情、文明而有序。

重新让人类正确地回归到大自然中去,不是疯狂地索取,而是天、地、人谦恭地和谐共处。

2011年9月

此篇为 2011 年 5 月 12 日下午在上海城市雕塑中心与美国访华团交流所作的即席演讲稿。

糟糕的一天
——被一日二则新闻所困扰

今天一清早便看到一则电视新闻，只见荧屏上一溜排开坐着几位商务部的官员，其中，有一位副部长级的官员正在发言。稍作倾听后，我不由惊讶，其发言的大意是针对国内市场上到处是"山寨版"的现象，在作权威的评判，他提到要区别对待，不能一概而论，并强调有一些模仿也是创新，意在鼓励而保护。这番话，可真让我有云里雾里的感觉而困扰之极，我很难以想象，在一个如此重要而高规格的新闻发布会上，居然有官员在堂而皇之地为"山寨版"搞正名，如此驴头马嘴地将模仿与创新画上了等号，这不能不说是一大荒诞不经的发明。这不由让我联想起在这三十年的日常生活里，"山寨版"的产品如影随形，抄袭模仿比比皆是，无论是城市的建筑环境，满大街跑的汽车，还是在日常生活里用的家用电器，或是去美术馆、画廊转转，亦都是一些西方文化的影子。真的不可思议，偌大一个中国，人口如此众多，又有五千年的文明史，可"中国制造"的原创力，却是那般的贫乏而苍凉，我以为"山寨版"现象的流行与泛滥，其诱发的主因，必定是唯"利"是图，出于急于想发富敛财的缘由。

其二是紧接着官方新闻话题之后的社会新闻,荧屏上有一段十分令人作呕的画面,尽管已做了必需的马赛克处理,可还是透着十分的邪恶和血腥。说的是我国深圳地区所发生的一件"虐兔门"事件,只见一位女大学生正微笑着,脸上从容不迫而神色怡然,用一块玻璃板非常残忍地将一只可爱、鲜活的小兔子硬挤压成一具血肉模糊的尸体。是可忍,孰不可忍,这真让我愤慨之极,这不仅仅是人性道德伦理的问题,其中所暴露的人性灭绝,简直比豺狼虎豹还凶残恶毒而无耻。凑巧的是,我在午后翻阅当天的报纸时,又赫然发现"虐兔门"事件的详细报道,原来是一家黑心机构为了盈利敛财而精心设计开发的一项业务。

上述二则新闻,仔细推敲,究其实质,无疑皆为"利"而来。不管是白猫、黑猫,只要能抓到老鼠,就是"好猫"。我想这"老鼠"的真实身份,无疑是诱人的经济利益。这也是三十年来搞活经济建设的一段至理名言。

什么"礼、仪、廉、耻",什么"温、良、恭、俭、让",为了崇高的经济利益都可以置之不理,这些陈腔滥调亦早已不适应今日之社会发展。

很显然,在经济大潮汹涌澎湃的今天,特别是在"西风东渐"的一路狂飙下,对经济物质的追逐和享有的观念,不仅已深深影响并改造了我们的城市、改造了我们的乡村、改造了我们的家园,甚至也彻底改造了当代大多数中国人的灵魂。在一些人的思想意识里,对一切可享受的事物,都满怀着获得和占有的痴情和欲望,因此,可以不惜摧毁人性中最基本的伦理价值和信仰,亦可以扭曲人性中的爱,他们有的只是对"物"的理性追求,而回归到自己动物的本性,甚至有些行为连牲畜都不如。

回望我们中国的历史,曾经是那样的辉煌而灿烂,她曾经是雄视全球的强大帝国,更由于文化的高度,她一直习惯于俯视整个世界,她贡献给世界的几个重要发明,无疑加速了人类文明的进程,她拥有世界上最多的人口,她有着自己固有的文化传承,她涵育有深厚宽广的生活智慧。

曾几何时,一切传统的、优美的社会遗传法式被废弃了,而疯狂地醉心于西方文化,甚至有中国人喊出"要外国来中国殖民三百年"的口号。这无疑是信仰的迷失与理性的错位,这也愈来愈危及到当代中国人的文化精神。人们已变得越来越不得安宁、浮躁而浅薄,随着社会贫富两极分化的进一步加剧,社会暴力的情绪只会愈演愈烈,从而导致道德伦理价值的彻底崩溃,这不能不看成是当今追求纯粹功利主义文化模式的罪孽。

今天,被二则新闻所困扰,我想了很多,也许是多虑了,不过很是影响一天的情绪。

2013年12月1日于西郊寓所
灯下随笔

仰望星空

——如何找回久已迷失的中国文化慧命

风吹一片叶，万物已惊秋，八月的申城尚未褪去暑热，而秋已悄然来临，8 月 11 日午后，我首次应邀在上海历史博物馆的"城市文化讲坛"开设一堂讲座，来分享我这些年的一些文化思考，尽管当天天气还是炎热，但与会听众们的热情却丝毫不受影响，济济一堂，很让我感动。

在演讲开始之际，我便直白自己作品的创作立意："也就是那几棵老树和几栋呈平面堆积的房子在天地间伫立着，非常的宁静，似乎在与天地对话，又似乎在倾诉着对东方文化命运的丝丝苦涩……时而流露着骨刺般直面上苍的悲凉，又时而点缀着片片绿叶，含有着丝丝的暖意，还活着，是象征着生生不息的文化慧命的能量在绽放，在重生，这便是我这一辈子的创作命题，是一种对当代文化思考的抽象图画的呈现。"

而"仰望星空"直指中国文化慧命的基因，自然有着"天人合一"所固有的人文情怀和灵性，她生意跃动，神智敏慧，也一直贯穿于我们民族所固有的历史文脉中——天地人三才，志道、配天，很显然，我们中国人生来是崇尚天地大道的。

按照五行学说的道理,我们中国是属于东方的民族,我们不同于西方的文化基因,西方属"金",金主"义",刚塞而勇敢,勇,必有衿奋之色,所以西方人好言"变",有创造力图革新的进取精神,是重物质的民族。而我们东方属"木",木主"仁",温直而弘毅,仁,必有温柔之色,所以中国人好言"常",有着恬澹、知足、乐天的德性,在追求物质生活的同时,更在乎的是人内在精神的诉求。

回望历史,尽管我们的民族在历史的进程中是多灾多难的,其翻天覆地的改朝换代,更是呈周期性的轮回,可有趣的是过去几千年来,中国文化的慧命,却依然能保持其优秀的传统精神而魂凝气聚,经久不衰而文物递盛,并且有着中国人完全属于自己的生活智慧,她有一种中和的生活本能和一种战胜各种困难的非凡之活力,能随着形势的变迁而自我完善,以适应其自身之经济、政治的社会环境,始终能若即若离、或强或弱的一直维系着我们民族的生存和发展,虽曾几度迷失,但从没有断绝。

这也许得感恩我们老祖宗传下来的方块字,但凡只要能识字,就能阅读中华原典的著述,就能串联起我们整个一部中华文化的发展史,而通过文字的阅读我们就能随时与历代古往的先贤圣人去对话,去寻找中国文化精神的寄托和智慧。

而中国先秦的诸子百家,正是我们中国文化的活水源头,这由群星灿烂所汇聚成的文化慧命,所折射出"仁、义、礼、智、信"的光芒,始终持续散发着勃勃的生机,一直呵护着、滋养着我们,要求中国人从正心、修身做起,然后从一个人到一个家到一个世界,这是我们这个民族所独特的文化对待,这也是中国文化的高明之处,生为一个中国人,自然有着崇高的文化尊严和自傲,而精神的伟大也足以保持其敏锐的坚守而不致迷茫于时代的纷扰中。

可是曾几何时,在近、现代,在西风东渐的强势激荡下,我们社会人文习俗的风尚却已越来越令人感受到莫名的迷茫和困扰,难以想象,我们一个民族所积聚千年的精神伟力和文化资源,目前正以呈快速退化的颓势,而利益至上的商业机制更是全方位高明地统摄着现代中国人的生活和追求,当然西方文化所追求的科学和民主的普世价值,是值得我们去借鉴学习的,但是也不能因此而忘记和迷失了中国人自己根本文化的属性。

现在我们的人生价值观、美学情趣、科研精神,已是越走越偏,越走越窄,整个社会的现实面都被急功近利的利益驱动,而呈现出浮躁而又庸俗的价值走向,从而失魂落魄,没有了文化慧命的归依,一切的一切只是唯利是图,因此迷惘而错失于追求物质生活的矛盾里,人们内心的精神家园是空空的,现在的人,尤其是城市中人,无论是富人还是穷人,为了生活都已逐渐沦为"物质人"而无可奈何。

其实我们现在都没有生活在真正意义上的中国文化的土壤里,这土壤已变质了,在如此进退失据的社会环境中,国之四维之礼、义、廉、耻,亦早已成过往历史之绝响,在繁荣的假象背后,到处是投机取巧的名利场。

在当代中国,科技界、文化界,向西方学习的声浪是一浪高过一浪,严重缺乏原创的文化精神,到处是聪明人的"弯道超车"和"拾人牙慧",再加上中国独特的房地产经济所带来的巨大泡沫的财富,便让一些人产生了莫名的自傲和自大,在现实社会的生活里,假冒伪劣充塞着物质市场,没有了本民族文化的自信和社会责任的担当,从而只有利益至上的疯狂追逐,在如此浮躁、忙乱的生活里,匆忙的人群已是无法去静下心来去感悟"格物致知"之天理良知,去感应"天人合一"的文化智慧,繁忙的生活节奏与碎片化的信息时代,人们更倾向于接受现有的、相对务实的西方文化,从而忽略了自己中国文化的智慧。

所以要重新找回中国文化的慧命和文化自信,就必须重新端正对生活的态度及人生价值观的求索,要注重每个人内在精神家园的建设和维护,要努力找回自己作为中国人的文化身份,要学会如何让自己的生活节奏能够慢下来,能安静下来,通过"静心"来感悟"格物致知"和"天人合一"的智慧生活方式,让良知常觉常照,则如明镜之高悬。尽管我们的外部世界是快节奏的,可我们仍然能够通过阅读,去深刻反省和领悟,在中国传统"文、史、哲"的典籍中,重新去找回智慧的精神伟力和丰沛的文化资源。

因为博大精深、理蕴醇厚的中国文化慧命,其"道法自然"及"自强不息"的生命力之顽强、鲜活,我坚信虽经历史沧桑,且依然"其命维新",她已是我们民族的灵魂。

国家要安泰,人民要安居,一切社会的发展都基于此,人人都应该清楚,社会分工三百六十行的一切,都应该各就各位而各得其所,每个人都必须善尽责任,才是社会和谐生命的饱满所在。

当然,在沮丧、批判的同时,也要看到每一个时代都有着每个时代的进步,当我们今天站在 21 世纪的当代,就应该从今天的历史高度去回望我们的历史文脉,去找回一个中国人的文化自信和文化自尊,这现实社会的当下,也正是中国文化复兴的历史机遇,知新必由于温故,而温故乃所以知新,而看似复兴、复古,实际上是要注入新时代的成份,这成份中包含有一种精神的新的需求,一种从变换的角度里去获得新发现的渴望,一种在更新中创造的追求。

2018年8月27日整理

附：访谈

艺术家要有"士"的文化精神

《天天新报》杂志记者　潘　昕　撰文

梳理历史文脉　找回文化自信

记　者：作为一名油画艺术家，您一直在倡导新时代的文艺复兴，您觉得现阶段的文化建设中首先要做的是什么？

周加华：当下最重要的是提升艺术家对本民族的文化自信。改革开放几十年来向西方学习的声浪，一浪高过一浪。我们似乎只看到西方文化是多么光鲜亮丽，而忽略了本民族优秀文化的传统，甚至是扭曲了、丢失了。为什么在20世纪初，还能不断涌现出像齐白石、张大千、徐悲鸿这样的大家，而越到当代，艺术大家越少？因为在西方文化的阴影之下，我们的艺术创作只游离于表面的形式，总是搞些西画民族化、水墨国际化的问题研究，这样来回地在形式风格上做探讨，而淡化了思想品质的讲究，又怎么会有大家出现？很多年前在西方很出名的某位当代油画家的画被拍卖到最高价的时候，我曾写过一篇文章说这是意识形态的一种错位交易。因为当我看到那幅画时，心就凉了，那幅画表现的就是一个丑陋的中国人形象，麻木而痴呆。又比如另一位著名画家，曾经为某一个博物馆画过一幅很著名的历史画,那个时候的创作,作者完全是处于一种自觉的状态,涵育有崇高的理想和丰富的人文情怀。然而当他留洋回来后,虽然是学了西方的很多写实画风,但作品却变得越发低俗了。我以为:艺术品的作用是让人赏心悦目、陶冶情操,艺术家的作用是要主导、引领百姓的欣赏口味,而不是去迎合市场。但现在很多艺术家却彻底把服务对象搞错了。创作的动机,纯粹是为了张扬个性和名利的追逐。却没有想到为我们这个国家、为社会、为人民而作。

几十年的唯物质论,"唯利是图"的生存状态,让相当一部分的艺术家失去了对精神家园的追求,从而也丢失了自己固有的传统文化价值而"丧魂落魄"。一个民族的文化如果连自己都不以为然、缺乏自信,甚至是丢弃掉,那就等于没有了自己的魂,"风吹草偃",百姓也就跟着迷茫,在这种情况下,党中央提出文化大发展大繁荣的方针政策,正是需要我们的艺术家承担起社会的责任来。社会精神家园的健康和富有,需要文化人来建设。

记　者:在经济高速发展下,我们的文化传统的确丢失得很厉害,您认为要怎样做才能把文化传统找回来?

周加华:这几年,社会兴起国学热,这是件好事。但说来说去只有一种儒学,需要什么就拿孔孟出来扣一下,事实上,孔孟只是传统文化的一部分,先秦诸子百家中还有道家、法家、墨家、杂家、纵横家……蕴藏着其后两千多年中国文明发育、成长的核心精神与价值资源。每一种学说在今天看来都有其现实的意义,就是春秋时管仲的经济学,即便是放到今天仍然有参考价值,中国人2000多年前就知道了,这是中华文明了不起的地方。先贤的道理,如果能够一直保持下来,我们中国的社会一定是全球最美最和谐的生活环境。然而曾几何时,西方新实用主义的思潮搅乱了中国人的平静,向苏联学习、向欧美学习……也就让一部分中国人逐渐淡化了对自己本民族优秀文化的认识。现在我们的教科书上还剩几篇诸子百家的文章? 不要说中小学课本了,大学课本都很少,除非是专门研究这一领域的。管子告诉我们社会要讲"礼、义、廉、耻",孔子告诉我们人要讲究"温、良、恭、俭、让",这是传统文化中很重要的部分,也是社会道德伦理的基础,可现在都渐渐消失不见了。所以,社会经济的高速发展,要特别注意社会精神文明的建设,这就亟待我们恢复文化的重建,伦理道德的重建。我在日本的时候,我发现有些地方怎么那么像中国,他们把东方文明礼仪的习俗保持得很好,而我们却没有了。从日本回来后,我的画风开始转变,枯树断枝残干老屋子是我近二十年的画中最常出现的意象,实际上,千年古树好比我国千年的文化,枯枝则是在隐喻我们传统文化中的断层,但是在枯枝之上,总是会有些新芽冒出来,因为我相信我们的文化总有苏醒的一天,我希望通过这些作品唤醒人们对文化复兴的认同感。

当然文艺复兴并不是要回到那个时代,要与时俱进,对传统文化的认识也不能只停留在儒家的学问上,要能够非常清晰地把握住中华传统的历史文脉,更要了解这一文脉所形成的艰苦历程,客观看待分析历史现象,批判性地吸取养料,把孔孟、老庄、墨子、杨朱这些学说交叉比较,才能取其精华,才能坚定对本民族文化的自信,把优秀的中国文化传承下去。

端正心态　用思考绘画

记　者：您一直在强调艺术家的社会责任，您认为什么是艺术家的社会责任？在我们的城市文化建设中起到了怎样的作用？

周加华：一个艺术家的社会责任就是要关心社会，才能推动社会往前走。中国古代"士"大夫的人文精神、品格需要研究认识，才能很好地传承。"士"的人文知识，不是单一的技术问题，要有"天下兴亡，匹夫有责"的精神归属，我认为这个"匹夫"，就是指今天的真正的知识分子，要有一种"士"的文化精神。特别是搞艺术职业的知识分子，必须承担起对社会的责任，要站在大部分群众、弱势群体的角度去思考问题，而不是为取悦某部分人、为得奖而创作。改革开放几十年，我们的艺术创作过度强调了个性解放，当然，艺术创作的确需要个性解放，但同时，比它更重要的一点，是要有社会责任感。艺术家不能离开诉求目标，绘画是为谁而画？为自己，但更要为社会、为人民，要体现出本民族的艺术情感。一个有独立精神、优秀的知识分子，首先心中要装得下天下，装得下黎民百姓，而不是仅仅满足自己的私欲和单纯的个性张扬。知识分子要把自己的学问才智，诚心诚意去关怀这个社会。人生是张单程票，来去只有一次，让自己的价值体现在社会的发展中才是最重要的。

去年，上海启动历史文脉美术创作工程，要在三年里创作一百幅美术作品，再现"上海历史文脉"，这是个很好的项目。但历史画不是玩技术，不是拿一张老照片放在那里依样画葫芦就行了,历史画也不是展现艺术家的自我个性,而是需要画家本着对历史的思考,对民族的信念,对社会的责任,来进行创作,准确地把握住历史的文脉,真实地表现历史上的某个片段,以上升到文化理念的高度。但试问,现在有几个艺术家能够真正沉得下心,耐得住寂寞,能经过长时间的思考,来完成一幅能成为传世之作的历史画呢?我们的文艺创作总是强调"主旋律",但"主旋律"不能光喊口号,艺术家自身的文化素养要提高,文、史、哲、经都要涉及。有了很好的学问、修养,你创作出来的东西才能去感动人,才能引领社会大众的文化品位。艺术家应该是一个思想者,要有独立的思考和修养,而不是整天"拿来主义",绘画创作需要丰厚的思想内涵,否则就仅仅只是一个画匠。

记　者:如今艺术品价格每年都在上涨,动辄拍出几千万的天价,导致了不少艺术家丧失了社会责任感,创作偏离了为人民服务的宗旨,如何改变这种心态?

周加华:在崇尚物质生活的当下社会里,艺术家尤其要端正自己的心态。现在美术界说到当代艺术,要么是意识形态,要么就很丑陋,当代艺术的符号被扭曲了。当然,有人讲,当代艺术的特征,就是对社会现象持批判的态度,我以为,在批判的同时更必须要提供有社会积极意义的价值取向,当下的就一定是丑陋的吗?艺术家还是要做一些老百姓喜闻乐见的作品。有人也说我老画那些树啊、房子啊,看不懂,但有的人从中读到了禅的境界,有的人读到了一种苦涩、孤寂的心情,有的人觉得它就是一幅风景画,各取所需,这就是绘画的魅力。我画画三十多年,很少参加拍卖,我希望能尽量保存一些作品,各个阶段都留一些。它们都是有生命的,非常鲜活,让它们聚在一起,能够很完整地体现我一路走来的思考。当然,作为艺术家要靠卖画维持一定品质的生活需求,这也是必然的途径,不过要有所坚持,尽量克服急功近利的心态。一味的利益驱动会产生一种潜移默化的心理障碍,会盲目地去迎合市场上的一些需求,但这些需求很可能不是健康的。

现在还有很多艺术家出国发展后就变换了国籍,还常回国来搞艺术活动,很热闹。我不反对到外国学习别国的好东西,但无论画画还是写字,首先要学好做一个中国人,做一个堂堂正正的中国人。作为艺术家,要对自己手中的这支笔有所坚持,才能画出唤醒大众精神的优秀作品来。

记　者:年轻艺术家也变得越来越浮躁,在对美术人才的培养上,是不是存在不少急功近利的心态?

周加华:在市场商业机制的汹涌澎湃下,人人都追求利益最大化,这也是无可厚非,但问题在于作为一名学校老师的责任意识上,要知道如何用心去培养一个学生。几十年前,上海只有两个美术专业院校,一个上戏美术系,一个上海美专。现在呢,美术学院的招牌遍地都是,院长、教授也比比皆是,可这些学校培养出来的人才品质怎样?很多人懵懵懂懂,社会上讲究的都是参展获奖,为评职称,为求得利益的最大化。有这么多的诱惑,为了急功近利,就有一些学生和老师一起迷路了。

人类的文明程度,是有标杆的,"真、善、美"是人类文明永恒的主题,艺术创作是一条很辛苦的道路,必须找回健康的创作心态和涵育有丰厚的人文学养,这样才会有神来之笔的出现。

办公共美术馆而非个人美术馆

记　者：去年上海各大美术馆、博物馆对市民免费开放，您认为对于普通市民来说，现在上海的美术氛围如何？这些美术馆能够满足大众的需求吗？

周加华：美术馆有两种建法：一是先有作品再有美术馆，这样的馆是有生命力的；二是先有馆，再为了馆而填作品进去，这样填进去的作品难免急功近利。很多欧洲的博物馆，都是有了作品，再有了基金，才去建馆。所以我们应该做些实事，不要老搞些"假大空"的馆。现在上海，多的是个人美术馆，公共美术馆却很少。有人也让我搞一个个人美术馆，我说我不搞，我要做公共美术馆，真正地服务于社会、服务于广大百姓。而个人美术馆除了保留自己的名声外，能为社会带来多大裨益呢？2000年，我曾经在当时的中国第一高楼金茂大厦的裙房，约1万多平米的空间，搞了个"精文艺术中心"，办了好几个高品质的画展，很有些社会影响。后来因为经济的困扰，在坚持了一年后，被迫关闭，很可惜，倘发展到今天，难以想象。2004年，我在杨浦区又做了一个大都会美术馆的项目，将解放前的国立图书馆的历史建筑来改建，希望能做成一个真正意义上的美术馆，努力坚持了近10年，在即将开工建设之际，由于地方政府认为是赔钱的项目，最后还是失败了，这些都是挺无奈的事。我认为上海这座大都市，需要建一批不同类型的公共美术馆，来增强广大市民对美学知识的普及和提升高尚的审美情趣。

记　者：您认为应该如何让艺术真正地走近老百姓？

周加华：现在大家都在喊"文化产业"，这个概念很好，但切莫流于形式。真正让艺术成为产业，就必须要和广大老百姓的生活相关，要脚踏实地做些事情，不仅仅弘扬中华文化，还要让艺术走进千家万户。我现在在帮闵行区古美街道设计一个"古美艺坊"，这里本来是一块商业街区，但街道政府很有心，想改造发展成为一条艺术创意大街，来服务于广大社区的老百姓。古美地区现有15万人口，如何让百姓的生活品位提高？这个品位就是生活艺术化。我希望在这个艺坊里，把商业和艺术都很好地融合在一起，比如艺术书店，其模式不是简单地卖书，还有艺术延伸品的展示陈列。我还要把一些濒临流失的民间艺术门类的大师找回来，让他们聚在一起，产生好的作品，通过好的商业平台来进行传播。街区改造后，整个规模会有三万多平米的面积，所有的艺术品都跟老百姓的生活密切相关，包括一些茶道、香道、花道和餐饮的配套。未来这里将孵化成一个人文氛围非常浓的街区，以艺术符号来贯穿，有很好的审美取向，而不仅仅是一个打着艺术旗号的二手租赁客的角色。

2012年4月13日

城镇改造
的
思考

不妨先做一些减法

——要重视都市环境的视觉污染

在开放搞活的国策感召下，几年的时间里，高速发展的城市建设所呈现的辉煌业绩，使上海这座闻名遐迩的远东大都市，正日复一日地发生着巨大变化，似乎也足以印证了那句豪言壮语："三年大变样。"

在我们城市的东、南、西、北、中，凡视觉所到的范围，各类新型的广告灯箱，形态各异，却混杂交织在城市的主要干道、街道上延伸着；和着错落有致的商家招牌、霓虹灯，交相呼应，有效传递着各类商品资讯、企业形象。

一些主干道、绿地旁，又不时闪现出一尊尊不同材质的艺术雕塑或一道道艺术雕塑墙，形成一组组具有不同艺术个性的环境景观。

如此全方位、立体地呈现出都市公共环境的视觉交响，似乎凸显出我们城市的经济繁荣和公共艺术环境的突飞猛进，然而，就是在这繁荣、突飞猛进的视觉交响中，却又不时出现一些不相协调的音节，折射出一个城市在经济腾飞之际容易产生的负面社会效应。

拜金主义、唯利是图、弄虚作假、浮夸庸俗等，不时影响着部分艺术家和设计师的创作心态，一些审美能力钝化、浮浅化、低俗趣味的街头景观,在我们城市中时有出现,这与我们欣欣向荣的现代化城市形象是如此不相协调,也有损于我们上海的城市形象,如果继续任其泛滥发展下去,必将成为都市环境中新增长的视觉污染。

过去在计划经济体制下,城市环境建设由政府独家包揽,出资营造;一些方案自然由官方裁定。现在不同了,在市场经济体制下,凭借实力,百家争鸣,百花齐放,城市环境建设更日趋多样化,而标新立异,追求时尚,这也正是当下艺术家、设计师们的普遍心态。

也许是出于急功近利的诱惑,一些艺术家、设计师为迎合市场,便盲目地对"新、奇、洋"的东西,不加选择地趋之若鹜,如将中国港台地区、欧美,古典、现代、后现代的各种形式,都不加选择地通通搬过来,丝毫也不顾环境氛围和一些建筑物自身的艺术风格及其功能作用。

我们还可以看到,沪上一些显眼的建筑物上,超大信息量的户外广告载体,肆无忌惮地在建筑物外墙、顶上,毫无章法地散发着各类广告资讯,极大地破坏着一些建筑物本身所特有的风格和艺术魅力,譬如:著名的"大世界"已无从辨认,从周边至顶部,所看到的只是一片五颜六色的广告,人们心目中的"大世界",早已荡然无存。

此外,在本市的一些"灯光工程"作用下,每当夜间,道路两侧的树丛间,便会散发出幽幽的绿光。也许这是设计师的精心创意,强化"高雅"的环境氛围,不过路人走过总会有一种阴森森的感觉,特别在走出衡山路,不远处便是灿烂辉煌的淮海路,灯火通明,令人眼花缭乱,十步一岗的跨街广告灯箱,用一串串白炽灯紧紧相连,我记得不少驾驶员说过:"夜间过淮海路,眼睛很疲劳,开车很累。"

人们热爱美、欣赏美、追求美,是一种自然的对美的需求。人们向往在美的世界里生活:朝霞彩虹、高山流水、明月清风、鸟语花香,都会使人心旷神怡,流连忘返。

"地球并不是我们祖先遗留给我们的,而是属于我们的后代",为后代留下一个美好的环境空间,减少孳生的城市视觉污染,是我们这一代人应履行的道德责任。

就当前而言,对于城市环境建设,在"大干快上"的同时,不妨先做一些减法。

1997年8月3日

国际化都市形象与房产品牌意识

　　上海的城市在飞速地发展,而"阿拉上海是一个国际化大都市",这是近年来已悄然流行于上海人嘴边的一句时尚语汇。

　　作为上海籍人士,自然就颇为得意。

　　的确,自进入 20 世纪的 90 年代,上海凭借地理位置的优势和政府宽松的政策导向,就顺风顺水因应着时代改革开放的大势所趋,在 20 世纪的最后一个十年,沪上房地产业市场便迅速崛起,迎来了历史上空前壮观的繁荣期。

　　于是,大规模的城市建设工程便纷纷上马,这一波又一波的建设热潮,几乎席卷了我们城市的每一个角落。东、西、南、北、中,到处在大兴土木,而机声隆隆,脚手架、塔吊直耸云天,一幢幢别具风格的摩天大厦,一块块不同凡响的居住物业,伴着内环线、外环线、地铁网路的不断延伸,如雨后春笋般迅速呈现,林林总总而争相斗艳。各类建筑的风格造型,真是多不胜数,倒也继承了上海人常自以为是的所谓"海派"的文化传统,颇有些"海纳百川"的雄伟气度与博大胸怀。

　　但凡世界各地的一些经典建筑样式(特别是风行于欧

美的建筑风格），在鳞次栉比的楼盘物业之间，在一些"标新立异、风格多样"的建筑外墙立面造型上，都几乎能依稀辨别，有的简直就是拿来之作。

还不到十年的时间，上海在发生历史性的巨变，建筑的成群崛起，交通的拓展，诸多公共设施的配置，快速地改变着我们城市的以往格局，继而又大大促进了我们城市环境的现代化转型，我们城市的整体发展亦已快速导入了新的合力，从不断更新的城市图景中，已充分凸显出上海城市在与当代国际潮流同步发展的比较中，再度呈现"国际化大都市"的上海形象。

从某种意义上来讲，城市建设所提供的不仅仅是单纯的居住、商办的建筑物业，其中必然蕴藏着丰富的社会、经济、文化和科技的内涵，都有其独特的地域历史文化的个性。

"国际化大都市"的上海形象概念，可不是一句简单的时尚口号。

当下我们城市的生活空间已发生了根本性的变化，人们的居住文化已不再是从单纯的居住面积而盲目地选择物业，不仅仅是对室内的房型布局，外立面的造型处理十分讲究，更是对物业周边环境的设备——道路、车道、绿地景观之美化的要求，日趋提升，并因城市景观整体化之流行趋势的要求，期盼我们所生活的城市空间，更为舒适和美好，让身心在生活环境的氛围熏陶下，健康发展。这就要求我们的城市建设，不仅要满足生活的机能，注重科技的含量，在建设中应更多更直接地摄入精神文化的要素，从而形成国际化大都市的时空张力。

作为健康有序发展的房地产业市场,其关键所在,不仅仅只是关注政府的相关政策导向和研究时下人们对置换物业的概念引导。更主要的,还是源自诸多房地产开发商其自身的文化修养及创新意识,如何提升开发商企业的内在品质,能真正地注入房产的品牌意识,所以对开发项目,要从外在形象到内在品质,必须有一套科学的论证。

　　城市之于人,人之于城市,是相互影响的,要综合城市的空间结构和特有的文化个性和生活功能,以及相协调的周边景观、先进的建筑工艺、规范的物业管理、完善的配套设施及独到的功能开发,以全方位、一体化设计的高品质品牌物业,来推向市场,筑就品牌效应。这不但可以全面提高物业的整体品质,从而激发广大消费者的认同,更是对城市整体空间问鼎国际化大都市的重要保证。

　　所谓"品牌"的建立,必须具备二大特征:一是整个消费市场的认同,它所包括的是整个楼盘的物业策划、设计、施工、服务、经营管理,有着其独特的企业文化风格,能引起一种符合时尚的心理追求;二是连带的跨行业集团的构筑,也就是企业的规模效应,必须高品质地把握物业所涉及的诸多作业层面,有能力展开一体化服务,由内及外的整体诉求。

　　秀外慧中,以卓越的文化品牌意识去开发整体物业,在建筑物业的背后是城市的文化精神。

2000年1月

对上海城市雕塑景观的思考

引　言

　　就"城市雕塑景观"而言,它有属于自己的独特语境,它是一种植根于"城市",承接地域文化内涵和延续历史文脉的雕塑景观艺术,必定是这座城市的文化代言,也必定会承担起审美教育和精神福利的功能,同时,为这座城市形塑公共空间的文化精神,并能不断地与时俱进,为适应社会发展的新常态,而将新时代的文化艺术理念结合史观,及时融入于这座城市的公共空间,建设有文化历史内涵、有创新活力的当代城市雕塑景观。

一、当下城市雕塑景观的困局

　　上海城市,在历经三十余年的规模化蓬勃建设之后,已发生了"翻天覆地"的历史性巨变,所呈现的宏大规模与骄人业绩,也足以震撼当下的国际社会,而令世人叹为观止。继上世纪 30 年代旧殖民时期,上海曾一度造就了城市建设的辉煌,到了 21 世纪的今天,上海的城市建设,又再一次创造了举世奇迹般的辉煌与繁荣。

而相比较之下,作为上海城市的公共环境建设,则相对显得滞后,尤其是公共环境中的雕塑景观部分,则更是令人不敢恭维。

尽管这几十年来,上海城市公共环境在政府一以贯之给予大力支持的前提之下,各种题材、样式的雕塑景观,也还是有相当的规模和数量,其中也不乏一些所谓"大师级"的作品,而各种各样雕塑景观的"经典"、"时尚"风格,也是呈多元格局,在视觉印象中,抽象的,具象的,林林总总的还是不少。

然而,在如此诸多的雕塑景观中,却又很少有激动人心的作品,更无法让我们社会大众的视觉神经产生感动,而留下什么深刻的印象。

还有一些雕塑景观作品,更几乎是粗制滥造的堆积,其艺术表现形式语汇的低级趣味、量体的怪异,更是极大程度地破坏了城市公共环境中的生态协调,在社会大众的视觉体验中,已然成为新的视觉污染。

我以为用重金去构筑一堆新的视觉污染物,实在是可悲之极。

这也是当下城市雕塑景观的困局。

二、城市雕塑景观的创作心态

但凡优秀的雕塑景观作品,一定会产生视觉的感动,会让人流连忘返。

所以如何构筑城市公共环境中优秀的雕塑景观?首

先,十分重要的是创作者的心态,切忌心浮气躁而急功近利,心态要平和,一定要谨慎的思考,要设法把握住这个城市生态的文化历史,当代人是生活在人类历史的文化脉动里,每一个时代,都必然要担当起历史沿革、承上启下的责任意识而薪火相传,而城市公共环境中的雕塑景观所具有的历史人文精神,一定是一个时代的文化烙印。

一件优秀的雕塑景观的构筑,不仅仅只是雕塑家的专业,更需要文化创意、策划的率先介入,一定要编制出雕塑景观的文化故事情节,这就需要非常丰厚的历史人文的学术修养,因为不同区域的历史文脉,题材的选择、确立,一定是独一无二的,必须具有区域文化的独特个性,也唯有在雕塑景观的题材确认之后,才能寻找适当风格的雕塑家来艺术处理,完成作品的实施。

所以,一个城市公共环境中的雕塑景观作品,需要的是长时期的规划和逐步营建,要有城市生态前瞻性的远见卓识,是城市历史人文精神的承载,需要的是雕塑景观的精品力作,不可能一蹴而就,更不可能在短时期内,由满腔的激情,重金的支持,所能完成的宏伟蓝图。

而且有必要参考在海外一些城市文化先进的国家,他们就非常注重社会公共环境中雕塑景观的营建,其营运的过程非常的严谨而务实,所选择的题材大多是围绕在不同地区历史上重大事件的故事彰现,和不同时期历史人物的纪念、缅怀,以及城市建筑人文景观的协调补充,也当然,有一些主题性的雕塑公园的构筑。

就某种程度而言,社会公共环境中雕塑景观的表现,在视觉欣赏中,应该可以让人感受到一个城市发展的历史人文轨迹,是历史多个不同时代的视觉文化印记。不仅是艺术美化了城市的视觉空间,更是形成人们美好生活的精神诉求。

要有对历史负责任的态度,随着不同历史时期的逐渐累积,可以自然而然地形成社会公共环境中雕塑景观的规模而不断延伸城市文明的命脉。

雕塑景观必须交融于一个城市的历史生态环境中,是城市文化品质的体现,是需要综合人文学识的精心构筑。

三、城市雕塑景观的经营必须强化对本土文化的自信心

规划营建上海城市社会公共环境中的雕塑景观,必然会适度引进一些国际社会所谓"大师级"的精心力作,以充实和提升上海城市日趋国际化都市的形象,可以进一步展示、凸现上海城市"海纳百川"的宏大文化气度。

但在如何引进的过程作业中,一定要保持健康的心态,要谨慎的考量,更要尊重综合专业的评估,切忌"崇洋"心态的作祟而盲目导向。

我认为,由于各国文化背景殊异,"洋雕塑"的盲目引进,也就必然存在水土不服的问题,因为海外一些优秀的景观雕塑,在他自己的国度,在自己的文化土壤上,在适当的文化时空背景、建筑业态、空间氛围的簇拥下,其作品的视觉语汇,定然是"大师级"的效应。倘孤零零的飘洋过海到一个不同文化背景的国度,由于环境生态的时空氛围不一样,就一定会发生变异,从而会影响其作品所固有的精神语汇的视

觉感动,甚至适得其反,所以,要讲究合理的消化引进。

当然如何激活传统？我认为需要对材质、形式、精神内涵做总体的梳理。要善于用传统文化对城市空间进行艺术创造,比如枯山水,它给参观者留下的想象空间很大,充满着心灵的寓意。这样的艺术效果显然是工业材料所无法达到的对现代城市景观的营造,我认为竹、木、石头、活水,都是可用的素材。天然的材质具有一种亲和力,庄子很早就懂得"原天地之美而达万物之理",所以要挖掘古人的智慧,强化对本土文化的自信心,最重要的在于挖掘我们传统中对人的观照。

历史传承至今的任何经典文化遗产,一定是根植于自身的文化土壤而滋养结果,从而名垂史册。这其中也包容对外来文化的学习和吸收,是审慎的批判选择,合理的消化引进,渐渐同化交融于中华文化的道统一脉。其实质的精神内涵"洋为中用",则一定是中国化的。

四、城市公共雕塑的社会大众基础

作为视觉艺术与城市公共环境中的雕塑景观,其服务的对象,必定是广泛的社会大众,而决不是雕塑家的孤芳自赏。

雕塑景观的题材选择,要能充分考虑到社会大众所关心的文化生活议题,创作者要深入地走进广大市民的生活中去,体会其中的甘苦,去寻求创作的灵感。

对于美感的认同,决然不是专业的趣味,形而上的意识形态的创作,必然源于形而下丰富的生活观照。

雕塑景观的营建,是社会公共环境的载体需求,一定是融汇于社会日常生活的城市生态中,好的景观雕塑就一定会让过往的社会大众留下深刻的视觉印象,可以令人感动、产生人文精神空间的遐想,从而陶冶人们的文化生活情操,以及对历史事件的瞻仰,和对著名历史人物的纪念、缅怀,也是社会公共空间、人文精神的视觉传播手段。

雕塑景观的创意,一定离不开广泛社会大众的审美情趣。

五、城市公共雕塑与社会公共环境中的协调

城市雕塑景观的建成,决然不是独立存在的物象,除了雕塑景观作品自身的文化精神语汇,无论是抽象的,还是具象的风格形态诉求,都必然要与雕塑景观周围的建筑、园林、空间相互依托而浑然一体,所谓有"画龙点睛"之功效,要起到整合环境的领袖作用。

然后可以考虑适当的材质、量体以及位置的选择,要能够保证协调环境,是舒缓有致、有节奏地将作品镶嵌于社会公共环境的自然氛围中。

雕塑景观的艺术空间,必然是扮演社会公共环境中的主要角色——灵魂核心。

所以,组建景观营造师团队,必须有综合专业的知识,在实施过程中,重要的是对景观周围的环境有着充分的调研,达成合理的综合配置,以及对适当的雕塑形式、量体、材质作统筹考虑,要起到整合环境的作用,以吻合社会公共环境的客观条件要素,始终把握住空间处理的总体节奏,是协

调的音符,而非混乱的杂音。

一定要尊重建筑师等相关专家的意见,不可能是雕塑家个体的艺术冲动所能涵盖的,公共环境中的协调视觉经验,是多种学科专业的互动汇集。

六、为创造城市公共雕塑精品力作而留有余地

城市社会公共环境中的雕塑景观,是当代人文精神的视觉传播载体,交融于历史时空的过去、今天和未来,雕塑景观的营建,主创人员必须要具有强烈的历史责任意识,要正确地把握住历史的文脉,要创造我们当下时代的精品力作以传世后人。

我们在所居住的城市空间里,也都只是匆匆的当下过客而已,如何将当下时代的生活文化理念,透过社会公共环境中的雕塑景观语汇,在这个城市的土壤空间,得以长久留存,当然,当下时代的文化印记,也仅仅是一个历史片段而已。

一个城市的人文艺术空间,必然包容各个时代的传世经典。

任何一个雕塑景观的产生,自然要经过历史的检验,而非粗制滥造的堆积可以蒙混。

力所能及而留有余地。

不在于多,而在于有合乎情理的传世经典。

城市社会的公共环境,需要的是当下时代的精品力作,宁可少一些,但必须是传世的经典作品。

2001年1月28日

不妨再做一些加法

——博览万国建筑之余

　　说起"上海"两个字，总觉得洋洋的，多多少少会有一些国际化的意味在其中，对上海本土方言稍做研究，可发现其中不乏外来语的渗透，似乎可以佐证在上海近代史的文化脉络中，似蕴涵着一些与西方文化牵扯不清的必然联系。

　　有史料记载，公元 1843 年 11 月上海开埠，在当时西方列强殖民文化的强势介入主导下，最早期上海县城外的荒野滩涂上，出现了简陋的洋行建筑，也就是上海近代史上最初的外滩建筑景观，应该也属于上海城市最早期的标志，后来，上海城市建设的持续发展直到 20 世纪 30 年代前后，以黄浦江畔的外滩建筑群为轴心辐射，简陋的房屋已变更为宏伟壮丽的"万国建筑博览"，加上金融、商业的繁荣，已然构成一道闻名遐迩的"远东华尔街"而蜚声海外。一时间，万商云集，都市化建筑的规模已然形成，从而也彻底改变了上海原先封建型小县城的格局，演绎蜕变成为当时国际化大都市的城市形象，她无疑是中国近代史上最大的经济中心城市，也更是当年东亚地区的国际金融、贸易的重要城市，其辉煌的城市发展业绩造就了世界城市发展史上的一个奇迹，亦自然形成了上海"吐故纳新，见贤思齐"的独特海派文化。

多少年过去了，经历风云变幻和世事动荡，而寄寓在上海城市建筑群中的人文历史积淀及丰富的艺术内涵，却从未因时代变迁、岁月流逝而被消散淹没。

在世纪之交，在20世纪的90年代，历史再一次选择了上海，在全国改革开放的时代背景下，中央政府对上海的城市化功能发展目标，作了前瞻性的历史定位，上海的城市化建设又一次获得了新一轮的拓展契机，这是大时代所赋予的历史使命。

伴着经济建设大潮的汹涌澎湃，上海的建筑业市场以其惊人的速度和魄力在全市展开，东、西、南、北、中，整个上海市，几乎到处都是建设工地，相关的道路、住宅、办公大厦及所有公共场馆和相关配套设施，都急需要去建设实施。

毕竟上海的都市化建设，由于历史的原因，已沉寂了半个世纪之久，今天，恰逢如此大好的时机，这真是一个激动人心的年代，又怎能不令人热情激荡而大干快干呢？在20世纪90年代初期，"三年大变样"的豪言壮语，实在很鼓舞人心。

而事实胜于雄辩，仅十来年的工夫，上海的城市形象已然发生了"翻天覆地"的巨变，上海的都市建设所呈现的规模态势，已足以令世人叹为观止——不仅仅极大地震撼了国人的想象空间，更是让国际社会惊叹不已，可以说，上海的城市建设再一次创造了举世奇迹般的辉煌。

现在的上海，已不再是过去那样封闭、沉闷和灰暗，到处充满着明亮度，而活力四射、绚丽多彩、蔚然壮观，显示着国际大都市的现代风采。

作为一个上海人，面对如此繁华的都市化建设实景，我由衷地感到自豪与鼓舞。

但在激动之余，我内心的感受，却还总是存有那么一丝涩涩的苦味，也许是有一种狭隘的民族文化观念在作祟，我仿佛依稀觉得在这国际化大都市的辉煌与繁华背后，隐隐然，似乎闪现着一张民族文化悲哀的脸，既苍白又无奈。

近年来，每当我漫步于城市的街道，或是驾车行驶在高架环线上，视觉所触及的景观，几乎都是高楼林立的建筑物，鳞次栉比，密密匝匝。当然，偶尔也会有一片人工养殖的绿地生态，但还是多多少少会产生心情上的压抑与困扰，恍恍然有进入一片"混凝土森林"的感受。

在如此高密度的建筑物群体中间徘徊，再对周围一排排建筑物稍作观察，不难发现，在我们所居住的生活空间里，居然已汇集了来自全世界的建筑语汇，从欧美古典建筑，到当代几乎所有国际流行的建筑样式，似乎都能在上海新一轮都市建设的宏伟景观中一一觅得，当然，其中有一些是从海外直接移植而来的，而更多则是经过设计师的东拼西凑裁剪后落户上海的，所有的建筑物，几乎都有一个时尚的名号，标新立异而引人注目。其中更有一些建筑物的顶端，会莫名其妙地长出些奇奇怪怪的装饰构件，似乎有着各种象征性的意义，这也许是一些大楼业主的独到创意，然而从整体来看，却不是很协调，显得非常突兀。

如此零零落落、浑然交织在一起的建筑语汇，所构筑成的新一轮"万国建筑博览"，在我的总体视觉印象中，多少有不伦不类之嫌。

记得在7年前，《文汇报》笔会曾组织一次关于都市建设的专家论坛，我曾写过一篇随笔，针对都市的环境建设，题为《不妨先做一些减法》，希望我们的城市建设在大干快干的同时，多一些全域考量，多一些人文关怀，建筑毕竟是百年大计，要多为我们的儿孙辈去想一想，切忌心浮气躁。

今天，7年的时间也过去了，面对绚丽多姿、繁花似锦的上海大都市宏伟图式的再现，一方面，我不得不感佩上海城市"海纳百川"的博大胸怀和气度，这是一个激动人心的时代，另一方面，我还是期望在新一轮"万国建筑博览"的宏伟图景中，在如此繁华的世界建筑语汇中间，不妨再做一些加法，希望能更关注一些本土文化所传承的建筑语汇。

祖国传统的人文历史脉动，贯穿于我们的日常生活空间，与我们息息相关，如何尊重和传承祖国的传统人文精神，亦是当代都市构筑的重要文化指标。

2003年12月于上海

老家的宅院和门口的一条老街

一

每个人都有自己的老家,而我的老家在嘉定县城厢镇中央的一条老街上。

"人民街"是当年老街的称谓,可想而知,这一定是在公元 1949 年之后所改的名号,在当年应该很流行"人民当家作主"的口号,我以为,老街能获此殊荣,从某种意义上也可以佐证老街其显要的地理位置,也就是它扮演了嘉定县城内其主要城厢街道的形象。

我老家就居住在人民街 174 号的一栋老式大宅院内,是临街道的,门面很朴实,出入的门口也不大,视觉上非常的不显眼,仅有 6 扇排门板并肩而立,通常也只开启中间的 2 扇门便于出入,但推门进去,眼前会豁然开朗,应该是一个有着相当规模的宅院。

在当年宅院内共有 6 户人家居住,由于各自生活功能的改建,使宅院原先的建筑生态结构之怡情风貌,遭到了破坏而无章可循,可是在宅院内居住久了,却还是能依稀辨识出宅院其原先的结构布局。

以厢门、中厅堂为轴线,南北纵深有前后2个庭院,两侧有数间厢房延伸,从一进庭院四角的砖雕漏窗中窥探,里面还有4个内设小庭院,十分雅致,当年在两侧的厢房内已住有2户人家,我家就住在被改建后的中厅堂位置,有2间房,正对着一进庭院,庭院很讲究,是由多种石材图案铺设而成的,庭院的入口上方,还有一个砖雕坊,有着古代人物的故事叙说,雕镂工艺是非常精致的(后在"文革"中被毁坏)。我小时候就常在院子里做功课、画画、玩耍,特别是每到夏季,前院3户人家都会集中在庭院里乘凉,彼此交流些邻里之间的趣闻轶事,一些孩子们此时则更是凑在一起讲故事、捉迷藏,忙得不亦乐乎。再顺我家房间边上的廊道走下去,还有一个二进庭院,也住着3户人家。庭院可不如前院讲究,但要大很多,在其中一户人家的后门外,就是宅院的后花园,有一口井,以及几棵大树和一些无人照看的野草花卉,其中有棵银杏树,据说已有上百年的历史,夏日里我们常会跑去后花园在井里冰西瓜。因为是隔了一户人家,进出很有些不方便,但我十分喜欢后花园的环境氛围,那棵银杏树,我曾爬了好多回,当然也摔过几次。

整个大宅院是砖木混合建筑,粉墙黑瓦,有如此规模,完全可以想象到这宅院在往日的气派和风范,我推想,当年建造宅院的主人,不仅仅很富裕,一定还具有相当的文化涵养,才能有如此清雅的格局。

二

因为我家的宅院是临街而立的,走出大门便是街道。

在老家居住的日子里，我几乎是每天都要在这条街道上往返好几回。

这是一条用小石块铺就的街道，道不宽，但很长，直贯嘉定老城厢的西门至东门，绵延6里长，沿市河而筑。在老街上，除了有一座宋代的古塔及一座明代的私家园林外，大多是极富中国江南城厢韵味的传统民宅，漆黑的瓦，白色的墙，高低错落而此起彼伏，这些宅院的规模有大有小，但几乎都带有庭院，其临街的门面，也都很质朴不张扬，大多是明清和民国时期的建筑。

在街道的两侧，有着各式各样、不同种类的商铺、烟纸店，在出售日用生活品，也多少映衬着老街的繁荣。

伴着市河的流淌，河面上不时有船只来来往往，或停泊在僻静处，一些横跨河面的桥梁则随河道宽窄有大有小，大多是拱形石桥，都已经历过相当的历史年轮。

在河道水桥边，也常有人在河里洗刷，荡漾着的水波，煞是好看。

当年老街上一些电线杆，大多是木制的，高高低低，歪歪扭扭，有时从房子的屋檐上冒出，似乎很有节奏地将老街的建筑给串联了起来，在一些老街的拐角处，还能看到一些古树名木和各种花卉，点缀着老街的审美情趣。

街道上很少有汽车开过，大都是来往的行人和自行车，在不经意中似乎也成就了老街自然而古朴的人文景观。

当你站立在街头或桥畔，展眼望去，老街虽然已是饱经风霜，就像一个迟暮的老人，有着满脸的皱纹，但在大自然的空间视觉关系的协调下，却依然是容光焕发、神采奕奕，处处散发着诱人的民俗风情，在一些已呈倾斜的门柱屋檐和斑驳的粉墙上,老街显示了它相当漫长的历史沉淀,也自然地勾勒出一幅幅淡淡的江南老城厢的历史风俗画面,它的整体布局和建筑风格是那样的协调、融洽,而决无刻意的制造,极富节奏感而舒缓有致。

悠悠岁月,春去秋来,据《嘉定县志》记载,嘉定迄今已有770多年的历史,历史上的嘉定,文人辈出,崇尚教育,故世有"教化嘉定"之美誉,是一块"人杰地灵"的宝地。而城厢镇上的老街,则是嘉定历史上,最为繁荣的中心街道的象征,这里的一草一木,每一栋房屋,每一个拐角,说不定都会告诉你一个故事,视角所及,似乎处处都隐含着历史风尘所遗留下的种种文化气息。

我有幸生于斯,长于斯。

三

然而自从我上大学之后,随着学习、生活、工作环境的转移,特别是我在上海建立了自己的家庭,日常生活的节奏,更加紧张而忙碌,也就很难有多余的时间在嘉定长住。尽管我家从前居住在老街上的宅院,也早已搬离别处,不过在我心中,却一直非常思念我在嘉定早年的生活印象,甚至在梦境里也会回到当年老家的宅院和门口的这条老街,在平日里,只要我有闲暇空余的时间,我都会找机会回嘉定一趟,也总忘不了去老街走一走,看一看。

而我每次在老街的闲逛,我那糟糕的心情总似乎会好一点,好像可以远离都市的喧嚣而找到一份宁静。这时,老街总会给我一股无形的气息,支撑着我心灵的感应,恬淡而宁静,所有从大都市所带来的种种压抑与不适,会随着在老街上的闲情漫步而渐渐淡去,感受到的是一份心灵的宁静与温馨,透着一丝闲适而心旷神怡。

四

可是,多年来喜欢逛老街的习惯,也终于是到了尽头。

嘉定老城厢的命运,遭遇到了历史上最剧烈的摧残,城市改造的时尚风潮深刻影响到了嘉定政府对地方建设的决策,为了凸显经济建设的业绩,加上急功近利的心态作祟,嘉定历史所形成的江南老城厢的格局,已很难保持她往日的那份宁静。

才仅有几年的时间,街道虽然还是原来的街道,但大规模的拆除、兴建,使得老街的风貌已然变质而显得不伦不类,当然,老家的宅院,以及老街两侧的数百栋宅院和着石块铺就的街道,也早已被拆除。

取而代之的是火柴盒似的多层住宅,商业楼宇,混合着马赛克、油面砖、铝合金等现代材料,毫无规律地交相混杂,极具破坏力而无情地吞噬着老街历史所形成的江南老城厢的格局,尽管老街上还保留了几段所谓的景点,并刻意地加以修缮和保护,但是,嘉定老城厢的历史文脉已经被切断,一幅淡淡的江南老城厢的风俗图像,已然是支离破碎。

老家的宅院、和着门口的这条老街之于我有一份难以言喻的感情牵挂,它伴随着我的成长,它在我的生命成长过程中已留下无法抹去的印象记忆。

看到如今的嘉定城厢,"教化嘉定"之民俗风情、风貌,也早已荡然无存,我不由感到丝丝的悲凉与苦楚。

历史的陈迹,很难再去复制。

我想提醒我们地方的政府决策者:要多一些历史责任的意识,切不可盲目地去追求所谓的政绩而忽视历史人文的传承与延续。

2004年2月于嘉定

策马入林

——阿曼作品在城市空间的律动

已是上两个星期了。那天是有着阳光的日子,有朋友相邀前去繁华的静安寺参加法国当代著名雕塑大师阿曼作品的落成仪式,便欣然前往。

谈起阿曼,实在是我近年来所非常崇敬而仰慕的大艺术家。记得在前年,阿曼作品二度来上海展演之际,我曾应邀撰写过一篇评论文章,以表达对大师的景仰之意,所以多少对大师的作品有些了解。此次阿曼的精品力作《飞跃的马》能首次成功落户于大上海的黄金地段——波特曼大厦与展览中心之间的南京路上,如此盛举,亦是我好友、台湾现代画廊的施立仁先生多方奔走引进的结果。当然,也不得不佩服我们静安区的领导及相关主持该项景观工程的专家学者,能如此独具慧眼,垂青于阿曼的作品,来提升丰富上海的城市文化景观。其作品,价格不菲,据说耗资600万元人民币,应该是上海第一回,有如此气魄投资购买引进的海外艺术大师的经典作品。

《飞跃的马》是大师"逻辑与动物"系列作品中的重要代表作。

此次能目睹、见证大师作品的落成仪式,心情自然很有些激动。

在揭幕观礼现场，随手翻阅着一封封制作精美的宣传图册，其中事先拍摄的雕塑现场照片，让我感叹不已。在展览中心友谊会堂建筑物的衬托下，其作品隐隐然，潜流着一股勃勃生机的气势，有着非常独特的美感，折射出大师作品所蕴涵的原创性与想象力，借着大师作品与建筑空间环境的互动，绝然会产生对美的触动及灵感。

伴随着盛大的揭幕仪式开始，当五彩的气球腾飞在碧蓝的天空中，连接的绳束，徐徐地揭开了包裹在大师作品身上的红色幕布……一时间高潮迭起，人头攒动，因为是靠着路边景观人行道，不少市民都纷纷驻足围观，欲一睹大师作品的真面目，场面一度十分壮观、热烈。

然而在开场仪式之后，对现场作品再度重新审视、端详，内心却怅然感受着一股迷惘，原先宣传图册中的图片感受与现实空间的视觉感受，居然会如此天壤之别，是那样的不同。

很显然，现场摄影图片，是专业的眼光诉求，包括角度的选择，在分寸之间，得以注释阿曼作品的魅力之所在。而眼前的这尊雕塑，在公共空间的现实场景中，阿曼作品其内在扩张，却似乎受到了环境的制约而淡化了视觉的观赏。

但凡经过此地的市民，都是走过、路过、看过而已，一定是带着普通的审视目光在看阿曼的作品，视野也必然包含了作品周边的环境氛围。在整个建筑空间的公共关系考量中，大师作品所具有的光泽鲜亮的律动，似乎是受到了莫名的困扰，而失去了作品所独具的艺术观赏魅力，就像个小摆件，默默地守立在公共空间的一角，悲叹空间位置的错置而无可奈何。

当然，如果你是一个艺术爱好者，可以凑近处端详，依着一定的角度透视，你还是会感受到大师作品的震撼之处，去分享大师其卓越独特的美感诉求。从专业的角度，阿曼绝然是一位当代国际社会无可厚非的艺术大家。但是，问题在于其作品的位置是架构在城市建筑物的空间关系中，所面对的观赏者，大多是普通的市民。

所以，在引进国际优秀大师的经典作品的同时，一定要仔细考虑合适的空间位置，以及地域差异，尺寸比例概念，留意水土不服所引发的征兆。

户外雕塑作品的量体与周边建筑的空间公共关系必然是密切相关的，城市的公共空间关系，协调性十分重要，还望我们一些环境营造师们能引起注意。否则，过于草率，实在是太委屈大师的一世英名，甚至无意间破坏了环境视觉景观的和谐。

2004年4月于上海

寻找记忆中的江南小镇

和风，细雨。

小桥，流水，人家。

这一串文字，读来朗朗上口，这一定是对江南小镇的风情写照，也自然会在我思绪的想象空间里，形象地凸显出江南小镇的一些风俗景观的图像，尤其对雨季江南小镇的印象，在细雨蒙蒙中，更别有一番浓浓的诗情画意，令人神往。

我自小生长于嘉定城厢小镇的一条老街上，生活的印记，使我对一些富有中国江南传统文化韵味的古老小镇，一直有着挥之不去的眷恋之情。在日常生活中，每当有机会去一些江南的小镇，我都会去细心地探访、寻觅，常常流连忘返。

江南的一些古老小镇，经过历史的年轮，就像一位迟暮的老人，历经风霜岁月的煎熬而略显苍老的神色，在一些已呈倾斜的门栓、屋檐和斑驳的粉墙上，和着被历代破损的痕迹，都似乎隐含着岁月风尘所遗留下的种种不同时期的人文气息，有着一段段往日的故事。

当漫步在一些古老小镇的街头巷尾，流连徜徉在街边的河头桥畔，或是清茶一杯，倚靠在河边的茶楼上，放眼端详小镇的风貌,似乎可以感受到小镇所固有的朴实民风,会随之拂面而来,而自我浮躁的心境,会自然地趋于平和、安详,从而洗去久居都市的那种种市侩的气味,精神会好一些。

那自然朴实的人文气息,吻合着心灵的感应,处处透着一份清凉和闲适,令人心旷神怡。在大自然的映照下,古老小镇的整体视觉图像,非常有节奏地交融于天地间的氛围之中,舒缓而有致。纯然是一幅精美的艺术品,呈现的是一幅幅江南小镇淡淡的民俗风情图画。

这些年来,在全国改革开放,经济迅猛发展的时空背景下,有着一份朴实和宁静的一些江南小镇,也无法甘于寂寞的孤芳自赏。一些急功近利的地方政府,为追逐所谓的"政绩"评效,而困于地方经济的指标追求,不免亦顺势而动。在一些古老城厢小镇的区域内,大兴土木,大量拙劣的建筑产品应运而生,混合着一些现代的建筑材料,不伦不类地吞噬着江南地区一些具有百年历史的城厢小镇其独特的文化资源,丝毫也意识不到本土文化的保存和永续发展。由此,江南小镇所固有的朴实人文精神,遭到了践踏和破坏,历史自然所形成的一些江南百年小镇,大多已是支离破碎而不堪目睹,嘉定、南翔、罗店……我小时候所熟悉的一些古老城厢小镇,现今都已纷纷"沦陷"而不复存在。

当然,在上海旅游的指南图册上,还能不时看到些江南小镇的旅游景点。前年曾带孩子去过一回朱家角,购买入街门票时,倒也不觉得什么,只是一脚踏入古老小镇的街市,便已觉得困苦不堪,就像赶过年庙会似的,拥挤的人潮,混杂着小商贩此起彼伏的吆喝叫卖声,心情怎么也好不起来,勉强走一圈下来,精神已是疲惫不堪。儿子拿着相机,想拍一些水乡小镇的风情照,然转来转去,拍摄的情趣早已荡然无存,直喊着快些离开这么拥挤的地方。不得已,只好匆匆地、沮丧地离开了这个热闹非凡的小镇。从此,再也不曾有雅兴去游览江南小镇了。

如今,古老城厢小镇所自然形成的人文环境和精神,大多已变味、变质,而失去了往日的一份朴实和宁静,只能在记忆思绪的想象空间里去寻觅。

然而,一个偶然的机会,在紧靠上海都市圈的西郊一隅,交通是那样的便捷,只需30分钟的车程,居然还有着一个我记忆中的古老小镇——青浦练塘。

古老的水乡小镇,安详地横卧于朱枫公路的大桥底下。一些过往的车辆、行人,稍不留意,很难觉察到有这么一个去处。非常的宁静,甚至连一些小狗、小猫,也是懒洋洋地在街上躺着或慢腾腾地徘徊着。这似乎是被遗忘了的小镇,镇上居住的大多是老人和孩子们。街面上有一些零星的铺面,几乎是60年代的文物再现。

一条不宽的镇河,缓缓地从大桥下横穿而过,大约有三四里长。河道两旁,有着很多的古树名木。浓浓的绿阴下,民宅倚河傍水而筑,鳞次栉比,有节奏地向两端延伸。横跨河面的石桥,数一数有8座,其中的顺德桥,还是元代所遗留下来的。桥,自然而然地将小镇的民宅建筑连接起来而有机地融为一体。再沿着石板铺就的河边街道行走,或在桥上远眺,真可谓一步一景。河面上停泊着几只木船,点缀着河道景观的审美趣味。

“高屋窄巷对街楼,小桥流水处人家。”这是历史上的练塘古镇。现在的练塘,虽然已呈衰落的败相,一些建筑物,早已破败不堪。但是,小镇朴实、宁静的氛围却依然存活着。小镇所贯穿的历史脉象,却似乎能一一去寻觅。

小桥,流水,人家。

我终于是看到了一幅江南小镇的现实图像,美哉!练塘。

2004年9月14日

淮海路 570 号的改头换面

　　我不曾忘记 2005 年 11 月 11 日的这一天,那天很冷,尽管午后的阳光是灿烂而充足的,可要是在户外行走时,却还是会觉着有丝丝的寒意逼人。就在那一天里,我可有着一份难得快乐而愉悦的好心情,惬意又舒坦。因为,这一天是我的生日。

　　按照当天的计划行程,午后去淮海路 570 号参加"雕塑百年"的开幕式庆典是必须的。这事在几天前已通过电话确认,并已收到了一封设计精美的邀请函。主办方是上海城市雕塑艺术中心,这也是我第一次知晓上海有这样一个颇具官方色彩的文化机构。不免也就有些许的好奇而欲一探究竟,再加上有如此宏大的展示主题的诱惑。更是让我的兴趣倍增,于是,我在午后便兴冲冲地按时前往。

　　当我驾车沿着相关道路在行驶途中,不断望着两侧越来越熟悉的街道,不由地顿生困惑的念想。我清楚记得淮海路 570 号的归属,应该是上钢十厂的位置,而很难扯上上海城市雕塑艺术中心的优雅名号。因为,我对上钢十厂的历史还是有所了解的,特别是近几年来的现状。

　　在面对上海城市新一轮建设的强势作为,这座位于上海市区繁华地段的庞大钢铁企业,受客观情势所迫,亦早已从钢铁强国的美梦中惊醒,在很多年前就已经偃旗息鼓地呈颓势的苍凉而被闲置在旁。要产业重组,要改换门庭,要注入新的生命内涵,已是淮海路 570 号地块发展的必然态势。由于地理位置的优势规模,自然会引来社会各方面人士的强烈关注。很多年以来,就有关于上钢十厂的改造动迁议题,在坊间时常会有各种不同版本的传闻,也都几乎是有根有据的描绘,诸如花卉市场的营建以及各种商业地产的开发案等等,一直众说纷纭。可到了末了,这一个个美好的愿景,却都一个个化为虚幻的泡影。上钢十厂还是依旧如故地被闲置在这繁华的淮海路上而奈何不得。

也就在几天前,我还曾驾车经过而没有察觉到那地块有丝毫变化的异象,难道,这又是何方神圣的惊人之举动,能在极短的时间内有所作为而迅捷改换了门庭? 对此,茫然而好奇的念想一直在我的思绪中回荡。

直到我驾车拐进了淮海路 570 号的道口,再顺道抵达一个中央广场时,我这才恍然大悟而始有拨云见日的感慨了。在我眼前的景物环境里,这里依旧还是上钢十厂原来的生态环境,到处裸露着厂区建筑所固有的本色和着岁月沧桑的斑驳。可是我所体验到的和让我感动的,却是浓浓郁郁的文化气息和着当今时尚的怡人风韵。整个环境、建筑物的修缮改造,极具创意和智慧,都非常地简约而凝练,一切透着高雅的情趣,似乎被注入了一种全新的生命内涵。

在那一天的午后,淮海路 570 号的场馆内外是格外的热闹非凡,到处是人头攒动而你来我往,看大家的情绪都很热情踊跃。我所熟悉的美术界的朋友,也大多先后出现在会场,我要不断地作揖点头招呼,看上去,还颇有些节日的趣味。而整个会场的气氛就像是一件雕塑艺术中心所典藏的意大利作品《牛气冲天》而撼动着那一天所有来现场的国内外宾客。

这也的确是上海文化界的一件大事。

能够将如此庞大的钢铁企业和陈旧的工业环境所特有的业态结构,与社会公共艺术的现当代作品展示相结合。能让整个改造过后的城市雕塑艺术中心的事业环境,不仅仅是传承了建筑物本体其与生俱来的历史肌理,能给人感触到历史的悠远和凝重,更是在于融入了人文艺术的细节后所产生的互为自然的彰显,而营造出一个极富文化个性的展示陈列空间。

某种程度也因应了当代城市建设对社会公共艺术的诉求。

"雕塑百年"的宏大策展主题,我揣想着,应该是基于这环境和建筑物的鲜明创意个性来特意架构设计的,从而达到视觉文化品质的彼此交融而互位提升。我很敬佩相关策展人的聪明睿智和精准的专业诉求。"雕塑百年"所呈现的气度和规模,特别是错落有致的作品陈列和富有节奏的展览动线的设定,让参观的人群似乎游走在中国百年的历史时空里,阅读着一段段有关中国雕塑家不懈努力和孜孜追求的故事,当揣摩着一座座、一件件百年历史中经典的雕刻艺术作品时,其中有传统的、有现代的、亦有着当代时尚前卫的种种不同风格的语汇,以及不同材质的艺术表现,你会在浏览欣赏的过程中感受到艺术家所具有的深厚而高尚的人文情怀和他们对社会现实问题的敏锐反应以及精湛的美术技艺。

在热烈的会场氛围里，我亦随着人群，非常认真地亦步亦趋地观读、品味和分享作品所潜藏的精神意涵和美学情趣，从而这种种图像不断地交织在我的思绪意象中而令我感动不已。这也是我在那天生日的日子里所品尝到的最丰盛的艺术飨宴，给我留下了难以忘却的深刻印象。

人心是奇怪的，是捉摸不透的，通常都表现于一种喜新厌旧的状态，但骨子里却都有着念旧的根性和情结。

从这次展览会活动过后，我就特别喜欢上淮海路570号的环境氛围，这里的每一个细节和每一个构件，都似乎携带着某段历史的沧桑感而又融合着当代生活时尚的脉脉温情，会让我感到心旷而神怡。

淮海路570号，已然是文化休闲的好去处。

2005年12月8日

"上海之树"种错了位置

在延安西路、虹桥路、古北路的交通道口,有一段景观绿地。展眼望去,一栋颇具历史沧桑感的老洋房建筑成为郁郁葱葱的花木的背景,有意无意地造就了一幅美丽而雅致的城市风景图,路过此地的人们不时会看上一眼,觉得上海这几年的街头果然是顺眼多了。

可是最近在这幅风景画中突然冒出了一座"时尚艳丽"的雕塑作品,据说还有名字:"上海之树",此树一立,周围的景物顿时黯然失色。在足有十几米高的圆锥形铁架子上,成品字形镶嵌着一朵朵五颜六色而样式各异的花卉构件,它拔地而起,昂首伫立,"傲视"着来往的车流人群。体量之庞大,色彩之艳俗,效果之突兀,让我傻眼,老半天说不出话来。

不过,也不得不"佩服"创作者的用心良苦,艳丽繁华而欣欣向荣,大概是意味着我们上海城市蓬勃发展的辉煌业绩。而样式各异的花卉云集,似乎也想展现上海城市的博大胸怀。如此创意的智慧与造型风格语汇的处理,倘若将此作品放置在儿童乐园或是一些展示民俗风情的街头,也许仍不失为一件可以看看的雕塑作品。

"上海之树"在设计上是有问题的，而且"种"错了位置。这不仅仅是扭曲了该作品的文化主题导向，更是极大地破坏了环境生态的协调。而原先那幅美丽而雅致的上海风景图画，自然亦随之情趣殆尽而不复存在了。

　　在一个城市的公共环境中，雕塑景观的艺术空间，必然是扮演着一个城市文化生态的重要角色。彰显的是一个城市文明的品质，亦是当代人文精神的视觉传播载体，它交融于历史时空的过去、今天和未来。它不仅仅是艺术美化了城市的视觉空间，更是人们美好生活的精神展演和寄托。

　　规划营建上海城市社会公共环境中的雕塑景观，必须要有城市生态前瞻性的远见卓识，切忌心浮气躁、急功近利，心态要平和，要设法把握住城市生态的历史文化经验。不仅仅只是雕塑家的专业，是需要综合学识的精心构筑。无论是抽象的还是具象的，无论是传统的还是现代的，都必须要服从环境诸多要素的制约，要让雕塑景观起到画龙点睛的功效。而浑然交融于周边的环境氛围之中，始终保证视觉节奏的流畅，是协调的音符而非凹凸的杂音。

　　我们在今天所居住的城市里，也只是当下匆匆的过客而已，要有历史的责任意识，要创造我们时代的精品力作以传予后人。

2006年1月13日

序九亭新都市计划

人类因聚居生活而文明进步,城市亦因着人地因缘而得以永续成长。

九亭,这一个承载着众多美好期许的地方,位于上海中心城区的西南门户,她连接松江、青浦、闵行而毗邻虹桥大交通枢纽,有着顺畅而便捷的交通。其地域呈多边形状,东西最宽处为 4.5 公里,南北长度为 7.5 公里,周长约 30 公里,土地总面积为 37.88 平方公里。

在九亭境内,河汉纵横,土地肥沃。由于地理形势的优渥,在历史上工商业蓬勃发展的同时,更成为历代寓居之胜地,英才俊士,代不乏人。

历经唐、宋、元、明、清,如今的九亭,特别在改革开放的 30 年里,高速发展的都市化建设所呈现的规模态势,已然深刻影响着九亭的城乡风貌,建筑的成群崛起,交通的拓展,诸多公共设施的配置,已快速改变着九亭的城镇格局。

据相关资料显示,在九亭居住的人口规模,不久将达到 35 万之众。

在当下不断更新的城市图景中,为了优化九亭城区的整体布局结构,进一步完善社会公共服务的优质配套,强化现代服务业的功能,大力发展第三产业,加快城市经济建设,集生态、历史、文化、创造优质的城市生活环境,提高竞争力,形成具有鲜明地方文化个性的城市风貌。

依据政府所制定的城市总体规划,应其未来的都市发展,我们对九亭中心城区的专案用地,经过多次考察和分析,不仅仅是导入海外先进的建筑理念,更是要加强、坚持本土文化精神的融入,因地制宜,为中心城区的建设,提供全新价值视野的诠释基础,引导"九亭新都市计划"的实施营建,以全方位给予立体构筑,将混合多项公共文化、教育、体育的设施和生活机能的服务配套,以及相关商务活动的多项载体,通过街道、绿带、水景、广场等串联,形成一个自然生发区域魅力及活力开放的空间。

城市美学发展,将成为"九亭新都市计划"的设计主轴。

秀外慧中,以卓越的文化理念开发整体物业,透过建筑量体、功能的巧妙配置,人性化的合理布局,充分反映建筑于都市空间的"美"的诉求。使不同形态的建筑物,通过平面和剖面的借位,使其成为立体构成的载体而根植于真实生活的土地上。强调空间与自然融合的建筑,让活跃的人文情愫,互相协调在各自独立的功能部分,有机地形成一个充满活力的整体,绚丽多彩,蔚然而壮观,呈现出一种中介环境与生活的态度,形塑出内外流动、延展的动感视野。

让建筑同时具有时代精神和历史的前瞻性,使之成为上海西南,最具形象的标志性建筑景观。

从而使九亭在城市之间围绕城市功能与特色的竞争中脱颖而出。全面提升九亭城区的生活环境品质和城市价值的放大效应。

2009年6月1日

"颛桥小镇"的创意由来

——品味颛桥地区那一片破旧不堪的老屋

真的,很难以想象,在今天,在我们上海的大城市里,在经过了一波又一波建设狂潮的冲刷之下,一块也许是被遗忘了的土地,也许是它太过于破旧不堪的缘故,它还依然被保存着,就镶嵌在我们上海市版图的核心地块上。约占地600余亩,是一个颇具规模的民居街坊,至今仍居住着约1770余户人家,望着熙熙攘攘、人来人往的生活场景,真恍如有隔世般的让人新奇而迷茫。

历史的镜头似乎早已在这块土地上定格,当我每次顺着街坊的道路、小巷穿行,尽管所见之处,到处是为了生活便利而随意搭建的大量劣质建筑,不过还是可以清晰地看到20世纪80年代的民居建设和一些民国、清代的遗留建筑,甚至还可以依稀找寻出有明代建筑的印记。而这一个有着多个朝代堆积,有着东西二街规模的民居街坊里的厅、堂、宅院,乃至街道、巷子,其营建规划布局,又几乎是统统延续了中国江南民居传统营建的风格样式,极具有纯中国江南味的文化特质和品相,虽然已饱经历史岁月的沧桑,但其总体建筑的轮廓还是保存得非常有模有样,空间关系很协调,富有节奏而舒缓有致,在临街坊的北边又有一条通往长江的河流,缓缓流过,风生水起,似滋润着这块土地。

当然,在这一片鳞次栉比又破旧不堪的民居街坊里,已很难再搜寻到一幢还像样的完整宅院,但是在一些已呈倾斜的门栓、屋檐和斑驳的粉墙上,那些残墙断垣处所袒露出的历史纹理和节疤,层层叠叠,在天光云影的映照下,形象地表现出历史憔悴的面容。这让我直感到历史、自然造化的生命呼吸,在我的意象空间里,会氤氲成一道沉迷的民俗表情,又恰似一幅幅中国江南的民居水墨图景。

可以想象,有多少个春夏秋冬,从日出到日落,按照市井社会所约定俗成的生活秩序,一些曾经生活在这里的人们,就在这一片已呈破旧不堪的街道、小巷和着鳞次栉比的宅院老房里,曾上演过多少喜怒哀乐和悲欢离合的故事。婚丧嫁娶、生老疾病,影影绰绰如同雾里看花般,好似装满了各种传说,如此年复一年,真实而鲜活地承载着众多百姓的寻常人生。

我以为在那些陈砖旧瓦的缝隙间定然还隐藏着许多历史记忆的碎片,而随着岁月蹉跎它会泛出阵阵斑驳而迷离的色彩。那一户又一户,那一间又一间破旧不堪的老屋内,历经岁月的年轮,应充满着各种温度的情绪而生意跃动,在这里似孕育有一种民俗文化的精神和气韵,一种透过时间、生活经验与空间意象,以致凝聚成一种当地独特的人文风格与风貌,有着丰富的美学意境。

在经过多次探访后,我不由喜欢上了颛桥地区这一片破旧不堪的民居街坊,还常会有一股微妙而神奇的遐思袭上心头而让我若有所思和所悟。

是否可以重拾历史的记忆,是否可以再现地方的风华?

我总以为历史是充满着偶然和机遇的，而记忆，一定可以打开人们对过去与未来的种种想象。当翻寻出一些记忆中的故事，便自然会有一些深刻的情绪及情景再现，而普通百姓的记忆当是社会最真实、人类最重要的记忆。记忆在本质意义上代表并记录着人与社会、人与历史、人与环境、人与时代、人与自身最持久、最细致、也最深刻的联系。这些可都是宝贵的地方资源，这也正是经营每个地方所必须要"构想"的素材。

　　倘如能将充满思想与智慧的创意理念巧妙地架构于传统习俗与现代时尚的两极之间，我相信定会产生一种绝妙的平衡，让这块土地既葆有传统的历史记忆，又能充沛着现代时尚的生活机能，让平凡的都市生活里更具有历史文化的深邃意趣，这也就自然地促成一个永续的而迷人的好去处。

　　为了方便记忆，我这里特选择"颛桥小镇"的署名，这无疑是一个新的生命体的诞生，在爽朗的语感里，似透着一份朴素的亲和力，希望在不久的将来，能集聚各方面的人才，能以多元文化的融合经营理念，能将这一片破旧不堪的老屋，却又深藏着诸多历史记忆的地方，重新激活出丰富的生命力与想象力。

　　我相信在经过理性而艺术的整理修缮之后，这里将成为一个充满艺文情趣的生活休闲空间，让地景与生活共鸣，让生活有更多与艺术相期而遇的机会，让居住者在怀古之余更能充实精神的内涵，让新型的"颛桥小镇"能再度散发出光和热，去温润着人们日复一日的忙碌生活。

2012年8月17日

一道道深刻又明显的建筑裂痕
——参访德国慕尼黑

　　我从德国回来已有段时间了，可脑子里却始终有一块沉甸甸的印记在徘徊，在压迫着我。

　　尽管这次组织参访德国只有 7 天的期限，可行程内容却是满满的，不仅顺利在慕尼黑举办了艺术展，还在慕尼黑参观了好几个美术馆，并且还特意在卡塞尔住了一晚，看了每五年一届的"卡塞尔文献展"。但是，这所有见过的，看过的，其印象都是淡淡的，而唯独有这一块沉甸甸的印记却让我无法忘怀。

　　这印记是那样的深刻又明显，但很沉重，那是在一栋建筑外墙的立面上所裸露着的一道道建筑的裂痕，它，非常，非常的粗糙，是在整栋建筑立面的新与旧之间，那是用一块又一块土红色的砖块直接在建筑立面的残墙断垣处，去拼接，去砌成的一段段墙体所自然留下的一道道不规则的曲折裂痕。

　　这是一栋在慕尼黑有着上千年历史的古建筑，它在 20 世纪二战之后获得了重建，目前已是一栋闻名于世的皇家美术博物馆，有着丰富的历史典藏，主要是陈列 18 世纪以前多个世纪所保存的传世艺术经典。

不过,让我感兴趣的,可不是这一幅幅名垂史册的艺术经典。我被这栋建筑物的整个外墙体立面所深深吸引,顺着建筑的四周,我细心地凝神关注,这一道又一道的建筑裂痕,让我的心灵似感受到一种莫名的撼动。

据相关史料记载,这个位于德国南部的美丽城市慕尼黑,在第二次世界大战的末期,由于德国战败,曾被盟军的飞机轮番轰炸,特别是英国空军的无情报复,最后,这整个慕尼黑城市,几乎被炸成了一片废墟。

而在当时作为战败后的德国经济更是陷入极度的困难,完全可以想象,慕尼黑城市在战后重建的道路上,一定是非常坎坷而举步维艰。所以,在当我面对那用一块又一块土红色的砖块所拼接砌成的外墙立面和呈现的建筑裂痕时,好似有一股非常强烈的历史张力在撞击着我的心灵,我不由感到阵阵的战栗,一幅幅战争残酷的画面在我的脑海中不时地闪现,我似又嗅到了一股浓浓的血腥味,那裸露着的砖块垒起的墙体,在层层叠叠的砖块的缝隙间,似流着汩汩鲜血,似还带着些许历史的余温,这让我直觉着体内的血脉贲张,我深切感受着历史脉动的那一段深刻的记忆。

我以为建筑不仅是满足实际的需要,也是某种欲望荣誉的象征,更是一个民族心理张力的显露。

而眼前的这一栋建筑,特别是那一道又一道深刻又明显的裂痕和着那裸露着的砖块,无疑是浸润渗透着德国人顽强和坚韧的生活意志,它传达出德国人理性的思考和对这场战争的反思,要时刻铭记这历史的教训。当然这也是这个国家、这个民族所秉持的精神伟力和博大精深的文化展现,这恰正是一种生命、一种精神、一种气韵,看似蠕动着历史的忧伤,但实质意义是顽强和自信的浴火重生,让这段惨痛的记忆和这个国家和民族的根性顽强而坚韧地深植于这过往历史的脉动里,生生不息,将不断激励德国人走向更好的明天。

是一种灵感,是一种活跃的情愫,这一块沉甸甸的印记似乎让我想到了许多,我因此喜欢上了慕尼黑这座城市,这是一个充满着历史记忆的文化城市。

2012 年 8 月 30 日

发现"绿华"

谈起我和崇明岛的情分和缘分,其实还颇有些渊源,不仅在我当婚的年龄能迎娶到崇明岛上美丽的姑娘,更是在1994年前后,由于时任崇明县县长的顾国林的热情邀约,我曾带领当年我所组建的市政府机管局形象工程专家组上岛,为了崇明的发展,协助县政府推广并实施了一系列的文创项目,在岛上留下了诸多文创作品的印记:以崇明岛绿色环保为主轴,相继规划设计了"崇明县整体形象"的 CI 作业计划书,及"绿岛长堤"和县城中心"步行街"的文创提案,并创办了崇明首届"95'森林公园旅游节"的实施,并留下了"知青墙"和主题雕塑作品,以及因应市场的需求,开发打造了"瀛酒"品牌的建立,和为亚通公司导入了 VI 系统工程的设计,等等……

可以讲,在 20 多年前,我在崇明岛上的精力投入和对岛上的熟悉程度,我自认还是比较广泛和深入的,可我就是不曾想到还有"绿华镇"这个拥有 37.45 平方公里土地的乡镇,而且当年我在岛上考察游览时,也曾多次到过"明珠湖公园"和邻近的"西沙湿地",也曾多次伫立在崇西水闸的桥上,眺望着夕阳映照下滚滚奔流的长江美景,而浮想联翩,沐浴于晚霞的灿烂,常常不由得心凝形释,自觉得胸襟为之开阔而空远,是一种近乎完美的心灵享受,可就是不曾有"绿华镇"属地的地域概念。

我对"绿华镇"真正地有所了解和认识,这不得不提到在三年前立秋时节的一个午后。那是一个有着阳光、晴朗的午后,恰逢我和儿子诗元在崇明庙镇的一所民宿内度假,也习惯联系一下我在崇明的画友黄胜,他也正好陪着一位广东来的油画家在崇明转悠,在得知我也在崇明时,便力邀我一块结伴游览。能在他乡遇到同行,我也非常乐意,便答应在午后由他们开车来接我。

在他的一行朋友中,便有绿华镇党委书记朱晓平先生,通过介绍我才知道有个"绿华镇",当时也并不太在意,只是彼此礼貌性地招呼了一下。由于儿子诗元看着他们都是叔叔伯伯辈的,也不太有兴趣与我们同行,于是我便单独和他们出行。

首先我们沿着公路行驶,进而穿过几条田间小道,来到了一片林木苍蔚之地,下车抬眼望去,不远处便看到了崇西水闸的桥头,仅咫尺的距离,奇怪,我多次登临水闸桥头,居然不曾有所发现,只见这块邻地三面环水,水面也很开阔,澄澈的水波荡漾,擢秀清流,自然可以感荡心志。而这块土地又似乎特别的肥沃,顺着林间小道前行,俯仰之间,到处是树木成荫,异卉飘香和芳草如织,疏林朗朗的景致,静幽而怡雅,更有着起起伏伏的坡度,有节奏地向四周延伸,就像是一幅色彩绚丽的油画风景图,格外的清新而养目怡情。欣欣然,我不由及时给诗元电话,希望他能及时分享到我此时此刻的感受,我想着诗元也一定会喜欢我眼前所呈现的美景。果不其然,不一会儿诗元便驾车迅疾快速地与我们会合,同样确也与我同感,他也喜欢眼前这幅景色绮丽的天然图画。

之后,按照行程,在朱书记引领下,我们一行又到了下一站"西沙湿地"内一所雅致的会馆,开始品茗茶叙,同时也品尝到一些崇明当地的甘蔗和水果。当大家入座后,话题自然又多了起来,当然还是围绕着崇明的风土人情。这个时候一直不太言语的朱书记,似乎逐渐打开了他的话匣子,毕竟他是"绿华镇"的地方首长,也许是历经区委宣传部副部长和新闻发言人的职务担当,他生动而形象地如数家珍般为我们讲述着"绿华镇"的前世今生,以及在未来"绿华镇"的建设布局,并再三强调"文化兴镇"的关键词。顺着朱书记讲述的引领,几位朋友也都各自献计献策,畅想着"绿华"的未来⋯⋯

这次茶叙无疑给我留下了极深刻的印象,也正是这次与朱书记的偶尔邂逅的相识到相知,才让我对"绿华"有了全新的认识,发现"绿华",似乎是一次难得的契机。

当然,特别有收获的是我儿子诗元,在这次活动之后的三年多时间里,他就一直心兹念兹,在勤于思考"绿华"发展的未来。

也许和"绿华"真是有缘,随着多次的上岛考察,特别是诗元他自己和朱书记联系上了,并不断用他的见识和艺术感知来酝酿、来设计、来规划"绿华"的未来,并结合我们易元堂文化的核心价值理念和艺术力量,去逐渐体认到"绿华"的资源——生态和自然的本色,发现人文建设才是绿华乡镇改造革新的灵魂和命脉,这也符合朱书记"文化兴镇"

的期待,如小镇、田园、果园、溪流、坡地,可以注入文化的精神内核,以艺术创新融合的手段,加以适当的规划、改造、修治和养护,也可成为重塑绿华乡镇审美的对象,那么小镇的街道和田间地头的稻畦、果园、菜圃,再搭配着鸡、鸭、牛、羊的放牧,及美术馆和文创产业的介入,所形成的特色艺术小镇的田园风味,不就是绿华文化精神品格和美学情趣的鲜明写照吗?通过文化的滋养和艺术的创新设计,未来的"绿华"完全可以营造出一种可耕可稼、可蔬可种、可渔可牧、可居可游、可品可尝的优质人文居住环境。当自然观光和文化旅游交相呼应,自然会相得益彰,生态自然环境绝佳,宜居、宜游,绝然是一块寻求安逸清净人士所青睐的福地。

生活中不是缺少美,而是缺少发现美的眼睛。我们易元堂看见了。

更况且人的生命,最为重要的,则莫过于在一呼一吸间所追求的纯净的空气,而"绿华"是一块地处崇明最为西端的新生大地,据资料显示,从1974年围垦至今也不过50多年的历史,这完全是一个最具有充沛活力的绿色生命体,她在江海之间,幕天席地,含天地之醇和,恬静涵养着生命的开阔与精微,"绿华"绝对是崇明岛上最为闪亮的一颗明珠。

三年过后的今天,当我站在绿华易元堂艺术小镇展示中心的广场上,不由感慨万千,发现"绿华",也正是易元堂文化事业在今后得以蓬勃发展的因缘所在。

周加华

2019年11月7日

附：访谈一

老街改造要先找到文化属性

《城市季风》杂志记者　唐　莹　撰文

记　者：作为项目顾问，您一直谈要找到颛桥小镇的文化属性，怎么去理解一条老街、一片老镇、一座城区的文化属性？

周加华：我们现在城市的面貌其实是房产商决定的。坦率说，房产商主导是一种原始的、最简单的模式，它不具有文化含量。人如果没有魂，就会迷茫，同样我们现在的开发商也好，政府也好，都没有综合地去思考一个地区、一座城市的灵魂，土地开发没有去跟土地的属性作联系。

不去研究城市的永续成长，而是突然出现一片莫名其妙的建筑，和土地的属性一点关系都没有。这样的建筑就是没有生命力的，因为它缺少一个内核，没有办法去生长，只可能满足一时的居住需求，但这是最粗浅的。城市必须有文化。

举一个闵行的例子，七宝老街做成现在这个样子，真的是一种浪费。别看人头攒动，但都是一些低层次的消费，别说起到引领作用了。你说里面有文化属性吗？有，比如纺织博物馆。但你认真去看看，所谓的文化功能是强加上去的，对社会的作用近乎为零。武断加上浮躁，这几年来政府扮演的角色和开发商浅层次的开发,把我们整个城市建设得相当无趣。

记　者:那么,老镇改造又如何与文化属性结合起来?

周加华:颛桥镇没有一处具体的被保护起来的古迹,但是整个古镇的文脉还在,轮廓线还在,这是很了不起的。整个街道的宽窄也是符合当年老城厢的韵味的,所以它的天际线还在。虽然经过了几百年的时间,老镇已经斑驳不堪,但是仔细搜寻,还是能够在街头巷尾找到蛛丝马迹,去拼凑出当年它繁荣时的景象。这就是这块土地的文化属性。

但我们的案子不是以旧做旧,毕竟传统建筑的采光是很有问题的。我们不能离开 21 世纪生活的调性。杭州的法云安缦就是这方面很好的例子,把一整个村落改成了精品酒店,他们用非常当代的居住理念来看待文化元素,把两者融合在一起,功能上又非常符合现代人的使用需要。安缦的成功是把当代的生活机能放在第一位的,把优质的生活机能和文化元素结合在一起,很了不起。

我们想做的也是这样,颛桥小镇的改造就是要把现代的生活调性和小镇本身的文化属性联系起来。说句题外话,七宝也一样,只要设定标准就可以了,把一些重叠的东西变成单一的,门类就可以增加到几百种。要来阅读七宝镇,把京昆雅乐、书院、评弹摆进去,还要打造民宿,让老街活起来。

记　者:颛桥小镇强调文创引领,那么肯定有人会问,颛桥小镇和市区常见的一众创意园区区别何在?

周加华:严格意义上来说,上海现在所有挂牌的创意园没有一个是真正的创意产业园区。因为它们没有形成文创的产业链,说到底只是扮演了一个艺术地产商的角色。通过文创的壳子,获得了好的政策优惠,再找来一些设计师,开了些画廊,拼凑在一起,形式上像,但是内容上缺少原创能力、内容制作能力,没有产业链,没有长远的控制力。在其中,我个人认为红坊是最好的,但是长远来看,它没有自己的产品。如果把一定的优惠政策撤掉,用不了多久就没人了。

颛桥小镇未来主要是以创意产业为主导,与一般创意园不同,我们思考的是如何把城镇建设变成一种永续开发。比如对颛桥民间工艺的集结。举例而言,以颛桥的剪纸为符号,把中国好的剪纸驻扎进来,利用上海这个码头把全中国的民间剪纸艺术发扬光大,慢慢形成一个产业,由研发到产品。还可以借助颛桥的特产筒蒸糕,把上海的各种点心做个整理,将"颛桥制作"变成一个品牌。这些都需要好的设计。

我们要站在高处,俯视这块土地,设定好这里应该长什么,那里又应该长什么,这就是统筹。所有这些不同种类都由开发基金来找好的设计团队,做好整个架构,这就是第二步。我们现在做的是第一步,课题报告只是研究了一个方向而已,我们会通过第二步的设计来完善它。

记　者:说到了开发基金,如果在颛桥老街的改造中引入基金的模式,绝对是创造性的。我理解基金取代了政府的部分功能,又保证了让专业的人来做专业的事。但资本都是逐利的,基金也由资本构成,如何保证盈利呢?

周加华:基金在做政府做不到的事情的。首先,政府拿不出那么多钱,而有些钱政府也不能用,但基金可以。比如,它可以预先把一些房子租在手里,就是这个基金在帮助整个小镇腾笼换鸟。这样一来,政府只需从行政管理上进行制约。我很欣赏习近平总书记说的"把权力关到笼子里",基金的存在就能起到这样的作用。

有了基金我们才能真正做到让专业的人去做专业的事情,也不会让人赚取暴利。三百六十行里,有几个行当是国家的财政要去支持的,甚至贴钱也要去做,而有些行业是明显有丰厚利润的,我就要把它架高。国家扶持是不能缺少的,只有这样五脏六腑才能合理进行分配。所以我当时就建议把所有光华路的招商引资停掉。

颛桥小镇必须是以空间换取空间,来进行整合,否则只扎根在老镇是无法突破瓶颈的,除非给出巨额的财政支持。但这又是不可能,因此就要拿空间来换。所有的东西都讲究搭配。老街可能还是比较难啃,而光华路是比较好整的,按照经验,在这里很容易能保证盈利性,所以要和老街换空间。在老街做一块亏本的,这里拿一块盈利的。

要搞好颛桥,可能就要引进二三十个不同行业特征的发展团队,不仅仅是利用资金,还要利用技术和专业能力。按照专业特性,比如这个团队习惯做旅游地产,我们就要利用它的特点,让它来协助上戏做影院和老镇政府,开出门店,带动气氛。

记　者:那颛桥小镇又依靠什么去吸引到这些专业团队呢?

周加华:招租是无法回避的,但是我们要预先设定好。比如对"颛桥制造"做一个招商引资,把上海这方面做得最好的机构引进来。就像每一条老街都有的"扎肉"也有水平高低，我可以通过一种标准找到猪蹄扎得最好的，让他过来，不仅"扎肉"好，还要有很好的经营理念。对他来说也是好事，因为小镇做扎肉的只有一家，因此就能保证他的盈利性。

等到我构想的第二步出来，就能呈现出一个看得到的愿景，设计开始落地，居住、商业、娱乐的比例都要排好。我要把现在已经踊跃想要参加的运营商分类，适合做剧场的、民宿的等等。到时候各具特色的民宿就会出现一大堆，"颛桥制造"一条街，手工艺剪纸一条街，这种搭配就是第二步，等到这个愿景搭出来了，我相信想进来的人会有一大堆。

记　者：小镇愿景非常好，但眼下颛桥老街的居民会不会更期望动迁？

周加华：居民渴望"动拆迁红利"，我觉得非常合理。每一个人都有过上好日子的权利，作为当地居民，通过动拆迁拿到利益是可以理解的。

颛桥的这1700多户人，严格意义上已经拖了10年，动不了的原因可能也在于，房地产发展至今，已经过了大拆迁的时候，传统的模式走到了尽头。所以两年前我去看，表面上就是很糟糕的一条破破烂烂的街。但回头仔细想想，这又是条非常好的街，由于种种情况造成它不能被开发，可能留给颛桥一个思考，怎么把这个地块营建成一个结合休闲、居住、创意的小镇。我恰恰觉得是有希望的，因为整个上海，凡是有点古迹、名胜的地方都拆得差不多了。

怎么利用这层皮、这种老城厢的形制，通过再次改造，让它焕发出新的生命，政府应该把这看作一个非常好的机会,让颛桥变成一个真正适宜居住生活的小镇。老百姓不要再去想得到以前那种拆迁红利,街区繁荣以后,最大的得益人还是他们。

其实不仅是在动迁问题上,整个颛桥小镇的计划要成功,都必须要得到政府的护航。所有的事情都要严格按照目标管理,完全以专业行事。

记　者:颛桥小镇的这种模式有否复制推广的价值?

周加华:是可以复制的,因为这些城镇的基本机能是一样,就像人一样,有不同个性,但是五脏六腑的位置是一样的。比如青浦区最近请我看金泽,完全就可以用基金的模式,发挥艺术家与商业团队结合的力量,围绕水和桥来做文章。

2014年4月

人文气脉成就雕塑之魂

《上海艺术家》杂志记者　唐心韵　撰文

对城市艺术空间来说,雕塑景观堪称社会公共环境的灵魂。自上海开埠以来,每座雕塑都有着与上海息息相关的故事。近30多年来,上海各界构筑城市雕塑的热情高涨,而部分城市雕塑作品却不尽如人意。近期《上海艺术家》杂志采访了沪上著名艺术家周加华。在他看来,一件优秀雕塑作品的构筑不仅是雕塑家的专业,更需要文化创意、策划的率先介入,一定要编制出雕塑景观的文化故事情节,这不仅需要学术修养,还需要具有区域文化个性。雕塑作品的文化精神语汇应与上海文化精神一脉相承,成就独特的艺术经典。

记　者: 城市雕塑和公共艺术的关系是怎样的? 城市雕塑这一概念是否会被公共艺术取代?

周加华: 仅从语义上来说,"城市雕塑"不似"公共艺术"具有那样鲜明的现代意识和政治内涵,但它同样存在于公共空间中,一样承担着审美教育和精神福利的功能,它们的意义和作用是一致的。城市雕塑有属于自己的独特语境,它是一种立足于"城市",承接地域传统内涵和历史命脉的雕塑艺术,它更能营造公共空间的文化精神,赋予城市生动气韵。也许不久的将来,城市雕塑与公共艺术之间会经历语义上的过渡直到最后的融合,但无论是哪一种,都要求我们挖掘城市独特的传统,形成自己的文化风貌,而不是盲目抄袭所谓的国外成功作品。我们需要把城市雕塑作为一种文化使命和文化现象来探讨。

记　者:可以谈一下您对近10年来上海城市雕塑的总体评价吗?

周加华:对于上海城市雕塑我一直强调多做减法。我们的城市有太多粗制滥造的作品,与真正的雕塑艺术相比相差甚远,称之为视觉污染亦不为过。首先,上海的城市景观规划就存在一些问题,这直接涉及雕塑本身的艺术生态。比如延安路高架,钢筋水泥包裹着车流,将本来开阔的视野遮蔽,上海展览中心这样的地标式建筑自身具有的景观价值就被破坏了,这样的规划在一定程度上挤压着城市雕塑的自由创作空间。其次,作品本身的质量低下,这与雕塑家的创作心态有关。拜金主义、唯利是图、弄虚作假污染了艺术家应该具备的品质,街头景观趋于平庸浅薄、趣味低俗。这些作品在我们城市中出现,与我们欣欣向荣的现代化城市形象非常不协调,也有损于我们上海的城市形象。最后我希望,专家、艺术评论家也应该不偏不倚,客观地批评这些作品,不能任其一味泛滥下去。我们要对时代,对我们的子孙后代负责。

一个城市公共环境中的雕塑景观作品,需要的是长时期的规划和逐步营建,要有城市生态前瞻性的远见卓识。城市历史和人文精神的承载,需要的是雕塑景观的精品力作,这也是绝不可能在短时期内,仅有满腔激情、重金支持所能完成的。

记　者:上海有哪些优秀的雕塑让您印象深刻? 能评价一下您认为成功和不成功的雕塑吗?

周加华:说到印象深刻的优秀作品,我会想起桃江路上的普希金铜像。首先与环境非常协调,其次我们可以窥见海派文化的胸襟,一种兼容并蓄、崇文尚雅的情怀,激荡着上海的人文精神。我们很多好的雕塑都是30年前留下来的,我个人希望这些雕塑可以保留下来,无论作为城市文脉还是历史记忆,它们都极其珍贵,值得我们细细品味。一个城市的人文艺术空间必然包含着各个时代的传世经典。

至于无法欣赏的城雕,外滩黄浦公园的上海市人民英雄纪念塔,因为造型怪异被戏称为"三枪"。曾有市民强烈建议移除"三枪",因为这样的雕塑与上海风貌相差太远,而管理部门却迟迟未能付诸实施。显然多数市民是无法从这样的作品中获得精神享受的。陈毅广场的陈毅市长像,我也认为是个败笔,在外滩那样人流如织的场所,如此造型只能给人带来视觉和心理上的双重紧张感,相比之下,孙中山故居纪念馆的孙文坐像就安详得体得多。此外,浦东新区有太多平庸乏味的城市雕塑,比如浦东大道上的"东方之光",不锈钢管组成一个硕大的日晷,金属材质在阳光下泛着刺眼的白光,透出工业时代的浮躁和僵化。这种从材质上就已经失败的雕塑还有很多,它们无视人性对美的渴望,刻意雕琢着这座城市,结果只能是消解这座城市固有的文化特征。

记　者:雕塑是艺术家的作品,包含着艺术家自身的艺术观念,它的受众是市民,它需要公众的价值认可。是否存在一个艺术家和大众都认可的美学评价标准?

周加华:对美感的认同不是什么专业趣味,它源于形而下丰富的生活观照。美的就是美的,这是我们共同的心灵体验,无法自欺。城市雕塑既然是公共艺术,公共空间中形成的视觉感受就必须兼顾大众的审美情趣。艺术家想要追求个性,就该把创作限制在私人空间,而不是将那些远离大众趣味的东西放置在属于大众的公共空间。实际上,很多城市雕塑都是艺术家们闭门造车的产物,它们出现在大庭广众之下显得似乎很有性格,其实不过是社会责任感缺失的结果。公共场所中的艺术品更多是一种启蒙的手段,用美的环境、美的造型弥合技术时代造成的孤独感和疏离感。我们需要一个健全的机制,需要搭建职能部门、艺术家、民众三者有效沟通的平台,这样才能让城市雕塑真正成为一种公众福利。

记　者:您认为怎样的雕塑能够成为城市文化典范?我们现在的城市雕塑缺少什么?

周加华:经典雕塑足以代表一座城市,它是城市文化的高度浓缩,使我们产生与城市精神、民族文化、美好生活的自觉融合。不同类型的城市雕塑需要承担不同的功能,首先要与大环境和谐,形境互斥只能带来异化的心理效应。我们可以在一些特殊区域用雕塑表现历史,这些作品本身就是典故,用来表现人物或事件,这需要我们对历史语境和当下情境的把握。我们也可以在小区中放置一些抽象的雕塑作品,美妙简洁的东西更能产生出一种活泼的气氛和清新的生活风貌。

然而现在一个不容忽视的问题是,许多雕塑家和艺术家热衷于照搬西方。西方观念并非不好,而是我们还没有考察它是否适应于中国的美学观念就移植过来,往往画虎不成反类犬。历史传承至今的任何经典文化遗产,一定是植根于自身的文化土壤而滋养的结果。这其中包括引进和吸收,审慎地批判选择,合理地消化引进,渐渐融入中国文化之中。作为公共艺术家,首先需要考虑的不仅是专业知识,还有如何贯通中西,如何用综合学识精心构筑。

　　记　　者:城市雕塑是一种舶来的城市景观,怎样将中国文化融入现代城市雕塑的语境当中?

　　周加华:中国传统中的确没有城市雕塑这个概念,但是对景观的认识是相当独到的,我们的祖先很早就开始关注人类如何与自然相处,如何将自然之美融入人类生活。城市雕塑终究是人与环境的关系,也就是人与自然的关系。没有对自然的观照,没有对人与景观的把握,产生的作品只有视觉拥堵。也许是因为近30年来物质主义对社会的全方位渗透,我们盲目追捧西方,对传统文化蕴含的艺术能量越来越无知。

　　如何激活传统? 我认为需要对质料、形式、精神内涵作一个全方位梳理。日本对传统文化的理解比我们深入得多,他们非常善于用传统文化对自然空间进行艺术创造,比如枯山水,它给观者留下的想象空间很大,充满心灵的寓意,这样的艺术效果显然是工业材料堆砌的作品不能比的。对城市景观来说,我认为竹木、假山、活水,都是非常可用的素材,天然质料具有一种亲和力,庄子很早就懂得"原天地之美而达万物之理",所以要挖掘古人的智慧,最重要在于挖掘我们传统中对人的观照。"功成之美,无一其迹",说的就是性情、心灵、社会关系的顺遂本性的美,而不是那种褫夺天性、扭曲自然的美。我们太需要这样的艺术,来平衡普遍焦灼功利的心态,为我们浮躁的时代降温。我们也需要用这样的艺术与传统呼应和接洽,让中华文脉融会到城市文明之中。

游走

在

朋友的作品间

沉重的历史使命

——读李坦克新作《故土在召唤》

前不久，中国油画艺术大展在上海首次隆重举办，听说我的好朋友李坦克也有作品参展，当时很高兴，我和他已多年不见，真不知他的作品，会以什么样的新面貌出现在上海？

可当我站在坦克的参展作品《故土在召唤——一七七一年土尔扈特人回归祖国》的巨幅历史画前，不由为画面凝重、苦涩、悲壮的氛围所深深震撼。

通过坦克在旁边不断介绍，仿佛透过画面，还原出一部波澜悲壮的历史长卷：土尔扈特人是古代漠西厄鲁特蒙古四部之一，明朝末年，因与准噶尔部纷争，遂向西游牧至伏尔加河下游草原，并在那里生活数百年。俄罗斯自彼得大帝改革后，势力推进到伏尔加河下游，到叶卡婕琳娜时代，更进一步加强了对该地区的统治，并强迫土尔扈特人加入俄国籍，改信东正教。但土尔扈特人始终以自己是中华民族的一员而自豪，为维护自己的国籍和宗教信仰的尊严，反抗沙俄压迫，土尔扈特人在其领袖涅巴锡及大喇嘛洛桑丹增的领导下，在 1771 年元月发动起义，他们亲手烧毁自己生活的家园，17 万人扶老携幼，他们高呼："到祖国去，到太阳升起的地方去。"踏上了回归祖国的征途。

画面紧紧扣住了这一历史事件的激动人心之处,构图严谨,场面恢宏,色调沉稳,用笔含蓄,人物刻画深入而不失生动,画面似蕴藏了一股威猛强劲的又极富有人情味的生机勃勃的力量,在营造一种浓郁、深重的历史使命的悲壮氛围的同时也折射出土尔扈特人为争取回归祖国,不畏艰辛的英雄主义气概。

据坦克告诉我,早在1983年,他已萌发这一创作念头,为此他去了内蒙、甘肃、新疆等地深入生活,到处收集素材,并专程去故宫博物院、历史博物馆查找资料,终于在1984年画出了第一稿,其后数年,则不断调整充实,还继续保持一种强有力的写实画风。

作为一个在西部高原生活了二十多年的军人画家,他长期热恋着大西北,是那片深厚的土地,养育了他的心灵,滋润着他的创作情感,他从自己脚下的土地聆听历史与人类悠远的回声,带着以中华民族而自豪的心理,以热情和娴熟的技巧较完整地表达了这一感情的魅力。

已有多年不曾见面,彼此能在展览会上相遇,又看到如此精彩的作品,很为坦克感到高兴。

1997年8月31日

美哉,自然

——解读新加坡画家陶祚增作品

知道陶祚增这位新加坡画家,是因去年末初识的两位新加坡朋友,其中一位便是画家的胞弟陶祚庄先生。

乍一看,就是一个南洋商人的形象,他个儿不高,白白胖胖的,谈吐温文尔雅,与其介绍中的兄长形象截然相反。他哥哥则又高又瘦,挺拔的双腿,不善言辞的木讷个性,相比较之下,呈鲜明的对照。

在相互交谈中,我听得很累,他一口极不标准的南方国语,伴着呼之欲出的浓浓的兄弟手足之情,但我还是被他所叙述的话题深深感动,话题大多是关于他哥哥的艺术创作,以及日常生活中的种种趣事,和他如何为他哥哥的作品四处奔波,支援哥哥的绘画事业……使我对他哥哥陶祚增的为人处世及作品创作有了大致的一个了解。

很显然,画家陶祚增先生在现代生活中,是一位十分奇特的老小孩,其日常生活的种种表现,似乎与都市人久已习惯的生活情趣相距甚远,已是 65 岁的人,他除了专情于挚爱的绘画艺术,在生活中无甚特殊的嗜好,并一直过着单身的生活,一应生活起居的麻烦事,大多是他弟弟在帮助照应,当然无衣食之困扰,他的一腔心血几乎都沉浸于他所挚爱的绘画事业中。

他喜欢大自然,不管是寒冬还是酷暑,都坚持户外写生作画,他跋山涉水而不辞辛劳,他寻寻觅觅,觅觅寻寻,不问收获,只是图一份心中的情趣,简简单单,平平常常,但表现得是那样的执着。

如此,他在自己的艺术天地里日复一日、年复一年地耕耘不辍,笔下的作品,丝毫没有故作矫情的虚情假意,画家的心灵和着自然生活中的景物交相融会,他魂系于画面,率性地挥洒,他从不企图掩饰自己在专业技术方面的弱点,全然凭借自己情绪的张力,寄情于画面。

他的几乎所有油画作品,都是在大自然的映照下写生完成的,巨大的画面,深厚豪放,却不乏细腻精致之处,画面结构浑然而成,多姿多彩、气势恢弘,处处渗透着画家对大自然、对生命的热爱和感悟,通过绘画沟通心灵与自然景物的对话,折射出真实生命的清新力量。

当我凝视陶祚增先生的巨幅油画时,我便相信画家的生命在作品中永恒,它可以活化静止僵硬的生命无常,可以让人生的一切忧虑、悲喜,一切的贪、嗔、痴、怨,都随着画面的精、气、神的宣泄而消失于无形,复归于宁静。

无常化作永恒,生命就不用背负着沉重去追逐于无常与永恒之间的悲哀了。

在解读陶祚增先生作品的同时,不由很自然而然地联想到已过世一个世纪零十一年的法国著名画家凡·高的诸多故事,他们交错在我的思绪中……

2001年11月7日

游走于古典与现代的浪漫里

——解读阿曼作品

在 2001 年秋季的上海艺术博览会上，由台湾现代画廊统领的欧洲大师级作品团队首度亮相申城。其中法国雕塑大师阿曼的作品，则更是以其独特的艺术创作魅力，引无数参观者驻足观赏，惊叹其卓越而奇特的艺术想象力。其代表作《弦乐的律动》，更是成为大会的主题作品而被拥簇于会场的中央位置，成为 2001 年上海艺术博览会的一大亮点。

阿曼的作品以其金属材料的视觉美感所构筑的艺术感染力，让每一位观众都留下了极为深刻的视觉记忆。作品中流淌着一股勃发的气势，充满无穷的生命力。阿曼以独具匠心的智慧让观众在发现立体雕塑除了外在造型与曲线之美的视觉感受外，同时也探究到其雕塑内部的光彩变化及线条肌理所折射出来的内在美感。透过阿曼作品独特的艺术语汇，我们似乎可以窥探到隐藏于人文世界中的种种美好的情趣，并能强烈地感受到阿曼对真、善、美的诉求，及其天才般艺术创造的力量之所在。

阿曼是当代法国新写实主义艺术家中，最早从事"堆积"艺术表现方式的人。他特立独行，毅然放弃了传统雕塑路线的用刀与手法,他专门以切割物体后再重新堆积组合,以其独树一帜的创作风格而著称于世。他的作品的素材,大多是从古希腊神话之雕像、各种的演奏乐器,及至日常生活中俯拾即是的各类废弃物中汲取灵感,甚至直接用真实的物体,以其独特的美学视角,充溢着人类生活与艺术情感的融合,用灵巧的双手进一步地切割、堆积、组合与集积,点石成金般地予以物化,让它呈现,并赋予它新的生命价值,提示普通人所看不到的东西,并引起观众视觉心理的共鸣,充满联想的幻化功能,化腐朽为神奇,让一堆废铜烂铁成为震撼人心的艺术作品。

阿曼是当今世界上极少数几位开启大众视野的艺术大师之一,他以神奇的想象力,超前的意识,来关注当代,讲出自己的道理,凡能表现艺术想象力的一切材料,都可以拿来创作,以拓展固有物体的内在意蕴。用其独特的艺术语汇来解释当代后工业转型期消费社会的诸多矛盾状态,来象征当代的消费文化及机械文明,传达艺术家眼中所看到的社会环境,及在当代消费文明下强烈地申诉人类的各种行为,以其双手对世人道出他心中世界的丰富内涵。

生活中看艺术,艺术中有生活,阿曼的艺术空间,是在利刃划开的各类物件中,他将丰富的想象力游走于古典与现代的浪漫里,堆积、组合,把所有的观念与创意,作了鲜活的诠释。

从1916年达达运动大师曼瑞(Manray),到1960年新写实主义代表阿曼的崛起,这一波战后反传统反美学的思潮,不仅深刻影响了当代的美学体验,更大程度上是启发了现代观念艺术的勃勃发展,具有里程碑的意义。

阿曼在20世纪60年代后期成名后,始终没有停止过他的创作活动,一件件精品力作,总是不间断地展现于世人面前,凸显出阿曼执着的艺术诉求及坚强的生活历练和信心。阿曼,的确是一位当代杰出的国际级艺术大师。

　　值此2002年秋季,我们可以欣喜地在各类媒体报道中获悉,台湾现代画廊又将再度受邀在沪参展"欧陆大师——不朽的经典"。其中,阿曼的作品《吟游诗人》,将再度成为本届上海艺术博览会的大会关注作品。并在此次艺博会之后,移师上海大剧院,我们又可以在那里感受到阿曼的魅力。上海的艺术空间,又将再度回荡阿曼大师的精品乐章。

2002年5月

再见辉煌
——读永乐宫壁画摹本《朝元图》随想

　　前些天,有友人叶觉林先生来看望我,携有一卷张明楼艺术工作室所精心绘制的永乐宫《朝元图》摹本。当我展开这幅长卷时,眼前恍然一亮,尽管是件复制印刷品,但还是可以想象其摹本的艺术品质,在仔细端详之后,不得不让我佩服其高超的绘制工艺。

　　摹本非常真实地还原、再现了永乐宫《朝元图》的现实图像。摹本是按原壁画尺寸,给予同比例忠实地临摹绘制,其用笔流畅,色彩处理更是兼顾了历史岁月的尘埃印记。尤其可贵的是,所采用的绘制材料,更是经过了相当长时期的研发和考证,大多是取材于自然的矿物质材料提炼而成。为了绘制好这幅鸿篇巨制的永乐宫《朝元图》,作者张明楼先生及其伙伴,差不多用去了10年的时间。

　　在当今中国,在如此经济蓬勃发展的大好年代,时势所趋,由于利益的驱动,大多数从事艺术的工作者,都徘徊于艺术市场的角逐,忙忙碌碌,寻寻觅觅,为争得各自的利益空间而不亦乐乎。今天居然还有这么一位特立独行的艺术家,置周边环境的喧嚣于不顾,不求闻达,毅然决然地凭着一股执着的"傻"劲,领着几位有着同样执着理念的伙伴,居然用去有限生命中最为宝贵的 10 年,默默地用自己所掌握的绘画技艺,锲而不舍地完成了这幅永乐宫壁画《朝元图》的临摹绘制,为传承、弘扬民族文化,做出了历史的贡献,能有如此作为,值得称道。

永乐宫壁画,在我印象中是极为深刻的,也是难以忘怀的,读着永乐宫《朝元图》的摹本,不由联想起我 24 年前的永乐宫之行,至今仍记忆犹新。

还是在我读大学期间,我们班级组织去山西芮城永乐宫体验生活,做每学期一度的户外写生活动。记得是在 1979 年 6 月的下旬,这时的北方,气候已然开始炎热,却又非常的干燥,加上黄土地的日照折射,在临近中午时分,则更是骄阳逼人。便是在这个时间,我们一行人气喘吁吁的,扛着画具、行李,一路风尘地来到了山西芮城。因事先已与当地政府取得了联系,我们很快便被安排住进了邻近永乐宫的一所党校内,似乎有感于对永乐宫壁画的盛名仰慕,我们一放下行李,便顾不得一路旅途的辛苦,顶着午时炎热的日照,带上一应画具就直奔永乐宫,欲一睹为快。

对永乐宫壁画的了解,在我们以往只是透过一些相关的史料画册,间接地从中感受到永乐宫壁画在中国美术发展史上的盛名及其经典的艺术地位,但都只是一个极为粗浅的认知常识罢了。今天能有如此机会,能零距离地贴近仰慕已久的永乐宫壁画,这自然很让我们这些学美术专业的年轻学子,一时间兴奋不已。

当我们一行人跨进永乐宫大门,顿觉浑身凉爽,气候的炎热、干燥,似乎已离我们远去,这座中国最大的元代道教宫殿已全然呈现在我们的眼前。整座永乐宫建筑群,其规模不是十分庞大，主要建筑均位于中轴线上，纵深230米，隐隐然，透出一股庄重的气势，由三清、纯阳、重阳三个殿堂及相关的廊、庵、库、厨等辅助建筑，综合组建而成。历经漫长的历史岁月，还依然保持得非常完整，真不知那场"文革"的灾难，永乐宫是如何幸免于难的，细想来，这其中一定有他的故事。

永乐宫的辉煌成就，据说是前后营建了近百年才最后完工，是道教全真派的三大祖庭之一。原址在山西的永济县，1959年因修建三门峡水库，才迁移至现在的山西芮城县北郊落户，写到这里，不由非常感叹当时永乐宫的移迁工程。因为是整体搬迁，这在当时的工程场面，定然是十分的壮观而不容易。也可以联想到在那个年代，对传统文化的重视和保护程度，比较一下目前社会上对一些历史古建筑及文物的相关政策法规和保护再生的力度措施，显然有许多问题，值得我们去思考，而永乐宫当时的动迁经验，对今天的社会现实状况，是一个借鉴。

怀着激动的心情，我们一行人又相继来到了永乐宫的主殿——三清殿，又称无极殿。虽然殿堂内的光照十分微弱，但展现在满墙上的壁画，还是强烈震撼了我们一行人的视觉，墙上所展示的《朝元图》，4.26米的画幅高度，绵延铺展，全长约70米，甚为壮观。壁画中的线条，遒劲、飘逸，十分的流畅，以不同的线条来勾勒、表现出肌肤、衣着、器物、云彩的不同质感与量体，动静、虚实，协调而富有变化，结合色彩的铺设，精丽沉着，将壁画构图的宏伟和细腻的描绘融为一体，凸显出神韵通畅、风采飘逸的观赏视觉效果。我们边看边细细琢磨，数来又数去，整幅《朝元图》的人物形象约有 300 余位构成,更几乎是一幅世间众生相的集体大合影。在这宏篇巨作中,我们似乎可以看到崇高威仪的帝王、修真度世的仙道、才学高强的贤儒、离尘遁世的隐士、赳赳勇猛的武士、贤淑端庄的玉女、怪异威慑的鬼神,各个不同,别具性情,生动而自然,汇聚成浩然气势的《朝元图》格局,气势恢弘,美轮美奂,辉煌之极。抑或是年代的久远,被历史岁月的侵蚀,壁画中有不少处已是斑驳不清,但这种历史的物化,更使整幅《朝元图》的内涵精神达到一种旷远虚渺的理想神韵。

面对着满墙的壁画,大家迫不及待地打开画具,企图通过自己已掌握的粗浅绘画经验,将《朝元图》中的局部形象,逐一临摹下来。如此,一连 8 天的时间,除了睡觉、吃饭,几乎所有的时间和精力,都流连于满墙的壁画而作静心地揣摩研习,全神贯注地临摹绘制。中间有好几回,因专心于临摹绘制而忘记了吃饭,只是到了傍晚,殿堂内光线实在太暗,已无法辨认墙面上的壁画形象,不得已而离去,这时才觉得体内的五脏庙在造反。短暂的 8 天时间内,我所临摹绘制的作品有 21 件,至今还保存有 9 件,作为自己一生绘画的珍藏部分。

这次永乐宫之行,对我日后的绘画创作有着深刻的影响和教益,时至今日,24 年过去了,我已不再是一个年轻人了,两鬓角处早已是白发苍苍,可我心中对当年永乐宫的印象,依然是那样清晰,实在已是刻骨铭心,是一种感恩的记忆。

24 年后的今天,在上海又再次拜读到永乐宫《朝元图》的完整图像,不由感慨万分。

两天前,在友人叶先生的陪同下,我有机会在金茂大厦认识了张明楼先生。他,不高的个子,但很结实;不善言辞,非常的憨厚、质朴;纯纯然,一个北方人的形象。永乐宫壁画摹本《朝元图》,便出自他的手中,见面之际,我惟有表示敬仰之情,敬仰他如此执着的精神。

　　壮哉!张明楼先生。

2003年12月于上海

淡淡的、儒雅的情怀

——*序张正刚作品集*

  共在一个屋檐下，我与张正刚同事于上海油画雕塑院已有多年，也是前后脚被调进油雕院的。由我来解读张正刚的油画作品，自信多少会有一些心得。

  张正刚所给我的印象，就如在日常生活中所相处的，他永远给人以一种干干净净而又一丝不苟的个性化印象，按生活的常理，他多少有一些洁癖之嫌。

  然而，当你看到他的作品，慢慢地、细细地去品味，你会自然泊入一片宁静、祥和的氛围之中，作品图像所散发的一股淡淡的、非常儒雅的清新气息，会让你的视觉有所触动，就像是一个妙龄少女在对你讲述一个美丽的故事，叙述得很慢，但甜甜的节奏间，会自然触动你的美感，让你去分享其作品所表述的艺术表现空间。

  张正刚对待绘画创作的态度，似乎也吻合着他生活里处事为人的一贯态度，表现得十分严谨和理性。

  他所创作的油画作品，大多是环绕人物及场景空间，来演绎他自我人生的情怀诉求，你可以从中感受到作者脉脉的温情在细细地流淌，很淡雅，充盈着画面。

  他所绘制的作品图像，非常地单纯简洁，灵秀之极，是很写实具象的描绘,丝丝入扣,惟妙惟肖,色彩处理也是非常地独特,微妙而细腻,但很沉着,显示其写实功力已然相当地深厚。

他的作品,规矩甚严,十分讲究构图的造型,他以非常独特的几何透视,让画面人物的形态动感,更具有审美意义上的考量,以提升美感的诉求,其作品图像的立意,在具象的表层下,又似乎蕴涵着某种抽象的语汇诠释。

画面结构与舒缓有致的节奏所展现出来的作品情绪、敏感性及活泼的思维相融合,在令人悦目激赏的视觉感受中,不难看出张正刚对日常生活的细微观察和体验。

他生活在自己的情感世界里,以其独特的创作想像力,在画面上执着地追求,展示其纯情、极度严谨的美学趣味,看似单纯的画面,即创造了一种新的视觉空间感,很美,很耐人寻味。

我总觉得图画视觉艺术的感染功能,应该是使观者的视觉感动功能产生想像力,多多少少能从观赏的作品图像视觉语汇中获得一些启迪或某种暗示,去探究不同情感的共鸣,就像茶道品茗一样,逐渐品出个中味道来,而绝不是简单的看图识字而一目了然,要细细地阅读品味,方能有所得益。

我认为审美的情趣,是现世社会中人们生活的普遍价值,基于作品图像的风格诉求,雅俗之间,很难有个明确的界定。这必然源于个人生活理念的不同,各得其所。

淡淡的、儒雅的情怀,似乎是张正刚作品的语汇诠释。

2004年4月13日

经典·时尚的水墨演绎

——王天德的"水墨图像公式"

　　能称之为"经典"的含义，一定是有着传统文化精神所承载的坚实底蕴，并具备有丰厚而扎实的学术技艺的条件构成。

　　而至于什么是当代的时尚，我以为应该是活在当下社会的人们所刻意追求的一种生活态度，很时髦，几乎等同为"前卫"、"先锋"的概念，特别在中国改革开放后的年代，经由大潮般席卷而来的西方文化的侵袭、渗透所形成的各种样式的新观念、新形式，从而导致当下中国社会诸多文化观念的异化，亦强烈震荡着中国传统文化所固有的美学价值观和一些熟之能详的艺术表现形式。

　　我们生活在今天的现实社会里，就不可避免，也必然有着当下的文化思考和精神追求，因为人文历史永远是亦步亦趋向前发展的。

　　我的好友王天德，1988 年毕业于浙江美术学院国画系，之后就一直在上海复旦大学任教，今年已晋升该校艺术教育中心最年轻的教授。他在日常教学之余，始终坚持对水墨画创作的研究，几乎是全身心的投入，他不仅要在水墨画的世界里寻找他自己的精神归宿，更企图要改造传统水墨画的语境。他有着敏感而时尚的文化理念和生活情趣,他有着非常独立的行事风格,他努力使自己的作品能顺应时代的风尚,并具有独到的文化情趣和精神内涵,他希望能前瞻性地把握住中国水墨创作发展的历史文脉。

当我走进王天德的水墨世界,我会自然而然地被一幅幅水墨图像的张力所感动。隐隐然,似有一股遒劲、含蓄的热力,布控着整个画面,在非常美妙的水墨图式里,蕴含有不可思议的灵感,作仔细的吟味,却有着丰富的意境,表现了多彩的情绪。我见到的是一幅幅独立自足的水墨"意象",而所见的"意象"恰能清晰地还原出作者的精神意志和文化情趣。

他的作品完全得益于扎实的水墨画基础和现代时尚观念的浑然构筑,亦书亦画,看似随意泼洒,但法度谨严,表现出王天德其独特的美学视角。

他的水墨画创作,带有一定的实验性质,他着力于对传统的水墨画图式进行现代化的革命,他要挣脱传统水墨的规矩与束缚。为了追求一种新型的水墨图式,必须要超然于传统的笔墨规范和边界,他试着用不同材质的媒介介入到水墨画创作中去,同时贯注于他充满自信的美学理念和精神意志。他要让传统静态的水墨画图式变化为一种能表达当代人文精神观念的图式语汇,从而在新的图式语境中达到他自我精神的大圆满。

王天德的"水墨图像公式",极具包容性和柔韧性地将传统水墨与时尚的生活理念融为一体,从"圆系列"、"中国扇系列"、"水墨功能表"、"中国服装"、"数码系列",这一路走来,颇有代表性地折射出中国当代水墨的发展轨迹,也可以感受到中国当代水墨图式在观念形态上的多种可能性,也可以在作品中慢慢品味到中国传统水墨的精神依旧。

2004年4月16日

宁静、自在、悠闲的油画家汪志杰

神采奕奕,着装讲究,和人见面,总带着丝丝的微笑,抬首举足间,很有些西方绅士的风度。

已届74岁高龄的油画家汪志杰先生,是一位非常注重生活品质的艺术家。在日常生活中,他一以贯之,保持着一份精致、优雅的生活习惯,平日里,待人接物,和蔼可亲,又不失严谨的气度,实在是一位令人尊敬的老先生。每回和先生聚谈,都会非常的受益,无论是对待生活的态度,抑或是讨论一些艺术创作议题,汪先生都有其独到的卓识见解。

论辈分,汪先生无疑是一位当代中国美术界的名宿泰斗。他毕业于中央美术学院,是共和国的第一代大学生,至今还一直传闻着,在当年中央美术学院的莘莘学子中,汪先生便是美院名噪一时的"大才子"。可见,汪先生在大学年代所具有的艺术天赋和才干,一定已有着相当的学术造诣。但时势难料,如此一位杰出的"大才子",却在其大好的青春岁月里,在当年的政治环境下,竟屡遭波折,被一些莫须有的罪名所困扰,不仅仅埋没了其优秀的艺术才华而无用武之地,更是尝尽了人生苦楚,而生活维艰,命运坎坷之极。

直到20世纪70年代末,中国政治环境才逐渐改善,汪先生这才得以步出阴霾,崭露头角,有机会回到他的出生地上海。1980 年,他受聘于上海华东师范大学,并承担起重建该校艺术系的责任,是该校艺术系的第一任系主任。

真难以想象,困苦了大半辈子的汪先生,一旦步入社会,便以其卓越的、天才般的艺术创作魅力,为世人所赏识,为当时的美术界所津津乐道,其作品更是为一些中外藏家所竞相收藏,堪称"红极一时"。

然而,就像一阵旋风吹过,在上海仅有几年的时间,汪先生在美术界的身影,又不知所以然的销声匿迹,似乎又再次淡出了中国美术界。

他先去了日本,不几年,又辗转去了法国定居,据传闻,汪先生的作品在海外很受欢迎。

熟悉汪先生的人士,均以为,此番汪先生出国,鉴于国内的遭遇,恐怕是此一去而不复返了。

殊不料,在前些年偶尔的一个展览会上相遇,才确切知悉,汪先生回上海已然有些时日。

也许这是依恋故土的情结使然。汪先生回上海后,即在上海的梅陇地区,购置了一套公寓,兼作画室,孑然一身,过着深居简出、悠哉游哉的隐士生活,似乎已然淡出世俗焦灼的名利场,找回到了一块清净之地。

在这些年里,我也常有机会去汪先生家拜会叙谈,而几乎每次前往,都能看到汪先生的油画新作。题材大多是祖国的好山、好水、好风景,偶尔也能见到一些花卉静物和人物图像。其个性化非常独到的绘画风格,依然还是那样的法度严谨,但其画面的笔触、用刀,则愈见轻松而自在,非常的随意,从中可以感受到汪先生作画时的平和心境。

汪先生的作品，是具象的。但通过汪先生浑厚的写实功力及非常独到的审美情趣，演绎物化所呈现的画面图像，令人感动，会自然触动对美的诉求。

在具象的图像语汇中，蕴含着汪先生一以贯之的真诚生活态度和自我人生的情怀诉求。规规矩矩，舒缓有致，娟丽而沉着，画面中潜流着一道脉脉的温馨之情。

真诚、抒情的创作灵感，源自于对现世生活的态度。

汪先生非常自信地生活在他的精神世界里，淡泊而超然。

他始终坚持具象艺术的审美理念，决不刻意的追求所谓"独具匠心"的时尚风格。坦坦荡荡，自然而然，顺其心中的愿景诉求，成就自己的绘画风格。

独居小楼成一统。

这里没有喧闹，唯有宁静、自在、悠闲的日常生活和宁静、自在、悠闲的图画创作。

2004年7月

张森的书法印象

在日常生活里,张森给人的印象总是那般年轻而具有活力,并有着广泛的生活情趣,这应该得益于他敏捷而活泼的智慧和想象力。他快人快语,但是仔细回味,话语中却透着严谨的辩证逻辑。

但凡熟悉张森的朋友都知道,他有着玩音响的常年嗜好,因为讲究音质的完美而几经折腾,现在他家客厅里的音响配置几乎已到了顶级"发烧友"的水准。每次有朋友相聚,一定会让朋友先聆听美妙的音乐,并热情地解说关于音响的诸多奥妙,这也让许多音乐家叹为观止。另外,在这几年社会上流行房屋装修,他自己亦换了多次住宅,并且都是自己设计装修,如此凭着经验,他俨然又成了一个优秀的室内设计师,会跟你侃侃而谈在房屋装修中的诸多道理。他还有着一套过人的本事,可以摆弄各种有趣的术数游戏,更几乎是打遍天下无敌手,这也是他的拿手绝活。诸如此类的生活轶事还很多,似乎足以证明他是一个非常赶时尚的人,并富有相当的热情,让人很难去揣测他早已是过了63岁的门槛。

所以和张森在一起聊天说事,绝然不会有丝毫精神上枯索无味的倦怠。张森所具有的杂学知识和着他智慧般术数推理的思维逻辑，会很自然地让彼此的话题渐入佳境。不论是探讨形而上文化艺术的诸多观念，还是闲聊些日常生活中的趣闻轶事，他都能津津乐道而振振有词地说出个所以然来。其语态充满着坚定的自信，似乎对所有的人事物理，都有着他自己非常独特的见解，非要弄明白、讲清楚。

他是一个很特殊的人，有着天赋的智慧和敏锐的观察力。论专业，他早年是从事光学科技的研究，有着理工科的学历背景，并在业界已有多项的科研成果，应该是一位出色的科研工作者。

殊不料，就是这么一位工程师类型的理工科人才，机缘的鬼差神使，却居然阴差阳错地在中国当代书法艺术界能独树一帜。

说起中国的书法艺术，可是博大精深、代代相传，倘要准确把握其文脉，在传承中有所发展，这不仅需要非常厚实的毛笔书写的基础，更必须具备很好的人文修养及智慧的灵性，尤其还要有自己的艺术风格，这可是大学问。

可张森，他不仅能准确梳理中国书法的历史脉络而贯通于自己的学术修养，更可以将历史上诸多有影响力的大书法家的字体，随笔予以表现。他的正、草、楷、隶，都具有相当的造诣，在诸多书体中，张森的书法又以隶书见长，遒劲、沉着，有着雄健的笔力，大开大合的结构，舒朗而大气，不仅布局严谨，黑白的空间处理，更独具匠心，具有深刻的线条领悟力和独到的表现力。其作品，充满着笔墨的神韵和节奏，传递的是张森其独特的美学情趣。

透过张森的作品，完全可以想象他对中华传统书法的精研领悟,互为参照、融会贯通的扎实的学养功夫。

　　读书写字,实在是每一个中国人所必需的功课,而文字书写的艺术人格化,便是书法艺术的要则。

　　让人看书法,决然不是让人去识字,而是观赏一幅独立存在的艺术品,是抽象的黑白显现,美的诉求。

　　书法图像,已然是书写者内在精神的物化显现。

　　张森以其自信而强有力的观念性,以及独特的思维方式,在书法漫长的传统脉络中,自然而然地构成了自己独一无二的书写风格,而不失当代人的视觉情趣。

　　始终是一颗平常心。

　　入俗而脱俗。

　　做人、做事、书写,张森生活在独具深意的自由空间。生活中艺术,艺术中生活,他自得其乐。

2004年8月20日

纯粹超然的艺术家李山

嫉恶如仇，眼睛里几乎是容不下一粒沙子，纯真、坦荡，言辞激烈又不失诙谐与幽默。

二十几年来，每次和李山老师见面谈事闲聊，我总会被他的情绪所感染，形象生动的语言表述，隐隐然，恰有一股正气回荡在彼此的话题氛围中，会让你感动而留下深刻的印象。

看似纯粹、超然的艺术家李山，实际上，在现实社会的生活常态中，绝然又是一位至情至性的性情中人，有着很讲究的务实态度和精神。他，不仅仅在自己艺术创作的自留地里始终如一、孜孜不倦地精心耕耘，他透过绘画的图像语汇来表现自己对现世社会的诸多所思所虑和期盼，而在平时的日常生活中，他也始终保持着做人的本色自然，柴、米、油、盐，实实在在地过好每一个日子，不矫情，不做作，一颗平常心。

艺术与生活的结合在李山的日常生活状态中，显得另类而可爱。

这应该是艺术家的个性使然，及其独特的敏锐观察力所致，不论是形而上的文化观念诉求，还是形而下的世俗生活体验,李山老师始终有着非常独到的经验解读。

我是在上海戏剧学院读书期间和李山老师相识的,尽管科系不同,他在舞台美术系绘画教研室执教,而我则在美术系版画专业就读,但李山老师在绘画方面的才学,在当年学校里,几乎是所有学画画的学子所敬仰的。

李山老师来自东北地区,至今还是一口道地的东北口音,北方文化的厚实底蕴及东北地区博大、沉着的大自然环境的滋润、哺育,其潜在的影响力,也就自然而然地交融于李山老师其独特而执着的绘画禀性的气质中。

我在上戏读书期间就特别喜欢李山老师的作品,当时所看到的大多还仅仅是一些各地写生的风景画和室内的静物写生作品,大多是一些水粉画作品,其中很少有人物画的图像作品。但每幅作品,都似乎潜存着一些画家内在的个性特征,画面的笔触,非常的流畅、遒劲,赋色娟丽而沉着,尤其是画面上对灰颜色的处理和掌握,更是精彩绝妙。可想而知,早在 20 世纪 70 年代,李山老师的绘画造诣,已然是非常的优秀,他对画面的形象处理,看似具象的表现,但透过解读和观察,仍可以感受到艺术才能与潜在的抽象诉求。

20 世纪 80 年代初,随着中国意识形态大环境的逐步改善,李山作品的强烈个性化诉求,开始渐渐步出长期受意识形态桎梏的阴影,而日趋于内在精神的观照和表现。

在朗朗乾坤的映照下,李山作品的画面图像其精神物化,则愈来愈趋于简单而明了,单纯,雄健的笔力,大度而沉着,色彩的交融撞击,节奏鲜明地产生图像视觉的震撼力,随着内在精神的勃发、张扬,创作的画面尺幅,也自然而然地不断扩大,原先水粉材质的表现,已然不再满足作品的绘制状态,而专注于大幅布面油画的精心创作。

而愈接近抒情抽象的表现,似乎愈可以诠释李山作品的超然魅力。他,以一个最自由、最充沛的深心自由的意识去构筑情趣意象的和谐而无所质疑,这种独特的美学理念所创造的图式语境极富有色彩和造型的审美趣味,他智慧地创制形象以表达自己对现世社会的诸多文化情结。

李山作品的构图,简洁、新颖而灵动,从中可以透析到李山对每幅作品的精心创意,也可以体会到李山对艺术创作态度的严谨,以及专业技术的洗练。

尽管他作品的标题常常是在作品完成后,再以幽默与诗意的联想而附加的,但可以提示李山关怀现世社会现象的用心用情,在其作品中都有强烈的表述。

李山作品的艺术想象力,很丰富,意象的情趣又非常的独特。

李山作品的创作轨迹,充满着旺盛的生命力与运动感。

前些年,诸多机缘的促成,他在美国停留了相当一个时期,回国之后,我再次所见到的李山作品,已全然进入了另一个全新的图像世界。

不过,我可以感受到李山作品的心境,已然平静似水,淡淡的,非常的惬意,似乎已进入一个超然而纯净的艺术世界,讲究的是内敛、灵动、虚静和诙谐的美学境界。

2004年8月25日

冷宏作品的变脸

　　总是透着一份灵秀的儒雅和温和,我与冷宏先生相识二十余年来,几乎从不曾见过冷宏先生有慷慨陈词、与人争论的时候,在日常生活中,我们彼此来往,他始终给我的印象是非常的谦和和善解人意,就连平时他讲话的语态,也是非常的平和,略带有丝丝的微笑。这不急不躁的个性,使他在处世为人的态度上自然也就显得十分的稳健。

　　冷宏先生,不仅仅是我读大学时的校友、学长,他更是我多年以来还持续保持联系的画界挚友。

　　在大学里,他所学的专业是水墨画科系,毕业后,他便直接进了上海中国画院,专业从事于水墨画的创作和研究。在十几年前,他顺着当时国内竞相出国的热潮,又非常顺利地去了法国,最后又辗转在加拿大定居。

　　如此顺风顺水在职业绘画的道路上,他几乎走的是一条直线,平坦、顺畅之极,在当年很让我辈同学羡慕不已。当然,有如此幸运,自然也得益于冷宏先生在早年就有着自身独特的艺术天赋和才学,及其刻苦勤学的执着追求。

　　要论冷宏先生在出国前的艺术创作,几乎全在水墨画领域的纵横思考,山水、人物、花鸟、册页小品,玩得可是非常的娴熟,这也充分显示出他很扎实的笔墨修养。看似一些平平常常的题材,笔墨间却透射出精神的张力,充满着灵秀的韵味,展示的是中国传统笔墨的文脉相传,而且在作品表现的形式风格上,已然有着他鲜明的文化个性。

有一段时间彼此走得很勤,我也常去画院看望他而多有得益。

后来,他去了法国,在相隔一年后的 1988 年 6 月,我也去了日本东京,从此彼此间就断了联系。

但我心中却一直很挂念这位朋友,三年前,就在我正忙于筹备 APEC 会议的紧张过程中,不意间,接到冷宏先生的电话,便匆匆忙忙见了一面。

这久别重逢,自然非常高兴,他,还是印象中温文尔雅的冷宏,只是他乌黑的头发中多了些丝丝的白发,可更显得稳健而有力。

不过,匆忙间,时间有限,但我还是非常认真地看了他带来的一些作品资料,几乎都是他十几年来的一些艺术活动介绍和十几幅代表作品的影印件。

尽管匆匆阅览,可还是让我感到非常的诧异和新奇,他的作品几乎已变了一张脸而和笔墨无关,更几乎全是用油彩、丙烯颜料、画布来完成的作品。而且画幅都很大,作品题材大多是描写中国古代仕女的一些生活场景,似乎是通过象征、比拟和隐喻的手法,使作品的美学情趣,更涵括了中国传统文化与当代世界美学思潮的融合,很现代,但又极富有中国传统文化的意趣,作品似乎想说明,无论中西、古今,艺术品的精神语言是相同的。

古乐声声,秀、雅、清、逸……

这过往历史的诸多繁华记忆,在经过风蚀雨刻的历史沉淀,留下的总是诱人的印记。

通过作品,也可以看到冷宏先生虽然生活在国外,但其思想的语境和语汇,却显然是一个海外游子对故土文化思念的情结使然。

前天,我和冷宏先生及多位老朋友为纪念在21年前曾举办的"'83绘画实验展",又相聚在一起办了一个回顾展,才能有机会在展会上面对冷宏作品的原件。

我以为,冷宏作品所表现的意象情趣,很显然是冷宏先生自身禀赋气质、人生经历和艺术见解的鲜明诠释。

2004年9月 于上海

初识张洹先生

都市生活的紧张节奏和人到中年诸多责任的困扰,使得我在平日里,实在是很少有机会能松弛一下紧张的心情。

三个星期前,在李山老师家闲聊时,算是凑巧得很,他有朋友自美国来上海度假,其中一位便是张洹先生,于是便在一块餐叙,晚餐后,为图个放松的心情,有朋友建议玩一回扑克80分的游戏,于是在三缺一很无奈的情况下,我只好应景补了个空缺,破天荒上了一回牌桌。尽管多年来,不曾有接触过扑克牌之类的游戏,但好胜心使然,仅玩了两个回合,却让我很快就进入了扑克牌艺的角色变换,玩得有滋有味的,末了,居然小胜一场,很让桌面上几位朋友赞叹不已,朋友们对我初次展露的牌艺技巧更是恭维有加。

来而不往非礼也,确实我也喜欢上了扑克牌的80分游戏,便又在上个星期,相邀我的朋友及张洹先生等,来我大都会休闲看书的地方,又再度把玩起来。

同是文化艺术界的朋友相聚一起,自然会交流些彼此不同的艺术创作观念,我也特别感兴趣新朋友张洹先生的一些艺术观点以及他为人处事的生活态度,于是,通过牌桌上的相识到相知,多少有一些了解。

他,不高的个子,但很结实,有着一双非常明亮的眼睛,也许是剃了光头的原因,他随手总拎着一顶极普通的草帽,时不时地套在头上;上身的 T 恤,几次见面都是反穿的,名其曰:图个衣服的质感肌理;还有那过膝盖的牛仔短裤,总比一般的短裤要长出许多,显得松松垮垮的,脚上更是习惯地拖着一双拖鞋,到哪都一样,他拖拖沓沓的,走路时都会发出声响;他浑身上下几乎感觉不到有丝毫的美国洋味,特别在他开口讲话时,一口地道的河南口音,倒很像是一位刚从北方山里走来的中年"小伙子",神色间,憨厚有余,似乎对什么都表现出一副漫不经心的模样,给我的印象,在初次见面时总有些怪怪的,很难想象其作品在国际社会上的影响力。不过,相处时间长了,才能感受到张洹先生绝然是一位非常有智慧的性情中人。

　　当然在牌桌上的对弈,张洹先生可是一反生活中的常态,他非常地认真,出牌、算牌,十分地计较和严谨,态度也很专注,我不得不严阵以待,这给我留下了十分深刻的印象。

　　在有机会拜读了张洹先生在国外所创作的一些作品的影像资料后,更是对张洹先生严谨的艺术创作态度赞叹有加,这种创作态度绝然不亚于他在牌桌上所表现出来的那股认真劲。尽管仅是一些图像资料及语言叙述,但还是可以想象,其原创作品在实地的感受,一定是有着非常独到的、极具视觉震撼的冲击力度,其作品的语汇架构,完全是融入了张洹先生强有力的诉求意志,他把对现实社会的所思所虑,巧妙地借助于物件装置的载体,再经过精心的创意过程,所产生不同元素的剧烈碰撞而尽情宣泄,形成他自我的精神物语。

　　他的作品中,很讲究对作品空间的尺度考量,对一种倾斜度,对一种平衡之中所制造的不平衡,乃至一个极小的细微动作都有严格的苛求;甚至用他自己的身体经过处理后走进作品里,以便在各种不同的视角环境下,演绎他自己所设计的课题,如此透过物体元素的结集构成,企图产生某种非常独特的视觉表现形态,他以独特的艺术想象思维与拼接、组合技能、手法,非常有意识地构筑成他那些作品的意象,所传递给社会观众的是立体的视觉解读空间。

　　张洹作品的风格,粗犷而细腻,有着鲜明的个性化特点,大概是属于后现代新写实主义范畴的,在作品中,他不仅仅以现代主义的方式、结构的构图呈现,更是提供瞬间吸引力的视觉空间图像,是立体空间的综合艺术展演,是张洹先生内在精神的物化、诉求。

　　这一次又一次的玩扑克游戏,不仅是增长了我的牌艺技术,而在玩牌的过程中,确也让我的身心十分的松弛;并能在牌桌上,结识到如此一位极有个性的艺术家,他不仅有着独特的艺术造诣,更是让我窥视到了艺术家在生活中非常平实的一面,是一个普通人的生活状态。

2004年9月

淡泊、执着
——访卢山先生

　　朋友陈建文先生曾多次提到他早年的授业恩师卢山先生,是如何有着非常的笔墨修养和艺术天赋,然而其一生却颇遭命运坎坷的愚弄,半个多世纪以来,他孤寂无声地居住在上海市郊的罗店乡下,在艰难困苦的现实条件下而志向不改,他始终如一地勤于水墨画的研修绘制,笔耕不辍。甚至在物质匮乏的年代里,囊中羞涩,没有宣纸,他便使用其他的纸品替代,但从不放弃,坚持、执着地进行笔墨探索,已然有着相当数量的作品累积。

　　在当代如此一个极度浮躁的社会环境里,特别是在上海繁华大都市的边缘乡下,还居然有这么一个故事人物的存在,很有些让人不可思议。我心中一直很不以为然,只权作是听到一件闲闻轶事而已。

　　昨天一个偶然的机会,几位朋友又凑在一起吃饭闲聊,建文兄又再度即兴提到他的老师,还依然是那样的热情洋溢、津津乐道,我不由突然萌发前去一探究竟的念头,也算是尽了朋友的雅兴。

　　饭后,我便和建文兄驾车前往,天很热,路又似乎很远,甚至也不确切卢山先生目前的地址,仅凭建文兄7年前的模糊记忆,如此乘兴而懵懵懂懂地赶路。但还真是凑巧得很,在途中距离卢山先生居住不远的地方,找了一位路人探询,却居然是卢山先生的学生,于是便直接寻访到了卢山先生的居所。

在一条弯曲、十分狭窄的小路尽头,静静的,横卧着一条不太宽的小河浜,湖面上有着多种的水上植物,一条废弃的水泥船停泊在水面上,对岸的乡下农居炊烟,自然形成了视觉构图的美学趣味:淡淡的,江南乡村图景。

走进倚傍河边的一所宅院,沿庭园小径穿过葡萄架,便看到卢山先生被女儿搀扶着在居家门口的台阶上迎候我们。

已是76岁高龄的卢山老先生,中等的个子,腿脚有些不便,但气度非常沉稳、祥和,很有儒者风范,话语中带着浓浓的京城韵味。访谈中才知晓老先生是北京人,当年为了学画而千里迢迢来到上海。1947年考入上海美术专科学校国画系;1949年参加上海美术工作者协会及新国画研究会;1951年经上海文化局安排到罗溪中学教授美术;1958年4月被"下放"到罗店公社东南大队第五小队当"农民",直至今天,便一直在罗店的乡下,过着非常朴实的农家生活。

边访谈,边不断地阅读卢山先生一些水墨作品的影印件及相关资料。由于时间匆促,仅拜读了几件作品的原作,但还是给我留下了极为深刻的印象。从老先生15岁时所仿胡伯翔的一幅雪景图里,可以感受到他早年的笔墨基础已是非常的扎实、娴熟而严谨,赋色都很讲究。他大量的水墨作品图像,多是山水题材,尺素间是中华传统笔墨的文脉,气势博大恢宏;墨色浓淡变化,于无序中见有序;笔力遒劲、挥洒而随类赋色,画面有节奏地跌宕连绵,浑厚华滋。在这一幅幅的山山水水的图像背后,我似乎看到的是卢山先生顽强的人格志趣。有容仍大,透过卢山先生系列山水图像的解读,似乎可以窥视到卢山先生非常宽博的心胸气魄及高尚的人文情怀。灵性与笔墨相携,精神物化的笔墨语汇在不断涌动、变幻、交融呈现。

　　如此甘于生活的淡泊,寄身于寻常的乡间生活而无怨无悔,坚持于精神的向往。

　　在罗店乡下,这里没有山,但卢山先生心中有山。山山水水的图像,演绎卢山先生心中的跌宕起伏。

2004 年 9 月 7 日

徜徉在山山水水的图像中
——李文连先生的水墨山水情结

还是在七八年前，一个偶然的机会，我为市政府机关事务管理局组建设计专家组时，由于工作的关系，也就自然认识了当时管理局的副局长李文连先生。他，中等的个子，儒雅而斯文。讲话时，气感浑厚，伴着浓浓的河北地方乡音，语态节奏，徐缓而有致，叙说条理是十分的清楚，很有些常识中领导者的风范和气度。给我最初的印象，他绝然是一位令人尊敬而又颇具领导者威势的政府官员形象。

随着彼此相识的时间长了，久而久之，却也由粗浅的相识而日趋于频繁的朋友间的往来。我和文连很投缘，在一起时几乎是无话不谈。如此，对文连的为人处事态度，自然也就有了某种深度的认识。在日常生活里，文连显然是一位性情中人。他很讲究朋友间的坦诚往来，极富热情，非常的平易近人，也丝毫没有"官架子"的味道。当然，我和他之间的交往，最大的动因，实在是莫过于彼此对艺术爱好的共同情趣使然。

我是一个专业画家，而文连则是360行中所谓的"仕途官员"。他的专业似乎与绘事者之间，风马牛而不相及。但就是这么一位有着儒雅气度的"仕途官员"，在对于传统水墨画研究方面,却始终表现出一往情深的喜好,充满着非常执着的追求。这也许是得益于他早年毕业于上海同济大学土木建筑系,所接受相关美术教程的影响,或许是他更早期对美术事业的向往情结。文连在日常的工作之余,只要稍有空余的时间,就一定会躲进自己的画室里,或者是找机会去一些名山大川搜集创作素材,忙中偷闲、极为专注地在宣纸的尺素间,把玩他的笔墨语汇。而所有刻意表现的题材,几乎一定是描绘山山水水的水墨图像。

如此费神于水墨山水画的执着精神,在世俗的眼光里,多少有些痴迷的程度,而很不以为然。

然而,多少个春夏秋冬,他丝毫不会懈怠,持之以恒地坚持笔墨的耕耘。他,徜徉在山山水水的图像世界里,不断品味着卧游山山水水的精神乐趣。山山水水的图像符号似乎也点化着文连对生活的诸般所思所虑,是文连的心迹物化。胸中有山山水水,必然会在尺素间心驰而神往。

文连一以贯之的绘画态度,始终是抱着一种平常的心态来对待。但是不乏认真、严谨,而考虑周全。每幅作品的起稿,一定是经过深思熟虑来推敲构图,严格把握图像的造型,有节奏地用笔墨勾勒、设色,做到有规有矩,就像他平时生活常态中待人接物的稳健气度,非常的沉着,而且特别注重于条理的清晰度,理性而规范。

如此日积月累的勤奋研习,秉直而执着的追求。种瓜得瓜,这也就自然形成了文连水墨山水画作品其独具个性化的图像语汇。

不论是他精心所创作的鸿幅巨制,还是一些册页、小品的随意之作,似乎都可以从中品读出文连对现世生活的情感诉求。在山山水水的峰峦林木间,乃至泉涧小径的点缀、渲染布局中,既有大自然造化的真实山水图景,也蕴含着文连心灵中无限遐思的山水图景。透过山山水水的图景表像,依稀闪烁着的是文连自我人格的物化。

水墨山水画的笔墨园地,是文连人文精神空间的一块自留地。

专业与非专业的美学审读情趣,在流连欣赏文连作品的同时,似乎已变得模糊而失去了所谓的界线。

2004年10月

眷恋与执着

——续写中华内衣文化的企业家王文宗

去年夏季的一天，我结识了一位来自台湾"欧迪芬"国际企业的董事长王文宗先生。他给我的最初印象是很有企业家的风范：衣着规范讲究，温文尔雅的谈吐，透着几分商贾的精明，几次的会晤闲聊，仿佛已是相识多年的挚友，十分的投缘。彼此关心的议题，则大多是环绕企业文化的构建和中华文化的关注。

王文宗先生对如何创造企业的文化价值，很有他自己独特的见解："建设企业文化，必须要考量社会的整体人文环境。特别是在大陆投资创业，企业文化的塑造，一定要贴近中华本土文化的历史脉络，要关注中华文化的历史承载"，"企业在商场的些许成功，随着财富的累积，就一定要去思考用什么样的形式回馈社会，要尽可能地为社会多创造一些文化的财富，只有这样，企业才能真正获得生存和发展的广阔市场而得以健康地成长。"如此鲜明的企业文化理念，在他那富有节奏的表述语态中，在诚挚而热情的谈话氛围里，我们彼此谈得很投机。

孔圣人曰：富贵而仁。这个"仁"字，显然是直指人类社会在建立物质财富的同时，必然会趋向人文精神财富的建设和追求。如此顺理成章地去思考,由一些优秀企业家来扮演社会文化建设的角色,应该是恰如其分,也自然会促进社会人文环境的繁荣。

"欧迪芬"国际企业,是一家专业的内衣制造商,所创建的"欧迪芬"内衣品牌,早在很多年前,就以其品质优秀的消费认知、时尚优雅的设计理念,而走红大江南北,连远在西藏、内蒙、云贵地区,都有"欧迪芬"的市场份额。

作为企业的领导者,王文宗先生在企业稳健成长的同时,更是以前瞻性的眼光,结合企业的专业市场。早在3年前,便独具慧眼,将目光停留在中华内衣发展的历史文脉上,企图来充分挖掘、整理中华内衣文化的经典演绎过程,企图用21世纪的审美情趣,从中提取传统文化的精髓,来整合企业产品的文化附加值,进而有效地向国人乃至国际社会,充分展示中华内衣文化的经典艺术魅力,以扩大中华内衣文化的国际市场。

这不能不说是一个非常宏大的企图心和王文宗先生心中的愿景。也完全可以想象,如此宏伟计划在具体实施过程中的诸多难度。

可是这一年来,在我和王文宗先生的合作交往中,却让我不得不佩服王文宗先生的办事气魄,执着而坚韧,绝然不是空泛的理念表述,而是将计划真正落到了实处,并竭尽努力地去一步步实施。

为了投资建设"欧迪芬中华内衣博物馆",不仅动用了非常有限的土地资源,还相继聘请了国内相关专业的权威专家和艺术家来共同策划营建博物馆的建设。为了博物馆的建筑设计,王先生几易其稿,几乎是全程参与建筑方案的讨论,并对博物馆的展示陈列计划,预先对每一个环节都精心地推敲、论证,拿捏得四平八稳,希望是建成一个经典的、专业的博物馆,尽可能地将中华内衣文化的传统经典演绎,整理出一个清晰的展示格局。这建设过程中,最让人费心的还是历代文物的收集工作,差不多已有好几年的时间,王文宗先生便已在全国各地四处探寻散落在民间的历代内衣实物,并常常为了一个讯息,或一件小物件,便不辞辛苦地坐飞机、乘火车到处奔波,至今已收藏历代相关文物达300余件,从中可以看到王文宗先生对中华内衣文化的眷恋,已到了非常痴情的地步。

同时为了加大力度来弘扬中华内衣文化的宣传推广,在今年初,王先生采纳了我的文化策划方案:由"欧迪芬"企业独资打造一台规模宏大的原创性多媒体舞台表演剧《寻衣记》。辛苦了有将近一年的时间,在企业与专业团队的通力合作下,终于在今年的3月17日,作为本年度上海国际服装节的主题剧而亮相于上海大剧院。

"千古情丝,织就云缕心衣",精湛的舞台表演艺术,把中华内衣文化中独特的艺术元素与当代时尚的舞蹈语汇,做了成功的契合、对应,气势恢宏,在寻衣、寻爱、寻梦中展现中华灿烂的民族服饰文化与当代人文精神。两场演出,获得了社会大众的高度肯定和赞赏。继而,又应邀赴南京、北京等地演出,更是让《寻衣记》在全国造成了影响,海内外300余家各类媒体竞相报道,不能不说"欧迪芬"创造了国内演艺界的奇迹。

金秋的十月天,上海国际艺术节又专门邀请了《寻衣记》作专场演出,并已有海外的演出商纷纷邀约。

在媒体、掌声、鲜花的簇拥下，王文宗先生并没有陶醉在其中，他只是在考虑如何深化对中华内衣文化的整理和进一步地传承、弘扬。

对中华本土文化的眷恋与执着，王文宗先生显然是一位续写中华内衣文化篇章的当代儒商。

2004年10月于上海

一南一北两地情

——序白羽平、张冬峰画展

    21 世纪的今天，缘自于多种文化观念的碰撞，中国油画创作的图式表现观念，已呈现丰富多样的格局，历经传统艺术语汇的单纯表达，正逐步趋于成为艺术家自身观念的显现和传播；所表现的图像，则更具有个性化的强烈特征。

    在欣赏一幅艺术品之时，不仅仅是感受其的表层图像，还要设法去学习如何进入艺术家创作的经验中，去寻求艺术家敏锐的生活观察力及对自然物象的想象空间，努力去窥探艺术家创作灵感的源头所在。如此才能分享艺术家其独到的审美情趣，能够真正地欣赏到艺术品中所蕴含的原创性与想象空间。

    来自于中国一南一北的两位油画家：白羽平、张东峰，在各自创作中所呈现的文化语汇，极具鲜明的个性化特征，并有着很浓厚的本土文化意识，非常真实地凸显出各自的文化诉求，作品图像所散发的精神视觉冲击，很让我感动。

    尽管两位艺术家的绘画风格殊异，但所绘制的图像题材，却都基本上是环绕于大自然的风景演绎，自然、纯朴，博观约取，他们以自己的精神、理想的情绪和感觉的意志借景生情，来表达自己对当下生活的种种感受与情趣。

透过作品,似乎可以窥探到两位画家从事于绘画创作的态度,是那样执着地"真诚"融入,每幅作品几乎是画家内心世界的外延及自我精神的张扬和诉求。

是为序。

2005年1月7日

张跃的抽象油画

　　我朋友何宁,是一位极具才艺的画家,我们彼此有着长达二十余年的友谊,尽管他在 80 年代末就去了维也纳,后来又辗转去美国发展他的艺术,但其间的相互讯息,却始终都保持着联络,我还是可以想象何宁在艺术创作领域的独特造诣。可是,有关于他妻子张跃的从艺状况,我却知晓甚少,仅有的几次匆匆见面,在浅浅的印象中,张跃只是充分演绎了何宁妻子的角色。

　　尽管她已过了 40 岁的年龄,但其仪表形象,还是保持着一份清秀和娟丽。她性情爽朗,似乎很单纯,讲话的语速很快,大概是源自于其出生地成都的自然环境。她有谈过正在搞油画的创作,如何、如何的,热情洋溢而娓娓道来,可我则始终是兴趣索然。我总认为这是"夫唱妇随"的影响而附庸风雅的消遣罢了,在情理之中而很不以为然。如此的片面认识,以至于我对张跃的艺术追求,始终是印象寥寥,不曾去用心关注。

　　在上个星期,突然收到一封张跃在北京办个人画展的请柬。颇觉得意外,更接着是几番热情的电话邀约。不得已,有碍于何宁挚友的友情,同时也考虑能顺便在北京拜会一些老朋友,也就欣欣然应邀前往北京。

张跃的首次个人画展,是假座在北京德胜门箭楼上的一家画廊内举办,这是一座十分古老的文物保护建筑,到处都透着浓浓历史陈迹的气息,那天的气候十分宜人,我顺着古城墙厚厚的台阶登上三楼,在一间有着雕梁画栋的展厅里,张跃的34件抽象油画作品,在强烈的射灯照耀下,有序地陈列着,非常鲜亮地进入我的眼中。

因为是画展开幕式的当天,莅临画展的中外宾客很多,展厅就显得特别拥挤,步履间不断闪避着一堆堆的人群,但我还是被一幅幅作品的图像所深深感动,我尽可能地保持参观状态的清静,在每一件作品前,作细细的观赏和阅读,来体会张跃的图像语汇。

张跃的作品风格,是在用极为抽象的语汇来演绎她心中的故事,每幅作品的色彩表现,非常的纯粹,红、黄、绿、蓝、紫的直接原色似乎是张跃的最爱,很有些中国传统民间年画的韵味,抽象的画面的构图、色彩肌理和笔触的随意表现,似乎可以感受到张跃在作画时的激情而没有刻意的雕琢和修饰,是自然而然的灵性与色彩的交融、变化而呈现,画面语言十分丰富,令人回味。

不同的色彩,有着不同的语境象征,走进张跃的抽象作品中,你似乎可以感受到似是而非的意境,好像有一种音乐的旋律在悠扬跌宕,在记录着张跃情感世界的纷纷扰扰,且悲且喜,若有所悟的人生经验。

张跃,小名又叫蹦蹦,蹦蹦的意思,其中一定有轻松、欢乐的内涵。

34件用心绘制的作品,我相信会给不同的观众,带来赏心悦目的视觉感动,我很为张跃首次个人画展的成功举办而高兴。

从画廊出来,天色已晚,略感丝丝的寒意,不过,心中却暖暖的,透着一份清凉。

2005年3月30日

我所认识的台湾朋友陈森田先生

　　但凡和陈森田先生有过交往的人，大概都不免会有着和我同样的体会，在你第一时间的印象中，几乎是很难去判断，他是一位常年纵横在国际商业场上，曾多番历经商海之沉浮的大企业集团的董事长。

　　他日常待人接物的行为作派，是淡淡的，丝毫不见有显山露水的故作矜持与傲慢，非常的质朴，倘将他归入于人群中去比较，你似乎难于精准地予以辨识，他，实在是一位普通而又普通的人。

　　我和他，偶然的相识，到相知，不久便成为朋友而引为难得的知己。由于在事业上有着一些志同道合的共识，合作经营大都会美术馆，于是，我们常有机会在一起聊天说事，也就自然对陈森田先生的做人做事，有了更多细微的了解。无论他是在忙碌的工作期间，还是在闲暇时分，他所表现的行事气度和风格，让我感动而记忆深刻。

　　对世俗间生活的表现和态度，森田先生几乎是非常的简便。一年四季，平头短发，干净而利索，一双明亮而炯炯有神的眼睛，见面时总透着几份机警的智慧。平时的着装，则大多是休闲的款式，宽松而简简单单，但一定熨烫得很整齐,稍有不同的是,他的衣服领子经常是上翻而竖直的,这可能是虑及风寒的侵袭而略显示出与众不同的个性之处。他在日常行走步履间,步子始终是沉稳而不徐不疾,腰杆子也总是挺得笔直,我想这一定是得益于他早年在台湾服兵役时的训练所致,果不出所料,他后来告诉我,在他大学毕业后曾经当过几年的宪兵。

也许是从小就养成的习惯,他在平时一日三餐的饮食,很随意而简便,通常是家常菜,只是常在饭桌上多了些蒜头和粗粮罢了,看似也不太讲究。由于我们常在一起,我发现他对于一些社会的交际应酬,总是尽可能地回避,特别是对一些刻意安排的应酬大餐,他更是躲之而唯恐不及,所以,他也就很少走出自己的企业会所——大都会高尔夫俱乐部会所,就是偶尔外出,大多也是喊一辆计程车就走,一点都不复杂。

他平时上班,很少有坐在自己宽大的办公室里,也不曾有秘书伺候,他总是喜欢在下属的各部门间转悠,几乎是零距离地和企业的干部员工打成一片,甚至连最基层的员工也丝毫不觉得陈董事长是陌生的,一应工作问题,一经发现,随时处理,以及协调各执行部门之间的工作互动。在陈森田先生的影响作用下,他所领导的大都会企业机构的团队合作精神,健康而高效,在宽松与紧张、自如而凝重、互动合作的美妙工作氛围里,每个人不仅仅充分展演着各自不同专业的才华和智慧,更是悄然改变着一切,工作品质、个人精神,甚至于对生活的态度,这或许也正是来自台湾的先进企业管理经验。

陈森田先生的日常起居生活,都在大都会,也自然有着爱好运动的嗜好,他在闲暇时分,偶尔也会下球场挥上几杆高尔夫球,表现得也似乎很专业,但他更多的是,常在大都会的室内外环境里,到处走一走、看一看,注意着每一个细节。

有一回节假日,我看到他正爬在一棵树上,顶着炎炎的烈日,戴一顶草帽,很认真地在修剪着树枝,很像是一个专业的园艺师在工作,我觉得很好奇。有球场管理人员告诉我,陈董事长会经常在大都会的一些景观处,亲自去整理一些花草树木和假山岩石的造景,他经常领着一群工人,亲自指挥,去摆弄一些景观的巨大假山和岩石,去琢磨一些景观造型的品相。而对于一些花草树木的常识,更是如数家珍而熟之又熟。放眼大都会,几乎四百余亩土地上的一些假山、岩石所堆积的景观,陈森田先生似乎都曾一一把玩过。这也许正是森田先生在平日里,其休闲运动兼而又修身养性的重要功课。

森田先生的专业出身,是学习法律的。也许是所学专业的特质影响,造就了他严谨而又善于逻辑思维的个性。他不是一个善于说辞的人,但每当在一起谈工作,或参加一些论证会,特别是在一些重大议题上,他只要一开口,必定会引人注目。其缜密的逻辑思维之条理清楚,对一些资料的精确掌握,更是随手拈来。他的发言会让每一个与会者,心悦而诚服,他从头到尾,侃侃而谈,充满着一种自信,几乎没有一句废话而直奔主题,但究其细节的论述,一言一语,都恰恰在问题的关键处。

作为一个大企业的董事长,在基于企业的稳定发展同时,他更是有着前瞻性的思考。这也许是源自于他的自身的文化学养,及灵魂深处对中华本土文化的依恋情结。他极具智慧地将企业的发展,筑就在中华本土文化的根本诉求点上,纲举而目张,他用面向国际的视野,用21世纪的当代思考,充分来提取中华传统文化的元素精髓,来整合企业产品的文化内在品质,无论是企业旗下的金融证券业的软体发展,及房地产业的有序成长,还是宗教文化旅游的规划实施,以及对文化艺术产业的市场化运作,无不深深烙上中华本土文化的印记。这不能不说是一个企业非常宏大的事业企图心和陈森田先生心中的愿景。

我和陈森田先生已有着一年多的交往,已然是非常好的朋友。

2005年4月

云缕心衣
——中国古代内衣文化

　　中国内衣文化的历史迭进与演绎,源远流长,充溢着涓涓的情愫,绚烂而多彩。她是女性私密空间中的悄悄话语,含羞而内敛,是对美和情的抒发载体。

　　在每个重大历史时期,随着文化背景的不同,内衣文化的演绎也会随着世风,被寄予不同时期的人文精神,使内衣文化之诉求与社会、身体、人生价值交相辉映,心声传颂。

　　北齐的"心衣"、隋唐的"宝袜"、宋代的"抹胸"、明清的"肚兜"、民国的"塑身小马甲"及当下社会的"胸罩",这一路走来,展现着历代女性贴身服饰的万种风情,更几乎是各个不同历史时期的文化写照。

　　整个中国内衣文化的发展,决然不同于外显式服饰文化能看到详尽的历史文字记载和形象昭示。历来有关服饰文化的研究著作甚多,但几乎看不到有专业学者对中国内衣文化作全面而系统地记述和编撰,这也许是由于涉及到女性的私密空间,一些文人雅士惟恐避之不及,这某种程度上也自然造成了中国服饰文化研究的一大缺憾。

　　今天,上海戏剧学院的潘建华教授独辟蹊径,潜心研究中国的内衣文化,时来已久。他不仅仅致力于款式、图案、文字的考证论述,更是在全国各地四处走访,搜集民间内衣文物,以实物的佐证来丰富其研究论述。如此作为,无疑是填补了中国服饰史与服饰文化研究的一项空白,也定会对中国文化史、艺术史、女性文化、民俗文化以及当下时尚设计等诸多学科的探索与应用,有着积极的学术参考价值。

2005年6月

孔柏基作品的人格力量
——序孔柏基纸上油画

　　孔柏基艺术的表现形式——宣纸油画,应该是他的首创,并且具有浓郁的东方文化的特征,其作品肌理的表现力:浑厚而内敛,灵动的线条,更是充溢着节奏的韵律美感。

　　作品所蕴涵的内在品质,在当你细细品读、观赏的视觉瞬间,它会悄然地喷涌而出,会激发你"心"之"灵"动的关注,你一定会深切地感受到作者其独特的美学观念之精神所在;以及会强烈地体验到作品所融入作者自我美学情趣的视觉张力。

　　你完全可以想象到,孔柏基艺术的强烈个性,已然独立于当下世俗社会间诸多美学观念的纷纷扰扰,他专情至深地致力于他自己的图画创作,赋予艺术的名义,来道出他心中世界的丰富内容,锲而不舍。

　　"人皆趋彼,我独守此,众人惑之,我独不从"。

　　孔柏基,他,完全有着他自我鲜明的艺术主张和极具个性化独特的原创性图像语汇,这也完全是源自于他几十年来顽强的执着追求以及非常自信的文化修养。

　　他,创造性地在他的图画世界里来获取艺术的表现诉求,执着地吻合于他自我心境中的基本精神,在他所创作的一幅幅作品中,似乎潜流着他自我文化个性的张扬,和着他自我灵魂的归属。

他,创造了一种物、我相融而无间的高尚艺术境界,以表达他心中的美学追求,这恰恰也正是孔柏基老师长久以来热爱生活,以及真实感受生活的艺术转换。

取形用势,写生揣意,运情摹写,显露隐含。

他在每一幅作品图像构图的表现上,他更是充分地把自身所有丰富的美学观念及创意,透过绘画制作材料的媒介,点、线、面的艺术整合,将客观呈现的图形,所给予了主观形而上的精神物化。让最后完稿所呈现的作品图像,似乎获取了新的生命载体,充满着联想的遐思;他有效地将艺术的想象力游走于人文历史的幽深的脉动里,企图有意识地把握住永恒的时空,而造就对美的触动及灵感在瞬间的闪现,从而再现"美"的心中愿景,其独特的艺术张力,亦然是他聪睿的智慧将主客观诸因素统一的结果。这也更是他自我美学观念的图像声明。

绘画人生道路的一路走来,今年,已届73岁高龄的孔柏基老师,却依然还是那样的精神笃实而气度从容,强健的体能充沛,和着敏锐的文化智慧,他在自己的创作过程中,还一直保持着超乎常人的工作能量,而且,自信心十足。

为了创作而勤奋的作业,而更珍惜时间的宝贵,他,这一辈子几乎是没有睡午觉的习惯,尽管年事已高,却还一如既往地勤奋创作,他,创造了数以万计的作品,而几乎每一件作品都能激活观众的视觉,进而分享孔伯基其独特的美学情趣,这在中国美术界也是少有的现象。

在艺术中生活,在生活中艺术,如此的快意人生。

孔柏基,他这一辈子,都全身心都浸润在他所崇尚的图画事业中。

孔柏基是我所尊敬的老师,他那顽强而坚定的意志,及不断追逐"美"的创造力,所激发形成的那忠实于他自己的美学观念,以及在所完成的每一幅作品时所必备的体力能耗,都让我感动不已,这也足以印证了他之所以成为一个非常特别而不平凡的艺术家的全部意义。

早在很多年以前,不仅仅在 20 世纪 80 年代的中国画坛,孔柏基作品的艺术造诣,就已然获得了社会的广泛赞扬而声名远播,更是在日本、美国,就有着一代"新锐巨匠"的崇高美誉来褒扬孔柏基老师的艺术成就。

但是,孔柏基老师并没有陶醉其中,似乎很不以为然,他对所谓世俗的名利场,始终是淡淡的。

当然,他也从不讳言对自己在过去所历经的辉煌故事,可是他的人生目标,永远是直指前方,"穷高而不衰、不矫情、不做作,藏光而守朴",他坚定的朝自己心中所期盼的愿景前行,不停步,不回首,顺其自然而自得其乐。

这也许就是孔柏基作品的人格力量之所在。

是为序。

2005年6月1日

强健而持久的创作诉求

——读古魁先生作品有感

形象结实、敦厚，且又快人快语而十分的率直坦见，犀利的话锋调侃，印证着他颇具智慧的敏锐思辨，但又不失其机智幽默的怡人风趣。

他在日常待人接物处事方面的行为表现，总是以热诚相待而简明扼要的方式，这是他一贯的生活作派。

观其容貌音色、行步气志，他，总是会给人以一种磊落大方的气势格局，在他豪爽热忱的个性里，直透着一股顽强的自信力。

很显然，古魁先生，他与生俱来似乎就是一个满怀豪气而又有着炽热情感的性情中人。

我和古魁先生同在油画雕塑院里共事，是朋友，但彼此的相知相识，则更有 25 年之久。

古魁先生是一个非常勤奋而富有才华的人，尽管他所从事美术研究工作的主要业绩和建树，是在于雕刻艺术的专业创作领域，但是他在水墨画、油画、书法、金石篆刻，甚至于是把玩一些现代工艺瓷器上的图像绘制方面，他亦有着非凡而出色的骄人业绩，在不同材质的媒介上，他所展现的不同技艺，也都非常的娴熟而专业，深受着相关专业内人士的认可和尊重。

也正因为他多才多艺,就必然会事情很多,所以,他终年几乎都是一个忙忙碌碌的人。

他非常珍惜时间的流逝,平日里,把工作计划都安排得很紧凑,但条理序列明白而清楚。

他行动的节奏很快捷,很注重高效率的行事方式,因为他实在是一位热情豁达,却又十分讲究信誉而重承诺的艺术家。

他从来也不会虑及每件作品在创作时有赢利或非赢利的利益权衡的考量,他对待艺术创作的态度和用心,很质朴,都始终能保持着一份真诚而执着、认真而一丝不苟的责任心态。

毫无疑问,艺术创作,是他生命中的最爱。

富有聪明睿智的天赋使然,却又勤奋而好学的执着追求,这不仅仅表现在他对创作形态结构的精准把握上,有着扎实的素描技术,更是对五彩斑斓的不同色相,具有着深刻而微妙的领悟,以及他常年来坚持对中国传统水墨画、书法和着金石篆刻的悉心研读和实践,所积习养成的东方美学伦理的学术品质,已然综合成就了古魁先生独具个性化的文化理念和美学情趣,并有着多样艺术门类的精湛表现技艺。

古魁先生的艺术创作,他所关注而在意的是他自我心境的精神衍生,真真实实、坦坦而荡荡,有存乎神思而意有所寄。他所拿捏着的每一块泥土,或是笔下的每一根线条和着色彩的涂抹,都好像是他自我心律的真实记录而物化成一件件令人感动的作品。

有人物、有风景，也有静物，更有着似是而非的抽象表现，在赏心悦目的视觉观照下，可以感受到古魁作品所独具特色的形象魅力。他的作品结构，清晰、严谨而流畅，看似一道道生机勃发的气脉，既随物而宛转，亦与心而徘徊，见相交融，所以能移情而满志也。

作品所展示的气势格局，更是豪放、遒劲而不乏细腻精致之处，很值得细细地研读和把玩。

生活中看艺术，艺术中看生活，他的主观意识和着社会生活中的所见所闻，充满着艺术的联想功能而表现出他对"美"的诠释，其中亦包含着他对社会现实环境的诸多人文关怀的所思所虑，以及他对社会生活的经验解读。

他作品所表现的意象，直接指向对真、善、美的有力诉求，而丝毫没有做作矫情的虚情假意，从作品中可以体会到古魁先生那丰富的情感交织，和着他自我人格的意志彰显。

我认为，但凡真诚抒情的创作灵感，一定是源自于作者对社会生活的笃行体悟。

所有了解古魁先生的朋友，亦都知道在古魁先生成长的往日故事里，曾有着一段刻骨铭心而又可歌可泣的不凡遭遇，那是在"文革"的年代里，正当一个艺术家在风华正茂的青年时期，也是最富幻想的美妙年华，才仅有25岁的他，便背负着沉重而莫须有的罪名而身陷囹圄，这一关就是10年，面对如此天崩地坼的悲惨遭遇，很难想象到一个青年艺术家的傲人风骨和顽强的生命意志力，他居然能耐过这漫长的10年牢狱生活，并且还依然保持着他天性中那份达观处世的优秀品质而展现出强健的生命活力。

看着古魁先生终年都是忙忙碌碌的身影，和着他对美术事业强健而持久的创作诉求,我有时在想,在古魁先生的心目中,好似有一盏永远不灭的明灯在照耀,而那一定是他自身光明磊落却又自强不息的自信力所点燃的光明,这不仅是让古魁先生在遭遇极度困境时能浴火重生,更是丰富和坚定了他对生命的存在价值和意义有着更深刻的体悟和认知。这也许也正是他始终都能保持强健的创作诉求而自强不息、一往直前的注解所在。

2007年12月10日

自然造化的神奇所给予的生命再造

——丁伟鸣先生的雕刻作品

　　我和丁伟鸣先生的相识才仅有几个月的时间,但恍然间,却又觉得已是多年的知己好友,因为我俩有太多共同所关心的话题,特别是对传统中国文化的认同和依恋。

　　在和伟鸣交往的日子里,他给我的印象,总是修饰得很体面,衣着整齐而考究,甚至是一些细节的搭配处理,亦好像是经过特别的设计,透着一种上海文化人所固有的气派而有品而有位的。

　　在每次与伟鸣聊天说事的过程里,我大多是垂耳恭听,他那看似有些木讷的表情,但只要是彼此打开了话匣子,他那深藏在镜片后的一双鼓起的眼睛,便立刻会泛出光泽,神采奕奕而侃侃而谈。他讲话的语速并不快,慢悠悠的节奏,但始终充满着睿智的思辨,尤其是在一些细节的精准把握上,形象而生动,让我常觉得十分的受益。

　　不过,让我真正对伟鸣有认识而感动的,倒也不在于他有如此能言善辩的侃侃而谈,以及他所拥有国家级工艺大师的职称头衔的光环,尽管我在以往也曾看到些有关丁伟鸣作品的图册介绍,但几乎没有什么印象。

　　就在去年冬天,一个有着阳光的午后,我带着儿子诗元和几位意大利的朋友,如约前往丁伟鸣在淮海路上的工作室。这是我第一次近距离把玩丁伟鸣的雕刻作品,让我完全出乎意料,简直太神奇了,我的视觉经验在短时间内被强烈地震撼到了。

一件件不同材质的雕刻作品,不仅仅体现出极度智慧和巧妙的艺术构想,更是展现出雕刻技术大开大合而出神入化的美妙,也不失其精微的叙说。有些作品只留下仅有几刀凿刻的痕迹而惟妙惟肖,让我不得不叹为观止而对丁伟鸣的智慧才艺肃然而起敬。

丁伟鸣的雕刻作品,很现代而又极富传统的文化品相。细节被编织在温润、交错重叠的雕刻打磨的韵律中,有着超越时光的灵秀意味,亦有着一道超凡脱俗的清气在视觉的端详中流畅,简洁、新颖而灵动,无不饱含着丁伟鸣他那深沉的文化思考之浓情惬意。作品形象地再现了丁伟鸣其独有的艺术匠心和精湛的手工技艺,他表现的是他心灵所直接领悟到的物态天趣,是大自然的神奇造化和着他心灵中所思所虑的碰撞与凝合。

丁伟鸣告诉我,他创作作品的过程,有时会非常的漫长。因为要赋予不同自然材质的不同艺术生命和灵魂,是慎之又慎的作为,绝不可能一蹴而就,是一种随缘而不是刻意的追求,要顺其自然。因此,放松心情,在有意无意间,常会在心里意识中,突然跑出来一个形象而吻合着不同材质的石头形态,这个时候,他就会非常的兴奋,几乎不用深思熟虑的冥想,只要根据工艺的要求,认真而细细地雕刻打磨,作品就会鲜活起来,形神兼备而活灵活现。

在丁伟鸣的思想意识中,他所看见的人文世界,虽然品物繁复,仪态万种,但在他看来,都是一件件充满意志的形象。他感觉自然和人生的现象是含有意义的,他企图深入于自然造化的中心,去直接感受自然造化的生命呼吸,他充分地领悟和认识到自然造化中的万种形象,他要去发现寻觅这潜存着的大精神之所在,他努力将自己的精神思念,理想情绪和感觉意志,都贯注到一块块不同形状、不同材质的石头里面,去探寻、去创造,使物质精神化,使无生命的表现生命。

把玩丁伟鸣的雕刻作品,需要的是静下心来,摒除一切的杂念以怡然自得的愉悦心情,走进丁伟鸣的作品里,去品味其艺术创意的高超美妙,这不仅是基于意趣超然而深入玄境的品尝心得,更重要的是体会到伟鸣"一往情深"的创作心态。

丁伟鸣先生生性淡泊,有着极平和而唯美的生活态度,悠然意远而怡然自足,他把玩"现在",在有限的现实生活里,他只在乎自我精神的丰富和充实,因为艺术创作是他日常生活的延展,是真能以艺术为生命为灵魂者,他不为着将来或过去而放弃"现在"价值的体味,非常的现实。

也许是天赋的才情智慧,他好像是与自然造化有约,他取象不惑,一块块不同的形状石材,一经睹面,他便能会心于他自己的情趣寄托,表现得有品有位,思逸神超,他不但在抒写自己的情感,也表现出自然造化的神奇所给予的生命再造。

我非常佩服丁伟鸣先生其独到而形象生动的艺术想象力。

2008年6月5日于上海西郊

袁银昌的装帧艺术

但凡在沪上出版业界,只要是提到有关于书籍装帧的话题,就必然会联想到"袁银昌"的鼎鼎大名,可想而知,袁银昌在出版业界是如何地声望翘楚而备受推崇。

同样,这也常会让我由衷地欣喜不已,觉得亦有一份自豪感,因为,袁银昌,他不仅仅只是我在大学时的同班同学,而更在于他那敦仁厚道的为人处事的品格,三十多年来,我就一直把他引为知己。

记得在1977年的初春某日,正值上海戏剧学院新生报到集中的日子,那天的阳光是淡淡的,空气中的阴阴的湿度,很有些沁骨的寒意,可作为新生的我们,情绪是激动而多少亦有些茫然,毕竟是一脚踏进了大学的殿堂,不免处处透着一份好奇。我和袁银昌同在一个系、一个班,又同住进一个宿舍,分别是上下铺的室友。我来自嘉定,而他来自南汇,就这样我们很快就互相认识了,而难能可贵的是,这同班同学的友谊却又历经了三十多年的时光迁移而依然如故。

在我的印象里,也许是时常见面的缘故,袁银昌的神情相貌,至今不曾有太大的变化,只是更多了几份沉稳的内敛。在日常生活里,他的脸上始终都有着那么一抹淡淡的微笑,充溢着诚挚的善意,而一双明亮的眼睛中不时透着极具聪慧的神采,似蕴含有一种自信力的坚持。他的为人处事,讲究的是实事求是而不需要任何虚华的辞汇来矫饰,他以非常平和而实实在在的生活态度来直面周围的人事物理。

而他这般严谨而朴实无华的行事风格和生活态度,在过去三十多年来,又似乎极度影响着他在艺术事业上的发展和所作所为。

由于他常年来始终保持着刻苦好学的精神,他不仅有着坚实而娴熟的美术功力,更有着聪慧的才思横溢,只不过,他的表现行为意识却不事张扬而严谨内敛。也许就是他这般稳重而踏实的性格,他毕业后就一头扎进了上海文艺出版社里,居然这一待就是近三十个年头,这也是他人生中最为宝贵的黄金岁月。他深深地根植于书籍装帧的艺术园地里,并不断地深耕而求索创新,看似敦仁厚道的他,在对待艺术创作的态度上,却又多了一份耿直不阿的刚强个性。尤其表现在他对书籍装帧事业的执着和认真,不管什么样的书籍,无论是经典还是通俗本,他都十分讲究,而更企图穷理尽性,以求得他自我心中的理想实践和严谨的尺度标准。

"纳天地于须弥,微中含有精义",他努力使每一本书的页面纹饰都充满着文化的表情,无论是抽象的、具象的、书写的、表意的等等不同表现手法,他都能根据每一本书的特质给予不同的艺术处理,以及符号的组织建立,探求其深层次的文化品质,以整体的思考把握住每一本书的文化性格,对每一本书籍赋予"美"的定义。

他的设计不囿于传统装帧的样式,但也不一味地追逐时尚。他始终与自己独特的文化视角在稳健平和中流露出动感而意态悠远的品位,体现出流畅、变化、婉约而华贵典雅,又葆有坚韧质地的装帧风格,这也正是袁银昌个人风格的彰显。

世人都有好奇的心理诉求,作为传播书籍的社会作用,不仅要考虑广大社会读者的需求心理,更要不断有新鲜的设计概念的补充,能激化在视觉、触觉上的新颖灵动。这种强烈的、与时俱进的创新意识,被要求在每一本书籍的封面上,在每一个版式中,甚至在每一个细节的处理,都能充分地给予表现,以引领设计的时尚追求。

设计已不再仅是美丽的装帧藻饰,设计者必须要具备旺盛的艺术想象力和触类旁通的知识空间和广泛的人文修养,那流淌到每一个页面上的设计元素,都是形式美与精神意念所融合的精液,她超越了偶然性而充实着美感质地,所形成结构的"美"。我以为一切艺术形式都无疑是文化观念形态的呈现。

涵濡得厚,体味得深。

多少年来,经过袁银昌设计的一本又一本大小不一的书籍,可是名类繁多,其中的华章佳制,更是千姿百态,或叙事、或阐理、或抒情,时而浅吟低唱,又时而高歌猛进,有严辞雄辩,也有娓娓道来,曲理折情而应有尽有,其中更不乏奇思妙语和真知灼见。这所有的书在袁银昌独具个性文化的设计观照下,在制作工艺的精湛雕饰下,处处弥漫着形、色、线的合奏,似有一股清新而极具精致典雅的美学情趣,在每一本书中悄然回荡。

正所谓艺术是美的感情的发现，而美的感情必然始发端于艺术家的心中，因为美的欲望诉求而变成艺术创作的冲动，进而表现为客体的艺术品——一本又一本大小不一的精美书籍。

这看似寻常的一本本书籍，当仔细吟味品读时，必定会获得非常丰厚的艺术趣味和感受到多彩的情绪，当纸张材料质地的美和文化精神的美的极致而互为一体时，我相信必然会触动美中之至美的升华而绝妙精彩。

每回回捧着袁银昌设计的书籍时，总会有一种从视觉到触觉的感动。

我由衷地期盼，能不断地阅读到袁银昌所设计的新书。

2009 年1 月5 日

勤奋而专注执意的画家——王维新

　　在日常生活交往中,我和王维新老师的见面机会是并不多的,尽管我们的友谊可追溯到20世纪70年代,但平时我们大多是通过电话联系的,因为他总是很忙,总是天南地北地到处跑,而"行色匆匆"。这些年,尽管他已从中央美术学院的任上退了下来,可他依然是勤于作画写生而到处奔波,似乎比以前更为忙碌了。

　　他,无疑是一位精力充沛而将生活等同于艺术创作的勤奋又专注的画家,不过,他在我印象的记忆里,却始终是清晰而十分亲近的,透着淡淡的温情和书卷气。他不善于健谈,可思维逻辑性很强,尤其是在专业学术论坛上,只要他开口讲话,一定会条理清晰而道理分明,很有说服力,他的待人接物,一向也是非常的认真而诚恳,淳厚朴实,总给人以实事求是的深刻印象。

　　他出生在浙江温州,从小就生活在江海山水之间,他吮吸着的是瓯越文化的乳汁。也许是和美术结缘,他少小便离家,就读于浙江美术学院的附中,直至大学本科毕业后,被分配在上海解放日报社担任美术编辑,"文革"后他又考入北京中央美术学院版画系,就读研究生,之后,便留校任教,从讲师、副教授、教授这一路走来,其间作为访问学者,曾赴法国进修学业,也曾去多国考察,可以说他这一路走来,顺畅之极。有如此丰厚的专业学习的经历,可资为灵感与美学的营养,也自然造就了他对东西方文化美学的深刻认知,这绝对已使他在美术修养的学识上,占有一定的高度和优势,而更为重要和具有决定意义的是在于他那鲜明的文化个性,这让他不仅具有深厚的美术修养和精湛的图画技艺,而又不乏实际社会生活的丰富体验,以及坚定的思想质地和宽博的精神张力。

如此,透过他勤于画速写的良好习惯,他似有意无意地将现实生活与艺术创作,给予自然地紧密联系。在现实稍纵即逝的光阴流动里,他贯注以极大的热诚和敏锐的反应而直面人生百态。他了解生活,他敏悟生活,他成功地将艺术融于生活而不断再造生活的情趣妙境而通过笔墨的渲染挥洒,得以幻化成一幅幅精美的速写、水彩和铜版画作品。从《渔港风帆》、《西湖垂柳》、《江南晴雨》、《船台钢城》、《古都新韵》至《新疆村落》、《青藏归途》、《威尼斯水城》、《罗马》、《巴黎街头》、《孟加拉》、《土耳其风情》……这绝对源自于他在现实生活中的体验,所显露的文化品性,极大丰富了画面视觉的直观性、生动性和现实性,无论是从具象的写实性到抽象的写意性,却深深融入了他独具个性的儒雅却又豪放的美学情趣和无微不至的人文关怀。

陈情立言,因理舒藻,在阅读王维新作品的过程里会有一股醇厚清新的气息直透思绪,会激荡起诸多的遐思和美妙的情趣意识,在悠然的观赏中体会到一种水墨的神韵和空灵、酣畅淋漓而出神入化,缓缓读来而饶有诗的意境。

再观察他笔下的线条勾勒,自觉性很强,看似豪迈洒脱而奔放无羁,其实是严谨而又法度甚严,他的色彩渲染,在光影交错中鲜明而饱和,气清而朗爽。

一幅幅图像,雍容大方、笔力遒劲而意志优雅,能于直率平和中流传出其独特的美学理念和文化力量。

我非常欣赏王维新老师他自己的艺术主张:"我坚持并无条件地依赖于生活中的所感所虑,因生活的表达是产生艺术风貌的决定因素。"

现年已逾七旬的王维新老师,依然还是那样的年轻,依然还是那样地富有创造力(这也是当代中国美术界最所缺乏的)。在这个寻常自然而平凡的世界里,他始终持有不辞辛劳的勤勉与责任心,他有着慎重的理性、愉快的精神、平和的性情,他不停地在努力,大江南北、边陲域外,到处有着他深深的脚印,他的艺术生命舒缓而平静地向前展开。

师天地氤氲之俊气,美无处不在,而全在于他心灵的意念所致,他要吸收一切所可以吸收的事物,而反射以最优美最有力的敏感,抒人文旷达的情怀。

在王维新作品的图像中实可以窥探其性情。

2009年2月12日

出访归来

——序王维新作品展

"文质相济,情韵相兼";这显然是哲学的境界,亦是视觉美术中难能可贵的境界之所在。

在阅读王维新作品的时候,常会有这般美妙的遐思和情趣在思绪中宛转。

这一幅幅精美的速写、水彩画和铜版画,不仅具有精美的技艺,更不乏豪迈的气魄和华贵而简约的情调,以及坚定的思想质地和宽博的精神力度,能于直率平和中折射出其独特的美学情趣和文化力量。

王维新先生擅速写,重写生,强调随时随地画速写,画民俗风情的写生,他走过许多的国家和地区,而不同地域的风物人情却又与王维新似乎有着天然的默契,见相交融而移情满志,从而产生出他那独特的文化视角和心灵感悟,他以勤于画速写的良好习惯而给予记录,所以,他每回回外出归来,总会有一批佳作相伴而归。

他不仅将四方游历的生活实践视为艺术创作的生命之源,更是将自己的艺术追求定位在"速写性的写意"上,他成功地将艺术融于生活,而不断再造生活的艺术境界,并深深地融入他那独具文化个性的儒雅风格和无微不至的人文关怀。

美,无处不存在,仅牵于他心灵的意念所至。

王维新先生的画作,整幅图像,雍容大方,笔力遒劲,意志优雅。

看似潦草的线条勾勒,其实严谨而具法度。

在光影交错中的色彩渲染,鲜明而饱和。

图像的构筑,无不蕴含着节奏律动的和谐,是最单纯而最充实的表现。

他时而叙事,又时而借景舒其胸臆。

简洁、概括而生动。

我非常欣赏王维新先生他自己的艺术主张:"我坚持并无条件地依赖于生活中的所感所虑,因生活的表达是产生艺术风貌的决定因素。"

在这次精心布置的65件展品中,涵盖了他三次重要出访所绘制的佳作,我相信观众在悠然的观赏中会有所感动,倘作细细品味,则更会有一种诗的意境而让你情趣盎然。

是为序。

2009年3月9日

缤纷五彩的律动

——序方广泓作品展

　　有着书香门第的家族血脉的承载,又有着 24 年旅居巴西国的生活经验。在这两种不同文化观念的碰撞、契合中,方广泓的文化视野更具开阔,美学情趣的意念也自然随之蜕变。所固有的中国精神的文化情怀被悄然注入了率情奔放的南美文化的气息,这个以桑巴舞、足球自豪的国度显然深刻影响着方广泓的文化个性,充实着方广泓的艺术生命,生出一股火辣而新奇的力量,从而直接反映在他所创作的油画作品里。

　　阅读方广泓的油画作品,在缤纷五彩的律动中,会感受到一种能量的热与力在颤动着,是肆意而活泼的形象舞动,浓烈而激情四射。

　　这可不是浮躁的情绪激荡,而是强健活力的脉搏直接从方广泓心灵上发生的思想迸发,一种生命的真实感,得以声情并茂而激动人心。

　　这流畅、热烈、奔放无羁的笔触,合着浓艳的色彩序列,亦自然融合了方广泓其鲜明而独具个性的美学理念、人文修养和在不同时期的心境,以及对社会现实人生的所思所虑。

看似木讷而不善言辞的他，在沉郁、温和、规矩的生活仪态背后，却有着豪爽宽博的胸襟，有着活跃的生命。

在他自己的作品里，他放纵自己的情感，充满着热情、兴奋、快乐和毅力，这是他生命情调最直接、最实质、最强烈、最单纯而又充分的诉求。

在一幅幅图像作品里，闪烁着的是他生命机能的演绎。

透过日常生活中对人事物理景观的悉心观察，用艺术的手法而幻化成似是而非的视觉图像，憬然自觉，充满着想象的"美"的情趣。

在这一幅幅油画作品的图像语境中，似乎可以窥探到作者那发自内心深处的某种悟性，以及对"美"的丰富意涵的品味而产生的彼此共鸣，从而会极大鼓舞着你的视觉感动。

我以为只有强烈的人生趣味，和着丰富的人文情怀，才会有如此激动人心的图画，才会因此而感动他人。

是为序。

2009 年 5 月 3 日

墨香情深处

——走进张雷平的水墨天地

是情趣和意象的契合融化。

是寓意,是象征,个性鲜明。

张雷平以其真挚的情感和对中西文化材料的深湛素养,在她自己的水墨天地间,自由而舒展地吟咏,真切委婉而形象地道出了她以自己生命体验所感悟的人情物理世界。这一幅幅水墨画的意象,构图严谨而色彩鲜明,亦有着现当代的文化思考,画面直透着一股灵秀而又清新的视觉感动。

不管是素静的,淡雅的,还是绚丽的,这显然都来自她心灵深处所泛起的波澜和阵阵悸动。

艺术是"美"的情趣的表现,而"美"的情趣则必然源自于艺术家丰富又独特的人生经验而发端于艺术家的心中。自然而然,因"美"的欲望而变成艺术创作时的冲动,意象得以活泼地创造,进而表现为客观的艺术品。

这其中亦蕴涵着艺术家自己完全的生活智慧及艺术家自己所固有的美学理念。

张雷平,是一位非常典型的上海知识女性,斯文气十足,有着优越而殷实的家学背景,受其画家父亲的影响,她少年时便和宣纸、笔墨、丹青,结下了宿命般的不解之缘。

这位看似温柔婉约的女子,在她的个性中却又有着一份憨厚而刚毅倔强的坚持。在古往今来的历代中国水墨画界的众多人物中,她却独具慧眼而钟情致力于吴昌硕艺术风格的研究和实践,并坚持始终,这似乎也印证了她在未来艺术风格的趋向。

有了榜样的楷模,在她小小年纪时,就常跑博物馆历代绘画陈列室,恭敬而谦逊地向吴昌硕、齐白石、潘天寿等前辈大师学习请益,并先后得到多位吴派传人的亲授教诲。

博观取约,她以自己的理想情绪和感觉意志,勤奋而努力地孜孜以求,不仅讲究在绘画技法上的不断精益求精,而更在于人文学识的积累提升。

她为自己的艺术成长,在早年就夯实了结实的基础。

20世纪60年代,为求得新知识,她顺利考取了上海戏剧学院舞台美术系,这个以艺术综合学科见长的名校,更是让年轻的张雷平广拓视野,特别对于色彩学的应用以及对西方美学的哲学思辨、潮流趋势、审美情趣,都有了一个较清晰的认知。

我以为这4年的科班教育,为她今日所呈现的个人完美的艺术风格,有着重要而不可忽视的必然联系。

大学毕业后,她理应活跃在剧场舞台和电影银幕间而有所作为。但是,她依然执着于在她的宣纸、笔墨、丹青上下功夫,勾勒、泼墨、挥彩,乐此不疲而怡然自得。很显然,她的艺术根蒂已然深植在历经五千年文明史的水墨天地间。

为了自己艺术的有序发展,她选择了进上海中国画院工作,能在自己擅长而喜欢的专业领域内,她始能舒泰地保持一己之个性而求得生活、艺术的高度和谐。

她是幸运的,当然亦是勤奋的。

随着时空的变迁,她不断调整充实自己艺术的成长。

她在主观的情趣和客观的意象之间酣畅抒怀。

从上海附近的公园到江浙一带的田园山水间,从云遮雾绕的黄山到山花烂漫的四明山、雁荡山,从江南到江北、到塞外到大漠……甚至到美国、到欧洲……

她的道路,愈走愈远,愈走愈宽,其胸襟涵养也自然亦愈加开阔。

在直接景物的观照感悟下,她把"美"如实而深入地反映到自己的心里,在意象和情趣相默契的瞬间,应物象形,随类赋彩,现代的、民族的、个性的,她力图在创作中把握凸显中西合璧的妙趣和独特的美学理念。

她艺术地把一种人文情趣寄托在一幅幅的水墨画的意象图境里,让人情物理成功而相互渗透,让一切有生命的还是无生命的所能带给她心灵的触动和欣悦,都能随着美妙的思绪激荡而能幻化成墨与色的交融和着恣意的线条舞动。

是自然的,还是必然的,在墨与色的韵味里,透析出玄妙而丰富的变化,让不断运动着的线条,似有意而无意地在其中穿行,线条遒劲而流畅,长短相宜,枯湿有致,时而急速锐利,又时而悠闲漫步,企图让线与线之间有着更多赋予诗意的想象空间,从而营造出气韵生动而婉约的水墨氤氲,虚实相生,一些空白处亦皆成妙境。

她所描写的物件,无论是山川、人物、花鸟、鱼虫乃至于一块石头,都充满着生命的活泼意志力,浓情而惬意。

我认为,有如此豪放瑰丽的笔墨,定能唤起整个画面情趣意象的"恰好境界",充实而有光辉,一派生意盎然而神采奕奕。

走进张雷平的水墨天地,让我吟味不已。

2009年6月29日

夏予冰的艺术坚持

简洁、明快而瑰丽斑驳的图画张力中充溢着热情的浓郁，又不失纤巧和谐的情调，适意而雅逸，这是夏予冰绘画所给人的强烈的视觉印象。

夏予冰，是我大学时的同班同学，在当年可是我们班值得骄傲的明星人物，要论他的形象：标致而帅气，浑身上下是干净利落而漂漂亮亮，在其言谈举止间，直透着上海城市人的文化特质，他似乎特别在意生活的品质和讲究优雅的行事风度。

不过，他让我们同学赞叹而羡慕的可是他在绘画专业上所具有的精湛而扎实的绘画基本功和侃侃而谈的美术知识，在当年，他的艺术修养已然到了非常专业的水准。

一本由夏予冰创作绘制，由上海少儿出版社发行的彩色版连环画本《约翰的悲惨生活》，则更是让我们同学大开眼界。至今我还记忆犹新，那一幅幅连续而富有节奏韵律的完美造型构图，那瑰丽的色彩渲染和着流畅的线条结构，雅中带俗，又俗中见雅，让我吟味不已。

在我的印象里，夏予冰身上似乎总有着那一份莫名的优越感，在同学的几年中，不管在课堂上还是在课堂下，或是一块在外地写生采风,他总会表现出一种潇洒而怡然自在的风度,而绝无任何苦思冥想的困扰。

很显然,天赋的聪慧和着卓越的绘画技能,让他在艺术的道路上,行走得很是顺畅。

他大学毕业后,便进了华东师范大学艺术系执教而为人师表。

之后,便又听闻他成家了,娶了一位极美丽端庄的女孩。

又后来,值改革开放,在上海出国大潮的汹涌之际,他又能不失时机地跨洋去美国洛杉矶寻求发展,而这在当年,向往美国可是80年代中国美术青年的彼岸幻想。

如此一晃,16年的黄金岁月就这样过去了。

也许是在他乡遨游的疲惫,又或许是思念故土的情感焦灼,16年之后的2001年,夏予冰他又回到上海了,伶俐的目光、愉悦的容貌、理性的脾气依然如故,只是多了一份内敛的圆熟。

可是今日上海滩已非当年的上海滩,随着上海城市翻天覆地的历史性巨变,上海的艺术市场亦是一派繁荣的景象。一时间,名目繁多的美术馆、画廊像走马灯似的,交织着名和利的诱惑,几乎每天都有以各种名义而粉墨登场的展览,从具象到抽象流派纷呈而此起彼落,整个艺术市场炙热的温度,滚烫滚烫的,艺术行情的指数更是一路狂飙。

如此大好形势,可是千载难逢,理应不失时机地凑个热闹,淘点自己的利益。

可是,从美国回来的夏予冰,却有着自己的文化坚持,以保持其纯洁而不致迷惘于时代的纷扰,他安然独处而显得格外的安静,除了应邀在上海美术学院重操旧业而做了一名负责任的客席教授,继续他的执教育人,他将大部分的时间都消耗在自己的家里,消耗在一个并不太大的画室空间里,他画自己喜欢的画。

恬淡,一种闲暇的知足,一种习惯的生活本能,让他依然还保持着以往的那一份潇洒而怡然自在的生活方式。

他感兴趣于这个寻常而平凡的世俗社会,在看似繁华热闹的日常生活里,他以其独特的文化视角和朴实的生活方式,平心静气,充满着温情而超然于现实的困扰与憧憬。他,一往情深地在画布、画纸上努力寻找一种精神的寄托——那是一种在自我意识的坚持上所建立的美学情趣,当外在的人事物理和内在的情趣互为交融时,不管是风景还是人物画,或是一些抽象的表现,一幅幅的作品,不仅体现出夏予冰娴熟而精湛的绘画技艺,更是透析着意象情趣的逸致和一种恬淡的生活志向,流淌着的是一种淡淡的情愫。

我以为,他那沉着而恬淡的生活态度,似乎可以让平庸的日常生活变得怡然而有情趣。

2009年7月8日

焕然一新的图画风格

——有感于李文连先生的年末新作展

　　真的,很出乎我的意料,因为我和文连先生实在是太熟悉了,已近 60 岁的他,始终是精力充沛,看似文质彬彬,可在儒雅风度的背后却透着热情的洋溢,尤其是他对水墨画创作的孜孜以求,在图画界可是有口皆碑的。他几十年所涵育的笔墨技巧,娴熟而颇具传统的样式,形象隽秀而不乏严谨,亦早已在很多年前,已然成就了他那独特的图画风格,并已出版发行了多本画册。在这几年里,他也常有个人的画展在推广。我在 5 年前也曾特意撰文给以论述,所以,在前些日子,当再度受邀去杨浦文化馆参加文连先生的年末新作展时,我心中很不以为然,只是有碍于朋友间的道义,理应前去捧场祝贺,凑个热闹罢了。

　　不料,当我的脚一踏进画展的会场时,我便情不自禁地被满场悬挂的作品所深深吸引,一时间,也多少有点懵了。因为进入眼帘的作品图像,很难契合我印象中所记忆的文连作品的风格,这几乎彻底颠覆了我以往对文连作品的认识。眼前一幅幅水墨图像,似一股春风拂面,给我以清新而赏心悦目的感动。一幅幅作品的尺寸并不大,但图像构成非常的简洁而新颖,很有些时尚的趣味,和着缤纷的水墨律动,似到了一种和谐又自然的唯美精神境界。很显然,如此焕然一新的图画风格非常清晰而明了地告诉人们,他已从以往自我积习的形式风格里走了出来,而走向一个更为广阔的艺术境界。

我饶有兴趣地在每一幅作品前,作细细地品读。通过一幅幅作品的图像演绎,我似乎听到了作者文连先生在浅吟低唱。他在用他的笔墨语汇在叙说着他的情感世界,在这个社会的纷繁万象中,在大自然的景物中,他不停地在探寻,在不断地发现所谓"美"的踪迹,去吻合他那心底的思绪和着诸多的美学伦理。

对作品中每一根线条的勾勒,每一块色彩的重叠组合的韵律中,他都似乎饱含着浓浓的情意,承载着思想的意趣,去追逐意象的完美,让纯粹的景成就了纯粹的情。他把"美"的意涵,如实和深入地通过笔墨语汇的淬炼来创制鲜活的图像,在具象与抽象之间可以窥探到文连先生的文化个性及生活经验的充实和情感的丰沛。

在现场,我也不时询问文连先生在作画时的心得体会,他告诉我:"现在作画的状态已越来越轻松而愉悦,已没有了以往苦思冥想的困扰,在作画的过程里,会自然而然地发现图像勾勒而应物象形而随类赋彩,更多的关注是线条和色彩的重叠肌理所产生的美感。"

是的,我以为这才是一个画家在作画时所应有的良好状态,因为在生命的秉性中,最重要的莫过于自我身心的自在而了无障碍。天地间,不过是生命情感的境域,一切都会应因感情的起伏而痛苦而欢乐,倘能处于愉悦平和、情怡虚无的状态,那是何等地悠闲而自在呀!

我很为文连的聪慧悟性而高兴。

2010年1月12日

我在孙信一先生的作品里读到了许多

　　我认识孙信一先生是多年前在好友张森先生的家中。他，个子不高，敦厚而机灵，他日常生活在三个城市：巴黎、东京、上海，有着丰富的生活阅历。也许是这位仁兄有着见多识广的超凡经验，加上敏锐的思维，又有着善于雄辩的口才，于是将他满腹博杂的学问，扯上些国内外的趣闻轶事，就可以滔滔不绝地娓娓道来，就像是当事人亲临其境似的，生动而充满着说服力。每当有宾客满堂时，话题的中心就自然由着他主讲而展开。所以有这位仁兄在一起聊天叙谈时，我大多是带着双耳朵聆听。这是我对孙信一先生的最初印象。

　　在一个偶然的机会，我和张森先生去他府上，一眼就被墙上悬挂的几幅水墨山水图所深深吸引。细看之后，我这才知道，这是孙信一先生的大作，这让我很惊讶。因为这之前的几次碰面，他侃侃而谈的话题几乎从不涉及他的图画领域，感慨之余，我更是认真地品读眼前的作品，他也热心地送上他的作品画册。

　　结合画册和一些现场作品，看着他 28 岁时所画的作品直至 67 岁当下的作品，这一路走来，他的步履是那样的稳健。一幅幅作品的置陈布势,严谨而讲究,皴擦勾染,亦有章法可循。在一道道笔触、皴法、墨色的交错重叠的组合韵律中,可以体会到虚静和飘逸的情趣。这和我初次印象中的孙信一其人,大相径庭判若两人。在品读一幅幅作品的意识里,我所看到的作者,俨然是一位谦谦君子,儒雅而又有厚重的笔墨技巧和人文修养,走进他的图画世界,让我吟味不已。

不过,让我颇感诧异的,是他在日常生活里的现实经验和他的水墨语汇,是那样的相距甚远。按照他的生活环境,作品的表现意象,理应是非常现代而时尚的。因为他日常生活的三个城市:巴黎、东京、上海,是目前世界上比较讲究艺术新潮的三个城市,有着诸多诱人的新潮理念。更况且,今日之上海亦是尚荣重利的物质社会,各种新鲜的玩意儿在这个城市里层出不穷。近几年来,但凡是走新潮路线的艺术家,都自然能获取名利的最大化收益。可是在孙信一的作品里,他却依然是那样的执着,继承着中国的传统水墨和东方式的人文关怀。笔墨秀逸而不失凝重,意境宏阔而情趣淡远。在孙信一先生的作品里,可以隐隐然窥探到些许中国传统文化人的风骨和胸襟。

春生、夏长、秋收、冬藏,在大自然的辉映下,在尺幅间的水墨世界里,充满着煦和的、郁蒸的、焚灼的各种温度的情绪。孙信一,他,舒坦地坚持一己之个性,任凭时局之变迁,而力求适应其自身的精神诉求,超然而独立。依附其优美的胸中山水的跌宕起伏,资以灵感与学养的交融,保持自我心灵的健全、纯洁,以免于当下社会的庸俗势力的侵袭。

他生活在自我品鉴的水墨山水间,不辞痛苦与忧患,也不困扰于虚荣与屈辱,他生活得健康、快乐。

我在孙信一先生的作品里读到了许多。

2010年10月

"一往情深"的喜好

——有感于刘主仪的图画创作

　　不着功利,只是她心中有爱而需要释放,而选择油画材料的表现,也正契合她心中的喜好和天赋的才情。透过五颜六色的颜料在画布上铺层勾勒,这不仅仅可以让她的情绪获得自由的宣泄,委婉而实诚地,倾诉她对人生的感悟和诸多美好的期盼,而更重要的是可以阐述她那独特的审美情趣和文化理念。

　　图画是她偏执的喜好,是她生活中很重要的一部分。她用于图画创作的时间,几乎可以占据她所有工作之余的闲暇时间。因为,在她图画创作的过程里,可以自由地舒展她的每一根神经,从而享受到独有品位的快乐,不觉得时间在悄悄地流逝。她常常会忘了吃饭的时间,甚至一天下来喝不上一口水,她陶醉在作画的情绪氛围里。

　　而只要有朋友来访问,她一定会非常热诚地邀请去她的画室——也就是她居住的公寓。因为每一间屋子甚至是卧室里都有她挚爱的图画作品,她会认真地,也非常有步骤地引领你参观,并不停地讲解她的一些图画创作心得,她很期待能让一些朋友分享她的快乐,能产生彼此的共鸣。

　　她的图画创作题材十分宽泛,有山、有水、有人物、有花卉、有马、有鱼……她似乎都可以在这些物象中找寻到她对"美"的诠释。

不过，让人惊异的是，她如此酷爱图画创作，却并不是一个专业学习背景的出身。她只是凭借天赋的才情，很自由的，随着自我心意的展开而信手涂鸦，她图画的颜色、笔调都很自然而然。她很擅长在画布上作大写意的泼墨处理，再从中勾勒形象而直抒胸怀，几乎没有刻意的困扰，但最后形成的画面形象都很协调，看似有意无意，却能吻合图画处理的节奏、韵律，有序而精致，亦能清晰地表现出她独有的审美情趣。毫无疑问，她创作和描绘的是她心中的所思所想，以及她对现实生活的经验诠释所转换成图画的形式展现。她的作品，会激发观赏者诸多美好的遐想，能体会到她对艺术创作的一番真情实意和纯真的作画态度。

兰心蕙性，谦和婉约，当每次有朋友参观她的作品后，她总会非常期盼着听到朋友对她作品的论述和批评，她会睁着一双美丽而纯真的大眼睛，就像是一位天真的少女，有时更像是一位刚进校念书的小女生，尽管她已过了不惑之年，可见她对图画创作的执着和热爱。

但凡艺术境界的高超美妙，不仅仅是基于美学理念的超然而深入玄境，却又非常的个性化而生机活泼，我以为最重要的还是"一往情深"的喜好。

我很喜欢刘主仪的油画创作。

2010年12月27日

她是一位真正意义上的艺术家

——感慨于瞿倩梅作品的力量

    我已有两年不曾去上海美术馆了,实在是不喜欢这嘈杂的名利场和一些无聊的应酬。可前些日子,台湾现代画廊的施立仁老友来电邀约(我和他已是多年不见),且又是他亲力亲为做的展览(这位仁兄所代理策展的艺术家,几乎都是国际级大师的角色),如此,情不得已,便如约前往。

    我心里只想着去美术馆会朋友,也不曾了解他所办展览会的状况。可当我拾阶而上,在进入二楼展厅时,我的视觉陡然被震慑住了,首先映入我眼帘的是一幅幅巨大而粗犷的、用钢铁相框装饰的作品。潜意识告诉我,这绝对又是某位欧洲大艺术家的手笔:质朴、淳厚、粗犷而大气磅礴。再仔细凑近品读,只见画面的肌理组织,居然是采用高岭土和一些沙子、朽木堆积而成,再混合以大漆、麻绳等生态材料的涂层和笔触的挥洒,产生出原始、粗粝和些许苦涩的质地,所营造的氛围和气场,直透着苍凉、沉郁和悲怆的调子,似有一种力量在画面中排荡而凝聚,让我吟味不已。

    可更让我诧异和惊讶的是,随后经过施立仁先生一番慷慨陈词的介绍解说，以及看到作者的肖像图片，我这才恍然惊觉到，如此规模、大制作的抽象作品，竟然是出自于一位有着中国血统的艺术家之手，而且是一位气度温和、端庄而美丽的中年女性。这不能不让我生出无限的感慨。

之后在施立仁先生悉心的陪伴下，我们在一幅幅作品前流连驻足，我有一种莫名的意识，似有一股力量在不断地鼓舞着我的视觉精神并撞击着我的灵魂。

在一幅幅用钢铁外框包裹的画面里，在高低起伏的肌理节奏中，我似乎窥探到，在作者的胸膛中，似隐藏着一种顽强且又苦闷的挣扎，蠕动着忧伤的情怀。她在娓娓道来，这也许是她生活中某段记忆沉浮的物化，也许是她人生经历中，一次又一次对自我内心的朝圣与回归。

显然，她将自己的思想情感和生命意识和精神诉求通通镕进了极具表现张力的材料媒介中，传达的是一种生动的真诚和内心对社会现实的态度，她有着强烈的人生趣味和丰富的人文情怀。

在一幅幅画面的节奏律动中，我看到了生命机能的精神力度，充满着兴奋、忍耐、痛苦、快乐和毅力。

所以，一个人彻悟的程度恰等于她所受生活阅历的深度，瞿倩梅在法国闯荡了 28 年，在历经社会生活的体验和事业的沉浮，今日的瞿倩梅，我以为在当下现实社会里的浮名虚利，都已不复拨动她的心弦。

在一幅幅画面肌理的律动中，可体会到她的悟性，她是那样的沉静，是用她的心灵来感悟、来阐释着生命和自然的和谐。

看着瞿倩梅如此恢宏巨大的抽象作品,实在是无法与生活中的瞿倩梅来相提并论,很神奇,不过可以肯定的是,她是一位真正意义上的艺术家。

2011年6月3日

郑辛遥的漫画

　　有着闲适的心态和恬淡从容的襟怀,这是我所认识的辛遥老弟。他是以漫画创作的独具风格而享誉画坛,现任中国美术家协会理事、中国美协漫画艺术委员会副主任,上海市美术家协会副主席、上海市文联委员。

　　我和辛遥的友谊,始于 1988 年末,正值我在日本游学期间。也许是一种缘分,当时有国内朋友介绍他到日本后找我,可推荐信函上却没有我任何的联络方式,可就是这样的巧合,他居然会在举办我画展的地方找到我,于是由不熟悉到熟悉,后来成了非常好的朋友。

　　当初在日本时,我就领略到辛遥扎实而娴熟的漫画技艺,他能够在几分钟时间内,敏感而快速地把握住被画对象的脸部特征,以简单的几笔勾勒出生动又精彩的漫画肖像,惟妙惟肖,真令人拍案叫绝。也正因为他有如此独到的本事,他在日本的半年时间,居然就靠着手中的笔,不仅能维持在日本昂贵的生活消费,还能时不时搞一些主题漫画的创作,有作品不仅入选了由《读卖新闻》社所主办的国际漫画大展,并荣获优秀奖。那天我们同去伊势丹美术馆参观,很让我为辛遥的成功而高兴。

半年后，他按计划回国，我也在同年的六月份结束了在日本的游学。因为彼此的事业还是在中国，在自己的家乡——上海。

因为是朋友，对辛遥回国后的动态，不免就多了一份关注。也许是回到了他自己熟悉的城市，可以从容而有规律地工作、生活、学习，辛遥的创作力与日俱增，题材亦非常广泛。我从许多报纸杂志以及专业的画刊上经常可以阅读到他不断推出的作品，其中最著名的则莫过于他创作的《智慧快餐》系列，至今耗时已达20年之久，将近一千余幅精彩的作品，可见硕果累累。他以其富有哲理的格言与简练、夸张而幽默的画面组合，相得益彰，寥寥数笔就能传达出很高的意趣和生活哲理。我以为这是他用心来观察，用精神来思虑，是他悄然冷眼地观察社会人生而感悟到的心得，再透过漫画创作的载体，发挥其个性的智慧灵性，让图画的意象得以活泼地展现。如此，能在尺幅间蕴含着真知灼见，亦是他心灵情愫的发表，平静、智慧、圆熟的精神展露无疑。

在芸芸众生的社会里，他显然是一个性情温和而思想圆熟的智者。他清楚地了解自己，也清楚地了解周围的人事物理，可歌颂也可批判，简洁明了。画面之所以生动，因其背后的概念是灵活的，能简约地达到空灵的美质，并透着夸张而幽默的情趣。

与此同时也恰当地表达了他自己闲适、自在、随意的心情和生活态度。我以为精神的锐敏和细微，是隐藏于那些不甚引人注意的表象后面，而他能够敏感地意识到并给以恰当的形式表达，他感兴趣于这个寻常而平凡的世界，他要让平庸的生活变成有愉快之感，这必然要富有哲理的内涵而更有着智慧的幽默。

　　"偷得浮生半日闲",这是郑辛遥在生活里的座右铭,一种闲暇的知足,也可窥探到他对生活的风趣逸致和丰富的人文情怀以及敏锐的眼光、坚定的意念。他用其舒泰而智慧的精神灌注到他的作品中去,这自然也成就了郑辛遥其独特的漫画风格。

2011 年 7 月 3 日

藏家姜佩华的胆略与情趣

在上海文物收藏界，有关于姜佩华的知晓度并不高，也就几个朋友知道而已，因为他只在乎他自我性情的舒展而独往独来。

现年仅50岁的姜佩华，却居然已拥有典藏文物约2万余件，从一些名家字画、古玩珍宝到家具钟表、名贵药材，甚至还有茅台酒原浆的刻意收藏，如此品类繁多，几乎是全方位的收藏，其中亦不乏稀世珍宝，这不得不让人惊叹于他典藏文物的雄心和胆略。

我是1989年在日本东京一个偶然的机会认识姜佩华的，给我最初的印象，他是一个小个子，瘦瘦的，但似充满着自信力，神色间总是乐呵呵的，聪敏又机灵。

但后来由于一些突如其来的原因，我决定在1989年6月17日回国。那是一个十分特殊的日子，所以也就不曾和佩华道别，便匆匆回到上海，也从此结束了我在日本的游学生活，我和佩华的联系，自然也就中止了。

如此在国内忙忙碌碌过了几年，就在我1993年筹建刘海粟美术馆之际，姜佩华又突然冒了出来，原来他也在1992年回国，也计划在国内发展事业。彼此一见如故，能在上海重逢真是件太高兴的事,他确还是老样子,依旧是乐呵呵的,很自信,其行事作风还是一股机灵劲。因为同在上海,于是,彼此见面的次数也较多了,很谈得来,话题非常宽泛,可我还是不清楚佩华的具体职业。

可有意思的是,如此交往了约一年时间,彼此间又突然中断了联系,也不知什么原因。

如此一别,差不多又20年时间过去了,对佩华的印象,在记忆中也逐已淡去,可不曾想到,在去年的5月份,他突然又拨通了我的手机,很神奇,这让我兴奋不已。不过,这次再度见面,可让我感慨万分,主要是他的变化和我记忆中的小个子几乎已判若两人,他那已经谢了顶的脑门和着一副雍容富态的模样,仅有乐呵呵的习性还能依稀辨识。

当时,相见之下他便随即邀我去他府上一聊。这一路上,我总在想,这20年来,他究竟都干了些什么?这就像是个谜困扰着我,直到我踏进他府上,看着满屋子楼上楼下,都堆满了的古玩物件,从家具到一柜子、一柜子的陈设,以及墙上地下堆满的400余件西洋古董座钟,我这才明白,显然我是走进了一位大收藏家的领地。

于是,在如此诱人的环境里,姜佩华和我谈起他的收藏故事,并不时介绍一些物件的品相,这可让我大开眼界,受益良多。但好东西实在太多了,一时间也真有些眼花缭乱,似一下子跌进了一个奇妙的时空环境,五光十色,有中国的,有西洋的,有远古的,有现代的,品类繁杂,凡能想象到的几乎都有,却又都是精品,这让我简直难以想象佩华的典藏能量。

后来,我又多次去他府上,去品鉴、把玩佩华先生的收藏,甚至多次去了扬州宝应县,去参观他几年前捐资6000万人民币打造的"宁国寺",以及一同捐赠的文物,特别是其中用紫檀木雕刻的五百尊罗汉,以及用新疆和田玉雕刻的玉观音,给我留下了非常深刻的印象。

如此经常往来、交谈,我也逐渐了解到佩华30年来的收藏经历,他能有今日的典藏成就,这不得不归功于他背后有一位文物典藏界的高人,也就是他的岳丈,今年已是87岁高龄的韩老先生。他可是当年上海文物商店的掌门人,是沪上有名的收藏界"老法师",由他经手的旧货古董可不计其数,也自然炼就了不凡的鉴定眼力,这也就自然而然成了姜佩华典藏事业的引路人。能有这样的亲情传授,再加上佩华对文物典藏的天赋才情,如此因缘际会,也注定要让姜佩华先生在收藏的天地里能有所作为。

几十年来的闯荡、实践,让他掌握了大量典藏文物的品鉴学识和能力。这一路走来,可也是充满着艰辛和困苦,但是他从未放弃过,因为这收藏是他刻骨铭心的喜爱和嗜好,这已成了他极独特的生活方式。

他总是笑呵呵的,他将一切的辛酸苦辣都掩藏在心底而表现出一种自信、自在的达观精神。

他在日常生活里,但凡只要有余钱,在满足了生活中必需的开支外,就一定会投入到文物的拍卖而从无悔意。而买回来的所有拍品,都几乎是只进不出,因为这都是他心中属意的好东西,所以,他进出拍卖行的行事作风,多少透着一丝古怪,但就是这古怪和多年的坚持和好运,才让他的收藏有如今的辉煌业绩。

他最近告诉我,他已准备从繁杂的生意场中退出来。

他希望用每年度相对稳定的不动产收入，全身心地投入到典藏文物的事业中去，因为这是他生活中最大的乐趣所在和生命情感的寄托。

我以为，人是活在历史过程里的一个瞬间，很有限，倘有机会，能亲手触摸历史过往的古董珍玩字画，并从中去体验、感悟历史人文的脉动，这是何等美妙的一种精神享受。

但凡在生活里，每个人都应该有自己的追求和感情寄托。我很为佩华高兴，他能在典藏文物的天地里，找寻到这样一份快乐和自在，让我不得不佩服他的雄心胆略和情感的执着。

2011年12月5日

华丽转身的逸趣

——程凭钢的抽象油画

在我的诸多朋友中，程凭钢先生绝对是一位很时尚的人物，尽管他已年过50岁，却还留着年轻时髦的发型和着有品有位的着装。

他聪敏又很好学，受过正规的美术教育，有着非常扎实的美术基础和独具创意的灵性，在日常生活里，他处处表现出活泼、好胜，又不失精细的讲究，他懂得很多、很杂，他有着很宽泛的知识修养，无论是从古典到现在，还是从东方文化到西方文化，甚至是从天上到地下的杂七杂八，他都可以津津乐道地侃侃而谈。每次有朋友聚会，他的激情论述，总会感染到周围的朋友，只要有他在的场合，气氛一定很热闹而有趣。

也许正是因为他有如此丰富的知识和阳光灿烂般的生活态度，以及天赋的才情、智慧，在过去的几十年里，他可以游刃有余地在中国广告设计领域里四处闯荡而大展事业的宏图。他早在20世纪90年代初，就已离开了国营事业单位，毅然决然，创办了属于他自己的广告装潢公司。他成功地游走于设计的二维与三维、平面与立体之间，发展顺畅而成绩斐然，获得了多项国际国内的奖项。他现在是国际商业美术特级设计师,也是上海市广告协会 CI 设计研究专业委员会的理事。他担任过上海首届优秀广告展评赛的总体设计,他以其独具创意的文化理念,为美国 MOEN、日本 SONY、意大利 LITAL、德国 VAILLANT、香港周生生珠宝行、台湾欧迪芬、上海知音琴行、上海市百一店、上海禾泰物业等企业设计、建立品牌包装。

我和他的友谊也是基于多个项目的合作基础,早在 1993 年我主持的上海漕河泾开发区的环境识别系统工程,就是由程凭钢先生作为该项目的设计指导,才得以顺利完成,以及在 2000 年由我创意策划主持的金茂大厦"精文艺术中心"的筹建,也是在仓促的情况下,程凭钢以其高品质的设计,为"精文艺术中心"创造了品牌形象,此项设计并荣获了当年度全国 CI 设计优秀奖被编入典籍,因此,也让"昙花一现"的"精文艺术中心"得以在记忆中留个念想,毕竟在当时的中华第一楼,曾有过"精文艺术中心"的瞬间辉煌。由于程凭钢的智慧才情以及爽朗热情的个性,在平日里,我只要有设计方面的问题,总会自然就想到他,而每次合作都很愉快,也因此不断滋润着彼此的友谊。

可就在前些日子,我突然受邀参观他的画室,他很激动地告诉我,他已画了相当数量的作品,不过我很不以为然,因为彼此很熟,他以前的一些书法、水墨画、油画,我都还有印象。

但我还是如约前往,可一进门却不由被画室里的氛围感动了,二房一厅的空间,居然已被堆得很满,墙上挂的、地上摆放着的,总有三十余件作品,而且尺幅都很大,大多在 2 米到 3 米之间,屋内散发着一股浓浓的油彩味,当然也混杂着缕缕咖啡的香味在空中飘荡。程凭钢很热情地招待我,并一幅又一幅地搬弄作品给我看,并叙述他的创作心得。我的情绪也很快被他的激情所感染了,也确实让我觉得惊奇,因为我看到的图画,这抽象的语境,很单纯,却展现出了程凭钢强烈而放纵的情绪,色彩肌理顺着油彩的肆意泼洒和着遒劲的笔触所凝聚的图画气韵,十分的生意盎然,在瑰丽斑驳的意象里,似蕴含着程凭钢先生丰富而多彩的情趣,也可以体会到他那独特的美学理念和他的艺术主张。

房间里的这三十余件作品,似完全脱离了他以往作画的风格拘束,简洁、新颖、灵动,有结构、有韵律,是情趣和意象的契合融化,直透着炽热的能量。

面对凭钢先生的激情表述,看着一幅又一幅酣畅淋漓的抽象油画,我以为,人生的艺术化就是人生的情趣化,也许是凭钢先生受长年从事于商业设计的困扰,因为商场的游戏规则是利益优先,所有自我的文化个性,终不免会被商业的习俗所制约。所以,在面对抽象绘画的创作,绝然没有了任何利益的诱因,只是一种个人天性的嗜好,在这一片天地里,在图画的世界里,他尽可以裸露着灵魂,任由自由的思绪飞扬,他可以自由地,以最直接、最实质的热力,通过油彩的铺陈,在画笔的绘制过程中,完全地可以将自我的情绪了无障碍地自由释放,因为"自由"很重要,是一个人生命的尊严,那是一种满足,是一种身心的满足,在图画的世界里,程凭钢能坚持一己之个性,让幻想的意志得以活泼地呈现而歌咏胸怀。

人生来就有情感,情感自然需要表现,而展现情感最恰当的方式是艺术创作。

在如此纷繁的商业环境里，能开垦出一块属于自己精神的自由天地，实属难得。凭钢先生能从现实生活的实用态度进入纯艺术境界的探寻追逐，他，因情而发，因精神贯注而兴，绝不在于取媚于他人，也绝不在于取媚于他物而存在。凭钢先生俨然从一个商业设计师而转换为一个非常单纯的艺术家，这"华丽转身"的妙趣，似足以抚慰性情的浮躁而复归于一种平静。

值得庆贺，就在当天晚上，又联系了几位朋友，好好聚了一回，也喝了不少酒，晕乎乎的，但是很高兴。

2012年

画与诗的和谐变奏

——齐铁偕的抽象艺术

在日常生活里，我很少有去音乐厅欣赏音乐的雅兴，但对于上海音乐厅的建筑，却心仪已久，所以，接到铁偕先生在上海音乐厅办画展的邀请函，我便欣欣然而如约前往，心中还透着一份好奇，因为上海音乐厅的建筑文化，本身就是一座历史的经典，而能够在如此高雅的地方举办画展，必有着其独到的创意和艺术能量。

一个有阳光的午后，当我兴致勃勃地走进雅致又恢宏的展厅时，会场里已是宾客云集，人头攒动，其中有不少的政府官员和社会名流前来祝贺，也有不少文艺界的熟面孔，杯觥交错中，彼此握手、作揖、交谈，现场气氛非常热闹，很有些像一场高层次的沙龙聚会，空气中还不时有经典的乐曲在淡淡地回荡。

铁偕先生的近三十件作品，被有序地布置在现场，画幅大多在 1 公尺上下，在射灯的映照下，很规整而有节奏地序列排开，每件作品还配有一首优美的诗词介绍，会场中央还特意摆放着一架三角钢琴，环放着座椅，让宾客既可以坐下聆听现场的精彩演奏，又可以稍作憩息。

在舒服、惬意的展示现场，悦耳的乐曲声中，我顺着人流,亦步亦趋,认真对每一幅作品和一首又一首精美的诗词,作细细地阅读和品鉴。我喜欢这样的展示形式,能将画作与诗文呈图文并茂的陈列,这不仅能让我欣赏到铁偕艺术中独特的形式风格,同时也通过诗词的阅读,能进一步走近铁偕先生的情感世界。让我渐渐感觉到在这些抽象图画的语境里,似活跃着一道沉着优雅的琴韵,画面中的笔触色调似踩着音符的节拍律动在恣意地挥洒,就像是有一条优美的弧线,在拨动我的心弦,随着画面主题的变换,时而高昂激烈,又时而低吟婉约,磅礴大气中似有着柔美与激情的旋律在舞动,充满了各种温度的情绪。作者在他的图画里寄情抒怀,他将自己心中的意象置于超现实的抽象语境里,涵育有音乐的要素,从总体上把握住画面的形象结构,通过精湛的技艺制造出表面色层的丰富和笔触肌理的敏感生动。其中不乏纯美的精神流贯期间,精致,又不流于藻饰的堆砌,十分难得。

如此意象的和谐变奏,可令人有飘忽而美好的遐想,得以形象地透析出铁偕先生其独立的精神意志和对生命的文化理念。他所追求的艺术境界,是诞生一个最自由、最充沛的深心自我,在笔墨油彩的图画创作里,他可以酣畅淋漓地道出他自己心中的所思所虑,而抽象的艺术形式,是他生命情调最直接、最实质、最充足的表现。

从东方到西方,从原始到现在,美学的领域宽泛而辽阔,艺术语言的体系又何其之多。中国画论曰:"外师造化,中得心源。"我以为这个"心源",指的就是一个人的艺文修养和悟性,而多读书,多思考,必然会多一些悟性。铁偕先生以自己的聪慧才智和非常宽泛的艺术修养以及对音

乐旋律的理解,他寻找到了自己独特的艺术语言和人文视角,他用自己的心灵去照亮属于他自己的图画世界:

> 深沉地唱着,苦难的憧憬,忧伤与欢乐
> 含泪而笑,风情万种
> 黑白的琴键上,走来,浩荡无边的春风

齐铁偕作品的艺术语言无疑是诗与画的融合,是一种美的变奏,它不是生活的直接观照,而是来自生活的折射;他根据自己丰富的人生阅历和学识,努力创造一种涵盖有诗意、乐感与绘画形式美统一的朦胧境界,他要给观众留下更多的想象与参与的空间,这也正是齐铁偕抽象艺术的妙用。

当我缓步走出上海音乐厅时,已是傍晚,意识中似还萦绕着铁偕先生的作品印象,伴有淡淡的雅乐而意犹未尽。

这个有阳光的午后,我过得很舒服,很惬意。

2012年3月5日

从认识陆涌生到"尚雨"

陆涌生,可是我的老朋友,直可追溯到1986年仲春之际,当年我在上海能成功策划主持华东地区"美在家庭"博览会,也得益于陆涌生所在企业的慷慨赞助,并结下深厚友谊。他为人坦诚,处处恭敬礼让,性格醇厚而不善言辞。在我的印象里,他为人处事,总是很温和,不矜名,不辞谤,不求誉,其味至淡。

彼此认识约三十年之久,可是,知道他的妙手丹青,又有着如此厚实的山水笔墨造诣,却是在近二年来才偶尔知晓。

我清楚记得在二年前的一个夏日的午后,我们在太仓相聚,曾在一个雅致的茶坊品茗休息。一进门脸,便有几幅十分精彩的水墨山水图扑面而来,笔墨气韵和图画风格,乍看之下,很酷似大画家黄宾虹的经典之作,不由兴趣盎然,凑近细细阅读,我这才发现有"尚雨"的作者落款,字迹隽秀,整个画面风格辄觉有另一番风趣的逸致,散发着随意、温润、自然、悠然,又超然的文化状态。作者很讲究笔墨的铺陈,骨法用笔勾勒而随类赋上淡淡的浅绛色,浑然而天成,细节被编织在笔墨交错的律动中,似透着一股超凡脱俗的清气。图画中的线条、色彩、每个形,都似乎饱吸着作者的浓情惬意,以纯粹的山水画图景,成就了意象的高雅品位,涵濡的厚、体味的深、丰富的意境,也无疑是浸润渗透着作者的性格和情趣。

殊不料,就在我即兴点评时,一直陪在我边上的陆涌生笑了,有些诡异,但还是那样醇厚木讷的语调:"这都是我画的。"这可让我诧异不已,而终于是恍然大悟。

如此结识了近三十年的朋友,到今天才得以领略到他的笔墨才艺,可真让我汗颜。在惊诧之余,在看完了大厅里所有的近二十件作品后,我对这位老朋友的认识,更不由得肃然而起敬,我不得不佩服老朋友有如此淡定的修为:"藏光守朴,表拙示讷",有着那"不动心"的沉着而又温和的风度。

在当代社会的生活里,特别是近三十年来,在纯粹功利的市场竞争的挤压下,我们中国传统的伦理道德和人文美学的价值体系,正已逐渐地异化而陷于崩塌的境地。人们追求的是商品的物质,是消费的物质和享乐的物质;在现代人的心目中,只有市场竞争中的强者、胜者,才是值得尊敬而像"明星"一样地闪耀。因为,人们在乎的是权力、财富和虚幻的荣誉。在如此商业大潮的奔腾汹涌下,艺术市场也自然会随波逐流,一些敏感的艺术家们已经不在乎从人类真、善、美的原精神中去寻取创作灵感和动力。相反,只要是能炒作市场,能获取世俗的名利,也不在乎从人类的原欲和原恶中所谓假、丑、恶的孽海中吸取毒汁,而不惜扭曲和离析人类过去的以极其艰苦的磨难和牺牲所换取得来的全部人性的精神和文明,一切是唯"利"是图。

就是在这样的社会背景下,陆涌生先生能以自己恬淡、知足、乐天的德性,保持其纯洁的、健全的天真而不致迷惘于时代的纷扰中,他让平静的生命无忧而流,宠辱不惊,始终微微地笑着,在浅浅的笑涡中,我似乎可以看到他那坚强而又高傲的个性。

　　他生活在他的情感世界里,他深入于自然造化的山山水水之中,直感着自然造化的生命呼吸,他将自己的精神、理想和感觉意志,通通灌注到他喜爱的图画中去。

　　在"尚雨"的水墨天地里,似有一块逃避世俗的净土。

2012年3月6日

一个非常有趣而又有意义的组合

——序汪志杰、王维新、方广泓赴温州画展

　　一方水土养一方人，在有着崇山秀水所环抱的浙江温州，不仅有雁荡山绮丽的风光和盛产青田美玉的精彩故事，而且，也是一方孕育艺术家的福地。

　　在我所结识的诸多艺术家朋友里，特别是一些我曾撰文介绍的朋友中，倘要列出各自的出身籍贯，会有一个有趣的现象，居然有好几位是温州籍人士，有的还是当代中国书画界的大家。看来我和温州籍的朋友还特别有缘。

　　这回有三位朋友汪志杰、王维新、方广泓应温州市政府的邀请，将联袂在家乡举办画展。他们恰巧都是我前些年曾专题介绍的画家，我们在平日里也常有交往，可是朋友中的朋友。而且，有意思的是，我今年57岁，他们三位又分属67岁、76岁、83岁三个等级，好似代表三个不同的时代，这显然是一个非常有趣而又有意义的组合，是巧合，亦更是一段缘分。

　　在这三位朋友中，要论资历讲辈分，现年已83岁的汪志杰老先生，无疑是当代中国美术界的名宿泰斗。他可是共和国培养的第一代油画家，遥想在当年中央美术学院的莘莘学子中，任志杰可是名噪一时的大才子，风流倜傥又有

着天赋的绘画才能和过人的智慧,照道理他应该有着光辉灿烂的前程。可人的命运就是那样的不可思议,一个如此才华横溢的艺术才子,却在其发光发热的青春岁月里被无端地蒙上莫名的冤屈,被关押、被劳改,可是尝尽了人生苦楚,生活的道路是何等的坎坷困顿,作画创作成了一种奢侈。就这样被折磨了近 25 个春秋,直到 1980 年才获得平反,才得以步出命运的阴霾而回到上海,并受聘于华东师范大学,创建了该校的艺术系。

不过,令人惊奇和赞叹的是,他一旦步入社会,一朝拿起他手中的画笔,便信心满满而神采奕奕地投入到工作中去。在他的脸上也从未有丝毫怨屈的阴影,和人见面,总带着丝丝的微笑,这也许是一种豁达的天性,或是一种骨子里所具有的优越的生活本能和一种战胜困难的非凡活力。他凭着非常厚实的绘画基本功和健全的精神力量,迅速在中国美术界赢得声誉,其卓越的、天才般的绘画技艺为美术界的同仁所津津乐道。在 20 世纪 80 年代末,汪志杰的作品更是为新兴的艺术市场所青睐,为一些中外卖家所竞相收藏,后来,随着国内形势的不断对外开放,汪志杰也能不失时机地,凭着手中的画笔,先后又去了日本和法国游历。

现如今在上海,汪老先生似乎早已淡出世俗的名利场,在这些年里,我也常去汪老先生家拜会叙谈,而让我感动的是,每次前往,我都能欣赏到汪老先生的新作。尽管已逾八十的高龄,他可依然精神饱满,还一以贯之保持着一份精致、优雅的生活习惯和每天作画的坚持。他所创作的题材大多是一些好山、好水、好风景和一些花卉静物、人物,特别是他前些年去印度采风归来所创作的一批水彩画,非常的精致,更是给我留下了极深刻的印象。看他画画的构图和色彩处理,还是那样的细腻而法度谨严,其画面的笔触、用刀,则愈见轻松而自在。汪老先生的作品风格是写实具象的,他以真诚、抒情的人文情怀,结合其精湛的绘画技艺和其独特的美学修养,来看待这劳苦乏味的世俗生活,他要表现他心中的"美",他要让图画生动而适合审美的享受,中规中矩、自然而然,汪老先生非常自信地生活在他的精神世界里。当然,也因此而成就了他独特的绘画风格。

而在三位画家中,现年已76岁的王维新老师,则应该是共和国的第二代艺术家。从他的简历上看,他可是位十分地道的温州人,他的艺术道路走得可是十分平坦,他从小生活在温州的崇山秀水之间,吮吸着瓯越文化的乳汁长大。也许是他命中潜藏有艺术的基因,他少小离家,就考入了浙江美术学院的附中,接受的是非常正统的学院派教育而直至大学本科毕业,继而在上海解放日报社担任美术编辑。在"文革"结束后,中央美术学院第一次招收版画专业的研究生,他又如愿以偿地被录取,后来毕业留校,便一步步由讲师、副教授、教授逐步晋升,他始终在中央美术学院内研修深造,不断完善自己的艺术修养和追求绘画技艺的不断精进。在80年代,他还赶上出国留学的风潮,以公费访问学者的身份赴法国研修。他这一路走来,可是顺风又顺水,顺畅之极。

如此能拥有完整而丰富的专业学习背景,再结合王维新老师敏慧的才情和儒雅的个性,这绝对已使他在美学修养的综合学识上,占有一定的高度和优势,同时也造就了他对东西方文化美学的深刻领悟,而更为重要的是能完善他个人的品学涵养和形成他鲜明的文化个性,儒雅温情而不乏坚定的思想质地和宽博的精神力度。

"文质相济,情韵相兼",在阅读王维新作品时,常伴有一种美妙的遐想和情趣。这一幅又一幅精美的速写,水彩画和铜版画,不仅具有精湛的绘画表现技艺,而更不乏豪迈的气魄和丰富的精神内涵,看似潦草的勾勒和色彩的随意泼洒,其实是十分讲究章法而具严谨的法度而表现出点、线、面律动的和谐,笔力酣畅饱满而意志内敛,能于直率平和中流传出"美"的感动。

他将四方游历的生活实践视为艺术创作的生命之源,从祖国大地的天南地北,到威尼斯、罗马、巴黎、孟加拉、土耳其、印度……他将自己的艺术追求定位在"速写性的写意"上。他成功地将艺术融于生活,而不断再造生活的艺术境界,并深深地植入他那独具文化个性的美学情趣和细致的人文关怀。

我一直非常欣赏王维新老师的艺术主张:"我坚持并无条件地依赖于生活中的所感所虑,因生活的表达是产生艺术风貌的决定因素。"

按顺序,最后要写到67岁的方广泓先生,以他的创作经历,应该是归属于共和国第三代艺术家。他可不同于汪志杰老先生和王维新老师的专业教育背景,他毕业于沪光职业学校,由于对绘画事业的情有独钟,经过他自己不懈的努力,他终于是以一个职业画家的身份而立足于社会,而且是一位最为率性而自由的画家,有着非常鲜明而独特的艺术风格。

论出身,尽管他没有高等美术教育的背景,但他有着显赫家族的血脉承载,自少时便受着本家叔父方去疾的影响,有着很好的品性修养和对书画艺术的鉴赏认识。而对他绘画风格的形成,有着特别滋养的是他有着24年旅居巴西的经历,这个以桑巴舞、足球自豪的国家,显然对于方广泓艺术的成长,有着深刻的影响。这种南美文化的率情奔放,似乎也非常贴切于方广泓的自然天性,这不仅让方广泓的文化视野变得更为开阔,同时也造就了方广泓美学观念的情趣蜕变。不同文化的碰撞而契合,让方广泓的作品中,自然地滋生出一股股火辣而新奇的力量,这可不是浮躁的激情荡漾,而是一种艺术敏感,一种强健活力的脉搏,能直接从方广泓的心灵上迸发出思想,也很自然地使画面的绘制得以神情并茂而让人感动。

他的作品,大多是以风景为题材,色彩浓烈,笔触更是奔放无羁,几乎是肆意而活泼地随意舞动,在这缤纷五彩的韵律中,画面中似有一种能量的热与力在颤动着,似乎可以窥探到方广泓先生那发自他内心深处的某种悟性,以及他对"美"的解读。

综上所述,这三位风格迥异的画家,这次能同时在"情系瓯越——汪志杰、王维新、方广泓作品展"中汇聚,所陈列展示的90幅各自的精品力作,我相信观众在悠然的观赏中,在作细细的品味时,则更会进入一种诗的意境而让所有的观众情趣盎然。

祝展览会圆满成功。

是为序。

2012年12月26日于上海西郊

玩摄影还可以这样玩的

——读韩生影像作品的启示

当我在第一时间看到韩生的摄影作品时,感觉是淡淡的,还真不以为奇。

因为在现实生活里,由于数码相机的普及,已是大大降低了摄影创作的准入门槛。现如今无论是走到哪里,都可以随处看到有相机在抓拍而无分男女老少,人们依着各自的文化情趣和欣赏角度各取所需,而这几乎所有的摄影取材,又大多是一些随时随地的即兴留影,大家图一个纪实影像的追忆罢了。

而韩生所展现的影像作品,也大多是他近十年来云游四方的纪实影像。

但随着照片阅读的深入,我的感觉却逐渐浓烈起来了。让我感动而有趣的是,这一幅又一幅原来看似普通的照片,可在韩生的精心创意重组之后,在少至三幅多至十几幅的拼接成型,再配上优美的文字叙说,是话题亦是注解,这不仅是加强图像情节的象征或蕴含的意义,更像是物质里含蕴着的精神——是韩生的主观精神意志的贯注。这一组又一组被成型后的图像系列,好似被注入了灵魂,顿时就变得鲜活起来了,有一种活泼的生意在萌动:看似随时随地的影像记录,如云如絮,而所有拍摄的人物是真实的,环境也是真实的,绝对是现代版的纪实拍摄,可细细品味,随着标题文字的导引,这一组又一组的图像系列,却似乎都充满着戏剧冲突的文思妙趣,有结构,有韵律,到处渗透着耐人寻味的美学情趣。

而且在浏览阅读眼前这一组又一组影像作品时,不难发现韩生对社会人生世相的解读和深广的观照。他感兴趣于这个寻常、自然而纷繁的世界,他由现实生活的实用态度进入艺术境界的精神追求,他以慎重的理性、宽宏的气度、平和的性情,他要把自己对生活的观察和潜心思考,能自然地融入于相关历史的、社会的、文化的、民俗的、心理的、地理的交叉演化中,进而能聚焦在摄影镜头的瞬间取像,他要表达自己的观点。

我们知道人生的现实感和艺术的终极意义,是必然融会于内而体现于外的。当身处在自然而纷繁的现实生活中,那么所有的人、事、物、景亦都自然会随着人的自我意识而灵动,会牵引出种种的感悟和情趣。而能够将这些具体又真挚的灵感,伴随着文化思考,更将其推演到"性灵"的艺术创作层面,这是难能可贵的,这也是一种艺术创作中的微妙境界。

韩生能有如此作为,能创造出如此新颖的图像语汇,我以为这得益于他敏慧的天赋和他长年从事戏剧事业的文化背景。

他1988年毕业于上海戏剧学院舞台美术系研究生,之后就一直从事舞台美术创作与戏剧教学工作,2000年一场规模恢宏的超大型景观歌剧《阿依达》,更是将韩生的戏剧才华发挥到了极致而美名远播。他后来因为工作的关系,担任了上海戏剧学院的院长一职,他不得不将大量的精力投入到繁杂的院务工作中去。因为他是一个十分认真的人，于是，搞艺术的专业，便成了他忙里偷闲的活，可是，在他的骨子里，他却始终是一个透着真性情的艺术家，于是在不知不觉中，相机成了他艺术创作的忠实伙伴，这当然也是缘于一种便利，可以不受材料、空间的条件制约，他就可以通过相机的镜头能随时随地，又自然而然地将自己的思想活动和生命情趣寄寓于日常生活的视觉观照中，能在万象中选择与自己的情感与思想糅合的境域，让情景相生，在主观的自我情趣和客观的外界意象之间，去寻找一种融合，去释放他自我心中的能量。

通过这一组又一组的影像作品，我似乎看到韩生他既稳健又饱满的身心状态，无论四季交替，也无论是在天南地北，他关注他周围的世界，甚至是关注一些不为人在意的细节，他总试图有所发现，而他随身携带着的相机，则是他随时随地情趣灵感的忠实记录者。

因为人生来就一定有情感，有了情感就自然要去表现，而表达情感的最恰当的方式，则莫过于艺术创作。

很显然，透过手中相机的艺术转化，韩生他已成功地将自己胸中的万般情趣，贯注于方寸之间，形影相随，他从中找到了自我。在他所创造的影像作品中，不仅有一种内在精神的舒张，更寄寓了韩生那丰富而炽热的人文情怀，而其中那充满戏剧性冲突的表象所蕴含的美学理念，给当今的摄影画坛，无疑是提供了又一种可能，玩摄影还可以这样玩的。

2013年3月5日于上海西郊第二稿

论诗与画的精彩律动

——有感于白桦的诗和赵抗卫的画

说到白桦老师,他可是我近三十年的忘年知己,他也是我生活中所敬仰的在中国最具有骨气的当代作家和诗人。如今他虽然已逾84岁的高龄,可依然还保持着非常洁净的最佳生活状态而笔耕不辍,他还时常以诗歌的方式吟唱着……

敏锐的思想、坚定的意志、殷热的欲望。

他把自己个人的遭遇与时代的悲欢紧密相连,他有着与时俱进的宽广情怀,他笔下的文字鲜明而有力地传达出时代的呼唤和大多数人的心声。

他那时常微笑、和蔼的神情,看似文弱清秀的外表,实际却裹藏着一颗十分倔强而坚韧的灵魂。

他的文字曾感动过无数的中国人,当然,他的文字也曾被翻译成多国的文字而传播海外,这其中自然也包括了他的诗歌部分。

悲悯而宽广的情怀,深沉而细腻的情感和着热烈而坚定的向往。

白桦老师,无疑是当代中国屈指可数的作家和诗人。

而要给这样一位作家的文字配图、并肩而联袂出版,这显然是一件非常有意思但又有着一定难度的事。

所以,在去年末的一次朋友餐会上,当赵抗卫先生提出这一大胆的构想时,企图用他所创作的油画作品来对话白桦老师的诗歌(赵抗卫先生不仅也是白桦老师的朋友,而更是一位白桦诗歌的"粉丝"),我当时却很不以为然,我可是专业从事油画创作的,我知道其中的难度,所以,也就听听而已,过不久也就将此事给彻底淡忘了。

很快,一年多时间过去了,就在前些日子,赵抗卫先生来我院美术馆参观,就在临分手之际,他突然非常慎重地重提此事,并嘱托我为这本诗与画的集子写序,这让我惊讶不已,完全出乎我的意料。

不过,这是真的,就在几天后,我便收到了赵抗卫先生快递给我的稿件——非常精美的彩色复印件,足足有 38 幅油画作品,并配有诗歌的文字。

我对白桦的诗和赵抗卫先生的画,应该是熟悉的,但要将二者联系起来,能协调而相得益彰,多少还有些疑惑,于是我开始极认真地快速阅读。

当我一口气阅读完稿件,我不得不十分地佩服起赵抗卫先生执着又严谨的处事风格,是那样的细腻而重承诺,以及他热诚的创作态度。

我和赵抗卫先生也是近三十年的朋友,他,在 30 年前可是上海文化界一个颇具有影响的人物。记得在 30 年前我第一次在沪上举办个人画展的时候,他就代表上海电视台来参加画展的开幕式,并在他主编的《上海电视》月刊上给予介绍,之后,我们的友情始终延续着。特别是近几年还常在一起切磋油画创作的相关技艺,但是他真正弄油画的时间并不长，也就这几年的时间，尽管他年少时就热爱着图画创作，早年就已扎下了很厚实的素描功夫，可是要熟练掌握好油画创作的技艺，并非是简单的一蹴而就。而且，按赵抗卫先生现在的身份，他不仅是一位大企业的董事长，还是一位带着硕士研究生的兼职教授，除了繁杂的工作和授课之余，平时还要写一些专业著作，他，应该是一个十分忙碌的人。而从事油画创作，可不是简单的几笔速写或水墨泼彩，更需要的是享有充裕的时间，能在宁静的状态下专心致志地进行创作，所以，当我一口气看完这 38 幅作品已跃然在纸上时，真的，很不可思议而让我感动。

而且，这一幅又一幅作品，却又画得非常的精致，一如赵抗卫先生细腻的个性，那浓重的油彩凭借严谨的立意构图，能透析出他思想的敏锐和对形象诉求的洞察力和强烈的感情，画面所呈现的风格样式，亦能清晰地展现出赵抗卫先生其独特又鲜明的个人气质。

38 幅作品的画幅都不大，表现的题材，大多是一些他曾经游历所随时随地采撷的风景画创作。图画中对形象的塑造、笔触线条和着色彩的处理，都似饱含着浓情惬意，即景生情，又因情写景。这在主观的情趣和客观的意象之间，我以为"物我默契"的天机使然，可以让意象的生命更活跃、情感更丰富，这一幅又一幅的油画作品，应该蕴含着的是生命、是精神、是气韵。

在图画的创作中，赵抗卫先生在寻觅他感情的寄托，让纯粹的景，成了纯粹的情，每一件作品都是赵抗卫先生心灵对于外景印象的直接反映。他以自己舒张的精神、理想的情绪和感觉的意志，非常真实地透过画面，形象地再现他心中的所思所虑和期盼。

当我一边欣赏着赵抗卫先生精致的油画作品,一边又阅读着白桦老师那隽秀又充满温情的文字时,这诗与画的交相辉映,欣欣然,直觉得心灵似获得了一份美的享受,让我吟味不已。

因情而发,因人文精神的贯注而兴,这诗与画,从来就是具有浓厚的人文精神的产物,也完全是作者主体精神自发和自为的过程,是作者的思想结晶,其中亦不乏纯美的精神流贯其间。

在当今社会里,文化的平庸已直接影响到人性的价值追求,我们所处的时代,实在是一个令人困惑的悖论丛生的时代。

不过,在这样一个进退失据的现实社会里,还有人能保持着一份心灵的健全状态——白桦老师和抗卫兄能平心静气地以各自独立的人格和情操让诗与画产生互动、互证、互释,在这诗与画的精彩律动中,似有着一股暗香浮动,我似乎嗅到了一阵阵清新的芳香。

2013年10月31日于西郊寓所

中国当代水彩画业界又一朵奇葩

——品味汪志杰的水彩艺术

在中国当代美术界，倘要论起辈分和资历，汪志杰，无疑是众望所归的人物，他是共和国教育体制下所培养的第一代油画家。

他禀持着天赋的才情和着高超而扎实的绘画功力，他所创作的油画作品，不仅画艺精湛、理蕴醇厚，更有着极具鲜明而独到的唯"美"情趣，在中国美术界独树一帜。

他，也是我的朋友，是相交近二十五年的同道知己，亦是我所敬仰的，最具有真性情的艺术家。

十年前，我曾撰文介绍过汪志杰老师其不平凡的生活经历和当时的创作状态。

而今，又一个十年过去了，一个现已逾84岁高龄的人，但是他，却依然保持着一份从容而讲究品质的生活状态，并且，还始终怀有一股坚韧而充满温情的创作欲望，他几乎不曾停止过对油画创作的思考与实践。

可是，命运的多舛，就在二年半前，病魔还是扰乱了他平静的生活。经医院诊断，他不幸大病一场，这时他才不得不搁下手中的画笔而四处寻医诊治，周围的朋友也都为他的健康而担心。后经过多次转辗香港、上海的治疗，当然，

356

他个人顽强且又乐观的生命意志亦是关键的作用,他终于是战胜了病魔的侵袭。可身体康复以后,体能却已大不如从前了,他一段时间已无法再继续油画的创作,特别是对油画用的亚麻油有气味过敏的困扰。

无奈,非常的无奈,可作为一个艺术家,绘画几乎已是他日常生活的常态。他有一股强烈要求作画的潜意识,以及他在三年前曾远赴印度游历所积攒的素材,都始终蕴积于他的心胸而无法释怀。

真是不得已而为之,他只好委屈地放下油画材料,而转身去弄水彩画了。

为了能适应自己的体能,他选择了使用钢笔勾勒兼用水彩的方法,去尝试着在纸本上作业,进而能释放出他心中蕴积的能量。

也许是一种艺术的本能,也许是一种和水彩画的结缘,他很快就在纸本上找到了感觉,而这种感觉又能非常恰到好处地应因着他心中对"美"的诉求,还是那样的锐敏。他可以在纸本上紧随着自己的意趣,通过他独具审美的认识角度,能非常形象地摄取他在三年前游历印度时所深刻记忆的印象。

他以真情的爱好,以纯粹的人文关怀,以赓续一贯精细的写实风格,倾注于每一幅图画创作的每一个细节,几乎是笔笔用心。

当仔细品味这一幅幅看似极为普通的生活场景和出现的人物时,你会真切地从中感受到有一种微妙的唯"美"情趣,会悄然地和你视觉的心理发生共鸣,把"美"如实和深入地反映到心里。

这些水彩画的风格,独特而新颖,每一根线条、色块,每一个形,都似饱吸着浓情惬意,既有着他以往油画创作时的严谨细腻,而又不乏水彩画透明灵动的韵味。

他以超然的心态,在图画里不断寻找自我情感的寄托,画面中似潜流着一道道脉脉温情,平静、智慧、圆熟的精神自然渗透其间,处处体现出精神的锐敏和最细微的感性,以表现出他追求至善至美的美学理念。

是一种优越的生活本能,还有一种非凡的生命活力,当这种情绪充溢于心灵,就必然会流露于艺术的自然呈现,同时也透露出汪志杰老师洁身自好、恬淡从容的襟怀。

前天下午,我又再度去探望汪志杰老师,这里依旧没有喧闹,唯有宁静、自在、悠闲的日常生活和着宁静、自在、悠闲的图画创作。

他所计划的 30 幅精美的水彩画作品已然完成。

我不由感慨万千……

朦胧间,在我的潜意识里,我似看到了在中国当代水彩画业界又将增添一朵奇葩,此时正散发出香柔的韵节。

2014年5月13日

张"真人"和他的连山堂

　　在一个雨天的傍晚,恰逢《首席》杂志的朋友古远在送客而不期相遇,他就顺手将他这位客人张真先生介绍我认识,并直呼"庄子传人"。

　　有如此雅号,这让我很好奇,不由认真注意这位张真先生,只见他,不高的个儿,一袭青色的中式装束,搭配着脚上一双黑色的圆口布鞋,而更妙的,是他清瘦的脸颊上还蓄有一口乌黑的须髯,随着皖北口音很重的侃侃而谈,一双明亮的眸子,透着坚定的自信,他,还真颇有些古来仙风道骨的"真人"相。

　　也许是一种缘分,如此匆匆一面,却话题甚浓,此时雨很大,一时也等不到车,便在古远的力邀下去他楼上的编辑部继续神侃。

　　于是,我得有机会,能很好地了解张真先生和他的连山堂,通过电脑存储的资料,他给我看了他的水墨作品及他连山堂弟子的作品,品类繁多,并不停地在旁叙说。

　　尽管是匆匆的浏览和聆听,可还是让我感动异常,特别是提到几位连山堂的骨干艺术家(是他在十几年前所领养的聋哑孩童),而且,张真先生在叙说中还再三强调,十几年来,这些孩童并没有经过什么正规的课堂学习,更谈不上有文、史、哲的人文修养,而全都是在张真先生的督导、教育下,逐步成长起来的艺术家。

这不由让我肃然起敬而更觉得不可思议,因为,所有看到的图像资料,无论从题材到表现的风格形式,都很奇特,但很完美,都似乎在传达一种来自这几位聋哑作者灵魂深处对人事物理的感悟,表现形式很有些图案化的写意,很灵动。

这些作品的表现是宗教的,还是现实生活的移情表现?不免觉得玄而又玄,便也就有了一探究竟的欲望。

这么多年来,我已很少有出门看画展的雅兴,特别这二十年来,文化空气愈来愈变得混沌不堪,而为了能保持自己内心的一份清静,我尽量要求自己不要去一些所谓高雅的去处,也就是指美术馆、画廊之类的地方,因为,这类场馆,已很少有真正的艺术品展示,大多是一些商业文化的炒作,而不堪入目的伪劣作品,比比皆是,这些场馆亦早已沦为了视觉污染成堆扎营的地方。

在如此恶劣的文化环境下,张"真人"和他连山堂弟子们的作品,也许是一支奇葩?

于是,在一个星期后的午时,在朋友古远的陪伴下,我参加了张真先生在浦东图书馆画廊举办的艺术讲座,并同时也参观了他和连山堂弟子所展示的80余件作品。

当然,我特别感兴趣的还是他的那几位聋哑弟子的作品,有纸本丙烯的,有布面油彩的,有大幅的佛像剪纸,也有各种器形的彩绘陶瓷……能如此面对面的观摩作品,这要比在电脑上的匆匆浏览更有着直观的心灵撞击,当我走近这些作品时,便能感受到一股神秘的气息扑面而来,作品图像中的每一根线条、每一个色块所组成的画面肌理,都自然蕴含着作者浓浓之真性情,又极富有中国传统文化的气息,灵动、虚静而飘逸,似有一股清气在流动,非常形象地再现了这些作者在无声静默的冥想中所获得的意象,也似乎是作者内心所迸发出来的一种心灵所直接领悟到的物态天趣。

虚实相生而皆成妙境。

这些作者的心灵之路,似乎就深深被潜藏在这一幅又一幅作品的图像里,是鲜活的,屈伸舒卷,在己而不在物。

他们成功地将自然界、人生的现象,透过在无声静默中的冥想创意,把认识世界的感知如实和深入地反映到内心里来,再把它放射出来,凭借其独特的创制形象来表达,讲究空灵,但又极具细微的描写,一种深沉的静默与这纷繁的现实社会浑然交融,意趣脱俗而引人遐思。

印象太深刻了,有很长的时间,这些图像就一直萦绕在我的脑海里,很神奇又很玄,我不由联想到张真先生的姓氏和连山堂的雅号,似乎有着深刻的文化象征,他们似乎在默默传承着那早已被当代文化所遗忘了的中国传统的道家文化,通过艺术的精彩呈现,似乎可以窥探到天、地、人三才所互动的哲学和美学境界。

这些作品,无疑是中国当代美术画坛的一朵奇葩。

不媚、不娇、不乞、不怜,他们始终恪守自己的美术主张。

2014年8月26日

易元堂美术馆常设展序文

这里,空间不大,也就仅仅117米的展线,又有层高的限制。

但是,在这里,凝聚了13位艺术家的精品力作,所展示陈列的59件作品,几乎涵盖了视觉艺术的七个门类。

其中有书法、水墨、油画,有水彩、漫画、摄影,也有雕塑。

而所有的作品都秉持一个共同的美学理念:永续和坚守,涵育有东方文化的美学情趣。

所呈现的是当代中国文化人的风骨和情怀。

他们以各自鲜明的人格力量和独具个性的人文修养,虔诚地对待自己的艺术创作。

在如今这个崇尚物质的社会里,他们不受各种利益的诱惑,始终葆有自己的生活方式,安静、淡泊而不求闻达,他们只是认真地在各自的艺术园地里默默耕耘。

他们把各自的生活体验和文化思考,演绎为不同的艺术表现形式,如实而真诚地投射到各自所创作的艺术作品中去。

他们强调的是一件艺术作品所必需的思想内涵。不仅

追求各自娴熟技艺的呈现,他们更在乎的是文化品质的
构建。

　　是为序。

2015年

执着的坚持

——当代水墨大家刘勃舒

在我所熟识的艺术家中，刘勃舒，无疑是我非常敬重的当代中国水墨画大家，他那看似清秀、羸弱的体格，其实裹藏着的是一副铮铮铁骨和一颗倔强却又无比自信的灵魂，在平日生活里，他看似不苟言笑，可只要稍一深入某些话题，特别是一些共同所关心的美学专业，他的两眼便会闪现出炯炯有神的光泽，在谈话的神色间，风趣豪爽而又妙语连珠，在直率的叙述中，亦有着些许幽默的调侃，我可以形象地体会到他那独特的美学情趣和他执着的文化精神，他的思想不仅有着宽泛的人文学识的滋养所具有的深度和广度，更有着非常卓越的文化视角。

今年已逾八十岁高龄的刘勃舒老师，在他艺术人生的故事里，可以讲，一路走来似乎非常地平坦，他少年时和徐悲鸿大师的神奇交往所结下的师生情缘，不仅是当代中国美术史上的一段佳话，更是指导他后来艺术发展的必然因缘。按当年仅有 12 岁的孩童所显露的艺术天赋，刘勃舒无疑是一位天纵奇才，徐悲鸿大师曾有一则预言："你如此聪明，他日定有成就，要立志，一定要成为世界第一流美术家，刘勃舒有着美丽的前途。"也许正是这份难得的天赋才艺，刘勃舒15岁就考入了中央美术学院——这一中国美术界的最高学府,他自然也成了中华人民共和国的第一届大学生,之后,他也就一直在中央美术学院的正统体制内成长,他从学生到毕业后留校任教,继而,因工作需要,他又从一名普通的教师逐渐晋级而跨入院系领导的行列,并且在1987年,他在中央美术学院副院长的任上,和水墨画大师李可染又一块携手创办了中国画研究院,这也是当代中国水墨画创作和研究的最高学术机构。所以纵观刘勃舒老师的艺术生涯,他始终占据着中国美术界的高地。

这位来自江西永新的天才型水墨画家,显然是一位当代中国美术史所无法绕开的人物,这不仅仅是因为他的艺术成长自然契合着我们中华人民共和国成长的历史脉动,而更难能可贵的、也让我感动的是,无论处在什么样的年代,无论在何种意识形态的风云变幻之际,特别是近三十年来,在西方强势文化的狂飙激荡之下,混合着市场经济的巨大诱惑,在如此一个进退失据的浮躁的社会里,刘勃舒老师依然能秉持着坚定的文化理念,依靠他自己最本真的内在性来生存,而不让各种名利的诱惑来超越他自己灵魂的界限,他依然固我的坚持,坚守着自己的艺术风格和个人操守,他始终恪守他自己的美学主张,气定神闲地耕耘着那片属于他自己的精神家园。

葆个性而张精神。

所谓"真、善、美"的追求,在今天的日常社会里,也许已脆弱不堪,但是人类的文明,除了"真、善、美"之外,其实也别无选择。

刘勃舒对人生似有着一种建立于明慧悟性之上的达观

和从容,这也足以让他能保持其纯洁的本真而不致迷失于这个时代的纷扰。

他的图画创作,是通过形象去表现精神的生命,他不仅讲究画面形象的结构严谨,更在乎的是让图画的形象更具有生命的跃动而神致活泼,他的每一幅作品,追求的是生命,是精神,是气韵,是动。

他成功地将中国传统行草的书写性与图画形象的气势相结合,譬如画"马"的题材,无论是表现"马"的奔腾雄健,还是表现"马"的闲情逸趣,他都能以书法中行草的曲线与侧锋的灵动变化来写意呈现:逸笔草之,如狂草的风驰电掣。他图画里要的是流畅的线条和圆融的墨象,瑰丽不淳艳,而不流于藻饰的堆砌,他力图表现他自己闲适、自在又随意的心情,他将自己的精神、理想情绪及感觉意识贯注到一幅幅图画作品的创作思绪中。

如此所呈现的画面,自然情趣盎然,不仅能透出浓郁的生活气息,而更能透露出他洁身自好、恬淡从容的襟怀,如此,景、情、理的意象交融,亦形成了刘勃舒其卓然自立的图画风格,特别在画"马"的题材上,无疑在传承徐悲鸿大师画"马"技法的基础上,又发展了独具个性的语言:灵动而洒脱。

通过"马"的形象寄托,在图画神韵飞扬的旋律中,交织出刘勃舒老师对中国水墨画美学的诸多思考。

尖锐的情感与理想,尘俗与艺术,现实与憧憬的纠葛……

在刘勃舒老师的图画作品里,中国传统文化的美学基因,依然魂凝而气聚。

我以为坚持与坚守是一种人格的文化精神,而自在则更是一种艺术人生的境界。

我十分敬佩刘勃舒老师其超凡脱俗的文化气质和精神追求。

去年岁末,欣闻刘勃舒老师的画展在北京中国国家博物馆隆重举行,并伴有精美的画册出版,真是可喜、可贺,我也因此受邀,再度在北京和刘勃舒老师相聚,不仅能在一起畅谈,更有机会能较完整地欣赏和阅读刘勃舒老师的作品,不由感慨万千,也就信手写下这些文字,聊作纪念。

2015年3月24日

敏慧的悟性源自文化的人性力量

——读何韵兰作品有感

　　何韵兰的绘画风格,我是熟悉的,温文尔雅的写实画风,透彻着浪漫抒情的人文关怀,并有着她自己鲜明、清晰的文化个性。

　　2001年我在当时全国最高的建筑上海金茂大厦内,策划主持了《首届精文艺术大展》,参展者几乎汇集了当代中国的美术精英,其中何韵兰受邀参展的作品《樱花四月》,给我留下了深刻的印象。作品是一幅描绘东方女性的水彩画,淡雅的粉红底色,映衬着樱花盛开时的凄美妍丽,清新而灵动,很现代,亦极富有东方文化的美学情趣,景、情、理,水乳交融,不乏纯美的精神流贯其间。

　　其作品在具象写意的基础上,已揉进了些许抽象表现的韵味,作者似乎特别注重对图画肌理的精心营造,当然,这也正是绘画创作的艺术真谛。

　　这是我当年的记忆,如今一晃又十多年过去了,尽管彼此常保持联系,也有多次见面的机会,可我始终不曾再见到何韵兰的新作,因为,每次见面或电话问候,何韵兰所感兴趣的话题,总是环绕着有关少儿美术的教育及相关社会公益的活动,我感觉到她很忙,我记得,她当年还兼任着国家教育部艺术教育委员会的委员和中国美协少儿艺术委员会的主任,这也许是她的责任所系,从中可以看到她有着自我坚守的人文情操和强烈的社会责任意识,她似乎对人生有着极为清醒的感悟。

不过,对何韵兰的绘画创作,我也就一直停留在往日的记忆里,按常理,她早已是过了人生的不惑之年,并且,何韵兰的社会形象,已然是一位非常杰出的、已卓有成就的当代女性画家,其绘画风格,亦早已定型。

可不曾想到,在 2013 年岁末,我收到了何韵兰从北京寄来的画册,这是她和丈夫刘勃舒老师赴台湾办画展的作品集,当我随手翻阅到何韵兰的作品部分时,不由眼前一亮,宛如闯入视线中的一道新丽倩影,让我顿时惊讶不已,眼前这一幅幅气韵生动的作品,几乎完全颠覆了她以往的绘画风格,那看似有形又无形的意象呈现,蹈光揖影,抟虚成实,蕴育着非常大度的气象,直透着玄远幽深的美学情趣,让我吟味不已。

作品被赋予多组系列的标题命名:天语、水语、山语、花语、绿殇、本色。作者似乎在和天地万象对话,那色彩经过独特的水性晕染所反复多层次的肌理营造,不仅能使画面形成自然天成的妙趣,更能表现出意象图景的有品有位,质实而空灵,又思逸神超,在生动活跃的韵律节奏中,亦自然呼应着作者心灵的精神话语,这不但是作者真性情的抒写,也表现出意象图景的神奇所赋予的生命再造,有着极富张力的艺术表现。

当然,绘画创作本无太多的玄妙,亦无非是一个画家由于其内心的需要,而选择某种与自己心灵最亲近的表述形式而已。

　　毫无疑问,何韵兰的艺术追求,一直葆有着勃勃的生机,她要寻找适合她自己的艺术表现形式,她所寻求的可不是视觉表象的相似,她要感知视觉表象的内在与她自己内心精神的碰撞所激荡出的物态天趣,她要以自己固守的人文理想和文化价值,把"美"如实和深入地植入内心,她力图从直观感相的摹写,进而活跃生命的传达,这是她的心灵与自然"对话"的过程。

　　她似乎感觉着,这自然和人生的表象是含有意义的,而能够将这种灵肉一致的自然现象和人生现象表现出来,是作者其自身的生命与自然界生命和谐交融的生命共感,如此,所呈现的意象图景,自然会生气盎然而神采奕奕,仿佛如"自然"之真,这也形象地再现了作者心中的韵律,由丰满的色相,达到和谐、虚静而澄明的精神境界。

　　从中又似乎可以领悟到天体和自然万象的变幻,时而严酷又时而美丽的呈现。

　　我真的很受感动,在阅读这些作品时,我获得的不仅仅是视觉感官的享受,而更让我的灵魂有超越现实的存在,思心玄微而受益良多。

　　我知道敏慧的悟性必然源自文化的人性力量。

　　我非常喜欢何韵兰老师的新作。

2015年4月7日于上海西郊寓所

鱼游大海
——序吴东鸿作品集

　　经朋友邓奎先生介绍,初识来自山东聊城的水墨画家吴东鸿先生,他,中等的个子,很秀气,很有些江南人的气质,似不善言辞。

　　而有关对他的介绍几乎都出自他贤惠的妻子张吉女士之滔滔不绝的表述中,她,倒是一位典型的山东大嫂的脾气,性格爽朗又热情,而且,也是一位酷爱艺术的水墨画工笔画家。

　　写这篇文章,我颇费踌躇了一番,毕竟只有两次短暂的会面。不过让我颇为感动的是他对艺术事业的执着态度。现年四十三岁的吴东鸿先生,由于少时就迷恋上了水墨画的技艺,年纪轻轻便离开家乡,先是北上去了北京,拜师求艺,得到了老师的悉心指导,并常去北京故宫拜识中国名家的历代字画,如此用功了两年,他继而又南下去了当年的浙江美术学院,算是在正统美术教育的体制下又进修了一年,之后他便跑到了上海这个城市,一呆就是十六年而潜心创作。

　　张吉告诉我,为了支持先生吴东鸿的艺术事业,同样也是画家的她,在婚后就承担起了整个家庭的琐碎家务以及负责一切生活之必需品的谋划和操劳,她尽可能地不让吴东鸿先生为俗务所累而进行创作,所以,今天看到吴东鸿在艺术上的一些成绩,这无疑也离不开他妻子张吉女士的一番良苦用心。

当然,也正是有这样的鼎力支持,特别在如此一个物欲横流的社会里,才能给吴东鸿的创作营造出如此一块安心、安静的而不用分心的艺术园地,让吴东鸿先生尽情耕耘,因为水墨画创作,讲究的便是静心的状态。

随着我们交谈的深入,也不时阅读一些他所携带的资料,以及电脑里存放的作品图像,尽管只是匆匆地浏览,可还是让我对他的水墨画功力和一些他所独有的美学情绪有了一个了解,特别是看到电脑里有数百幅"鱼"的作品系列,更让我逐渐地敬佩其娴熟的水墨技巧和独特的审美情趣,他那支蘸满墨色的笔,由着他自我心中的所思所虑运动着,看作品中,几乎每一个细部的表现都力求完美和优雅,而作品中所表现的情绪是淡淡的,就像他在生活里的个性:秀气而温润。

他所创作描绘的"鱼"的系列作品,品类繁多却又千姿百态,让我大开眼界。他笔下的鱼线条圆润流畅,黑脊与白肚之间过渡自然,口、眼、鳍、尾的刻画栩栩如生而非常地逼真,它们欢快地游行于荇藻之间,摆尾漫游而游向各异,轻灵而富于感动的美学情趣在我的内心油然而生。

我以为他的作品呈现既有着深厚传统笔墨的滋养,又不失现代感,其悠闲自在、与世无争的状态,又似乎折射出吴东鸿先生的人生态度,毫无疑问,他作品的精神表现与他自己的心性是很贴近的,作品中显然有着他的"直觉和本性"。

　　他始终是在平和的、不急不躁的状态下完成每幅作品的创作,所以在我浏览这些作品时,心中亦有着一份平和、静怡的心得。

　　我喜欢吴东鸿先生的作品,特别是"鱼"的主题系列,在如此一个浮华躁动的社会里,还能有如此气定神闲的艺术家,实在难得。

　　是为序。

　　　　　　　　　　　　　　　　　　　2015年5月6日

陈妍音的雕塑情怀

陈妍音,作为一名优秀的女性雕塑家,在中国美术界有着"翘楚"的美誉。而在我对陈妍音的印象里,她也绝对是一位极富才情的奇女子。在我与她共事的25年中,也亲眼目睹并由衷感受到了她对雕塑事业的一片痴情。

在我记忆里,我最初接触到的陈妍音作品,是她在第七届全国美展上获得铜牌的作品《老妇》(1989),一件头像雕塑。作品中所表现出的厚重的形塑肌理,将历史的沧桑感表现得酣畅淋漓,每一块泥塑的堆积与刻画,似乎都饱含着作者的浓情厚意,同时也体现出陈妍音扎实的雕塑功底。由此对陈妍音本人及对其作品的初印象,至今都还停留在我的记忆里。可以说,《老妇》这件作品,在中国当代现实主义风格的众多雕塑中,是一件极其优秀的佳作。

我以为一位优秀的当代雕塑家通常是专注于材料、物质与三维空间的探索,但这些对于陈妍音来说,只是一种雕塑艺术的基础语言。陈妍音一直有着强烈的创新意识,她要使泥土与青铜的表现反映出她自我心灵世界的微澜乍起,因为艺术创作不是一个单层平面的自然再现,而是一个境界生成的创构,她要力图从直观印象的摹写出发,进而融入自己的思想和意志力,再生出一种生命的精神。

于是,陈妍音在面对必须完成的一些社会公共雕塑的时候,依然运用其娴熟的传统雕塑的技法进行创作。然而在她的私领域,在属于她真正艺术精神的园地里,她则另辟蹊径,执着地一直苦苦求索,去探寻能吻合她内心的直白:"我一直在寻找表达自我情感的恰当方式,在探寻的过程中,……重要的一点是平静我的心灵,与内在的自我沟通,以唤醒自我的符号意识。"

就这样,陈妍音凭借对视觉的天生敏感以及观念语汇的巧妙结合,在1994年以个展的方式,使其名为《箱子系列》的作品,在油画雕塑院闪亮登场。其创作的风格理念,已完全颠覆了传统意义上的雕塑语汇。在极具侵略性的锥形尖刺的映衬下,作品散发出一股非常震慑人心的视觉冲击力。在这个系列作品中,每个细节都被赋予了生命、爱情和女性复杂情绪的意涵,表现出各种因素交织后深层次的涌动,也体现了她自我情感与广泛文化环境间的关系。

如此,一而再,再而三,陈妍音的创作欲望炙热非常。在《箱子系列》后不久,她又相继创作了《薄膜》(1995)和《一念之间的差异》(1995),这同样是探索女性视角下的一种生命关怀,给予无形的情感以有形的形式。

而近期阅读陈妍音的近作《母亲系列》(2007—2015),则更感受到史诗般的气场表露。通过作品的演绎,她将自己母亲的生命历程投射到中国的命运中去,通过一张张历史的旧照片,去拼接其记忆的碎片:"通过小人物,比照大时代;通过微叙事,比照大历史;从大年代中,体验小人物的生命悲欢;在大时代中,聆听私人微茫的声音。"

在这件叙事弘大的作品中，她试图通过一个小家的私人历史的建构，去重新发现当代艺术的诸多可能，进而设法重新调整艺术和历史的关系。对她来说，艺术是直探人心的精神之舟，可以驶向浩瀚的心灵之海，并最终达到最高灵境的启示。她所追求的艺术境界与哲学境界，诞生于一个最自由、最充沛的身心自我的意识中。在她的作品中，信仰与现实、自然的世界与梦幻的世界是一体的，既虚幻又真实，一如艺术对于我们的生活，既是超越，又是回归。

当然，艺术的发展是一个形而上的结构，又或者说是一个文化现象的表征。可重要的是，艺术创作必须回到现实的生活中。因为艺术与人生，是一个环环相扣的话题，而陈妍音的观念形塑似乎正在阐述这个问题。

她，不愧是中国当代美术界的奇女子。

2015年7月24日

陈古魁艺术展序文

约 130 余件作品,济济一堂,呈立体展示,有雕塑,有水墨画,有油画,亦有早期的素描和水彩画,以及古魁先生近几年所悉心把玩绘制的瓷器,可谓洋洋大观。

这是古魁先生继多次个展之后,首次集结了他从艺 50 年以来所创作的精品力作。

展示的作品,品类群生,题材更是丰富,在赏心悦目的视觉观照下,在具象与非具象之间,我们可以深切地感受到古魁先生对艺术追求的执着,亦充分显现出其卓越的艺术才华和天赋。

当走进古魁先生的作品里作细细地揣摩和阅读,似荡漾着一道道生机勃发的气息,随着意象的解读而见相交融:或风骨烈烈,或雄健刚直,慷慨而气盛。

当然,在豪迈、遒劲的形塑、绘制间,也不乏柔情细腻的精微之处。

磊落大方的气势格局,亦有着极鲜明的个人艺术风格。

所有作品的表现意象,直接指向对于"真、善、美"的有力诉求,作品充满着艺术的联想而缘情勃发,没有丝毫矫情的做作。

从作品中可以体会到古魁先生那丰富而炽热的人文情怀，透过他独特的美学情趣和想象力及精湛的表现技艺，从而转换成平面或立体的塑造和绘制，图像被赋予某种象征的意义，其中，亦包含着古魁先生对社会现实人文环境的所思所虑，以及他对中国传统美学与当代艺术的诸多思考。

他所拿捏的每一块黏土，或笔下的每一根线条，合着色彩的渲染，都好似他自我心律的记录而衍化成一件件令人感动的作品。

当然，真诚抒情的创作灵感，必定是源于作者对社会生活的真实体验。

所有了解古魁先生的朋友，也都知道在古魁先生的生活阅历中，曾有过一段极不平凡的遭遇，也就在他风华正茂的青年时期，也正是一个人生命中最富幻想的青春年华，年仅 25 岁的他，便背负着一道沉重又莫须有的罪名而身陷囹圄，而这一关，就是十年。

当生命遭遇到如此厄运，很难想象一个年轻人的傲人风骨和顽强的生命意志力。他，居然没有倒下，也没有气馁，在耐过这漫长的 10 年牢狱生活后，他，却依然保持他生命中那份达观处世的自信和热诚，而展现出强健的生命活力，这不仅是让古魁先生在厄运之后，得以浴火重生，更是极大丰富和坚定了他对生命的存在价值和意义有着更深刻的理解。

他似乎永远朝着正前方在行走，他似乎更加珍惜时间的流逝。

我和古魁先生同在油画雕塑院里共事，是朋友，但彼此的相知相识则更有 30 年之久，我也亲眼目睹并由衷感受到古魁先生对艺术创作的一片痴情,他的大部分时间几乎都在工作室里度过,他似乎一直很忙,他从来也不会虑及每件作品在创作时赢利或非赢利的权衡考量,他对每一件作品的创作态度和用心,都十分地虔诚。

几十年来,不管是在院长任期,还是在 60 岁退休之后,他主要的精力,都还是在创作上用功。

毫无疑问,艺术创作一定是他生命中的最爱。

这也正是他始终都保持着在艺术创作上的执着追求而自强不息、却又一往直前的注解所在。

是为序。

丙申年正月初三

破淤泥而清晖照人

——王林海水墨的书写精神

　　我真的很幸运,在如此一个进退失据,却又如此百般扭曲的现实社会里,特别是在当代艺术画坛,在对中国传统文化价值观的整体迷失的时代当下,我还能欣喜地发现,在画坛领域,在一股股平庸低俗的洪流泛滥间,居然还有一道洁净的清流在涌动,我看到了,并欣赏到在真正文化意义上——极具中国传统美学张力的当代水墨图画。

　　作者王林海先生,是一位来自浙江西部书香世家的子弟,说来也是一种巧合,或也是一种缘分的注定,我和他的相遇,直可推到1991年入冬后的一段日子,当年我和他同借住在北京东单三条23号著名钢琴家鲍惠荞的老宅院里,我是陪儿子诗元去游玩北京城的,而他则是由艺术家何韵兰介绍,住进鲍家宅院的一隅空屋内画画,可那些日子,彼此都忙,也不太在意,看到的也常常是他的背影或是侧影,也不曾有见面详谈的机会,所以,对当年彼此相遇的印象,几乎是空白的。

　　但是在去年,当我专程去北京参加何韵兰老师八十岁生日暨大型回顾展的活动时,却不意就撞见了这位曾经在一个屋檐下相处数日,却又不曾照面详谈的王林海先生,他也是受何韵兰老师邀请参加此次回顾展,其中与其对话的艺术家之一。

在我参观何韵兰作品及文献展之后,便顺序步入几个艺术家对话展的陈列厅继续参观,其中王林海作品的陈列厅,似乎显得特别地安静,约120平方米的展厅,也仅有九件作品在展示,但作品尺度都很大,色相很单纯,几乎都在黑白相间,而看这些作品题材,也就是些螃蟹、鱼儿和花草之类的,笔墨勾勒、渲染看似都很随性,也无极精细的刻意绘制,展品中,更无宏大的山水图景。

可是就在这徘徊辗转的观赏间,我却隐隐然似觉得有一股清气在图画间荡漾开来,其中有一幅十米长度的手卷,更是吸引了我的注意力,图画名曰"荒荒油田,寥寥长风",似蕴含有辽阔的田间意象,看画面,淡淡的,极富书写性的笔气墨韵,疏松而虚灵,又恰似行云流水般简洁而明净:有稻穗顺水而长,有鱼儿三两地溯洄而从之,亦有些蝌蚪儿相伴期间……似传递出作者萧疏野逸的淡泊心志和朴素醇和的人文情趣。

是神会天然,亦是性与境合,这酣畅淋漓的图画意象,直透着书写者其精神生命的气息在蓬勃衍生,简洁的笔墨、灵动的意象、虚静而飘逸,图画中的稻穗、鱼儿和小蝌蚪儿……在我专注欣赏间,似乎会有一种神奇的灵动,它们似乎会向我游来,又似乎会向我频频致意,亦自然会顺势而激荡起我自己心灵中对"美"的期待和共鸣。此时此刻,我所面对手卷图画中的每一根线条、每一片墨迹,恍然间,我所看到的是一种朴素醇和的心性的体现,是一种人生智慧圆熟的表达,当然,更是一种心灵化成的艺术而独与天地精神相往来的"神遇"。

"志道、配天",我似乎读懂了这幅长长的手卷。

我以为,在阅读观赏王林海水墨作品时,不仅是需要非常宽泛而厚实的传统文化的知识涵养,更需要的是美学情趣的高尚品味,以及对朴素与醇和,有发自心理上的亲近,而对一些虚假的、装饰的、媚俗的东西则有发自本能的厌恶感而加以排斥。

要论中国水墨图画的书写创作,其创作理念和精神,则完全迥异于西方艺术"看山画山"的表象思维,而是图画书写者心中"山山水水"的意象呈现,是作为东方艺术表现的一种固有的文化属性,书写创作者,他只在乎他自己心目中的人文情怀,通过"外师造化"的视觉印象,而去领悟,去感悟,去心领神会,以获取书写创作者自我"中得心源"的人文学识的文化内核,进而书写他自我胸中丘壑的文化精神。

通过一管笔,一方纸上的空间,他在乎的是一种境界,一种气象,更是一种格调,而这秉笔书写所自然形成的笔气墨韵,不仅是书写创作者其自我文化素养和思想情操的体现,更是书写创作者自我人格精神的彰显。

很显然,每个时代一定会有"美"的图画,我喜欢王林海所书写的水墨图画。

随着我和林海先生之间的沟通、交流,逐渐地意趣交融而惺惺相惜,我们终于是成了志同道合的挚友。

之后,也一如我的愿望,在去年末,在我一再敦促邀请之下,王林海夫妇终于能光临我们易元堂美术馆,为了帮助支持我们美术馆的建设,在春节前,王林海的一幅大尺度的水墨莲花图,亦已然登堂入室,被陈列在我们美术馆的核心展区,新年新事,这无疑是给我们美术馆注入了一股清新的文化气象。

只见一幅淡淡的莲花,破淤泥而清晖照人,并似乎带有素静的花香袭来,让所有来我们美术馆的参观者,不仅能欣赏到笔气墨韵所带来的"美"感,而更可以深心体会到中国传统文化美学的精神内涵。

我以为唯有具备高尚的人文情怀和丰厚的文化学养的艺术家,才可以令"外师造化"的情有独钟而传自然之"神遇",从而达到"含道映物"的绝妙境界,而王林海作品的笔墨书写精神和文化品相,确乎也给予了充分的印证。

2017年3月

不忘初心
——贺寿昌执着的绘画情怀

　　我和贺寿昌先生同学于上海戏剧学院,我在美术系版画专业,他则在舞美系设计专业,他高我两届,自然他是我的学长。

　　可当年在学校时,彼此不曾有过交往,只是耳闻,据说他是一位品学兼优的学生干部;所以,我和他第一次见面,是在上海市文化局,那一年我恰好在市文化局忙于筹建刘海粟美术馆,他则是副局长的身份,分管音舞处、计财处和人事处,和他还是没有工作的交集,仅见过认识而已;后来我在市政府参与形象工程专家组的工作期间,又偶尔在市政府匆匆见过,此时,他已转岗在市政府信息办担任副主任;再后来,是我在出席上戏建校 60 周年的庆典晚宴上又不期而遇,而他已是我母校上海戏剧学院的党委书记;又过了若干年之后,他则又一次华丽转身而成了上海最时尚的新兴产业的市文创办主任;如此这么多年来,尽管见面多次,可始终未有话题的交集,我和他,仅仅只是泛泛而交的相识罢了。

　　而真正和寿昌先生结缘而有所了解,方从相识到相知而成为画坛的的同道知己,这已是在他退休后的一次偶然邂逅,是在朱家角的一所艺术中心,我们同去参加一个朋友的画展活动,正因为难得凑在一起闲聊,时间又多,于是我们就上海美术界杂乱的文化现象而逐渐聊到寿昌先生他目前的绘画创作状态;他非常地谦逊,并再三强调他放下画笔已有三十余年了,而对于上海的画坛已是非常地生疏,只是由于骨子里还非常喜欢画画,而一直想当一名画家的愿望,也是他年幼时所立下的志向,亦是他的初心。

所以,现在已在工作岗位上退了下来,也就有了闲工夫,有时间去寻找他自己的最爱,也就是想再度重拾画笔,去创作,去实现做一个画家的憧憬。而且,这三十多年的过去,尽管为了尽责于行政管理的工作,不得已,而没有条件画画,可他的内心却始终惦记着、关注着上海美术业态的发展,毕竟他也一直在文化系统内担任领导职务,耳濡目染,自然也积累了相当的绘画素材,直等着时间的召唤而一展身手,寿昌先生的谦逊表象下可是信心满满,我们聊着,听着,也因此对寿昌先生其执着的艺术情怀,有了一次非常深刻的了解。

在此次见面之后,我和寿昌先生的交往也日渐频繁,再加上有了微信的连接,我更能及时收看到寿昌先生的新作在微信上的频频亮相。

在我和寿昌先生的每次交流过往中,也常常受益良多,也可能是寿昌先生长年转辗于行政领导岗位的工作特质所养成的思维习惯,他每次和我交流的内容,都非常注意话题的要领而层次分明,分析起来也是头头是道的,无论是从一些美学审美的价值取向到一些具体油画技巧的个中体会,都入节入理,而且所有的遣词用语都非常的专业,条理论述更是十分地清楚,我很难想象一个已远离绘画圈的他,依然还如此熟悉绘画上的一些专业术语,而且概念清晰。

对于他的一些观点,我也非常地认同,在艺术创作的观念上,我们需要追求的,不仅是灵活而严谨的基本造型能力,及扎实的写实素描功夫和色彩关系的掌握,要能极具功力地把握对象而进行惟妙惟肖的绘制,而更重要的是作者必须涵育有丰厚的艺术人文的多重修养,不仅观察入微,更要求在创作中能表现出有品有味、质实而空灵、思逸神超的艺术作品,因为,从事艺术创作不但要因此而抒发自己的情趣,更要紧的是精神文化价值的取向,和着个人意志的独立彰显,要表现出艺术创作所给予的生命再造,是一个境界深沉的创构,但凡从直观感相的模写,进而到活跃图画意象的生命传送,毫无疑问,艺术表现是画家自我精神生命灌注到画布画纸的形象中去,使无生命的表现生命,使无精神的表现精神而美奂美轮。

不过,真正让我感动的是去参访寿昌先生的绘画工作室,整个屋子都弥漫着鲜活和清新的色泽,所直接面对的有上百件的艺术作品,其中有油画,有水彩,有钢笔素描,大大小小,林林总总,地上放的,墙上挂的,几乎布满屋子的空间,其创作题材则非常地广泛而多样,有城市的,有乡村的,也有人物故事的,今年是丁酉年,是鸡年,还有十来幅画鸡的图画,甚至还有些主题创作,看来寿昌先生的图画空间,全然源自他宽泛的社会生活的体验,其创作的风格还是坚持他一贯的写实意向的表现,很儒雅,完全透着专业的素养,特别是看他的一些纯风景的创作,还依稀能看到上戏极具特色的风景画创作的图式基因,艳丽的红黄蓝绿色在灰色的巧妙映衬下,浓郁而不失瑰丽的典雅而情趣盎然,让我心仪而感动,一些素色的钢笔画作品也是在叙述着作者游历四方的经典描述,其中也有人物故事的掠影,钢笔线条的表现也极为流畅,作者的感受在画纸上得到了非常有艺术感染力的表现,也凸显出寿昌先生的文化个性。

尽管寿昌先生十分地谦虚,每次谈到绘画总希望同道的朋友们能多多给予意见,他总认为自己是初入画坛的新人,而我则认为寿昌先生过去三十多年的社会阅历,恰恰是更高程度的拓展了他广阔的文化视野。他完全有能力将自己所理解的对"美"的价值取向如实而深入地反映到自己的心里来,凭借艺术创作的形象而表现出来,而他丰富的社会生活经验的充实和艺术情趣的意像表达,无疑是艺术创作中的灵与肉的完美组合,其情性、气质、胸襟,昭然呈现。

所以在多次与寿昌先生的谈话中,我非常坚持我的认识,我看好寿昌先生的创作,而眼前这上百幅佳作的呈现,就是最好的例证。

近期,恰逢金秋 11 月 9 日,寿昌先生将应上海刘海粟美术馆之盛邀,举办他步入画坛的首次个人作品展,这无疑是当前上海众多美术展览中的一朵耀眼的奇葩,因为他的作品所具的独特文化视角,是成功地将他自身丰厚的社会阅历和领悟,能有机地交融于他的绘画中,图画中的每一根线条、色彩,及每一个形象,都饱吸着作者的浓情惬意,纯粹的景,就成了纯粹的情,讲述出一个个撩人情怀的故事。

值此展览之际,我衷心地祝愿贺寿昌先生的首届个展《人在旅途》,得以圆满成功!

2017 年 10 月 24 日

怀念当代文物大收藏家韩克勤老先生

　　大象无形,在当代中国文物收藏业界,要提起韩克勤老先生的名号,应该是知之甚少,是陌生的,而为极少人所熟悉,可是他,却是一位真正意义上名实所归的当代文物大收藏家。

　　他出生于 1927 年 12 月,浙江慈溪人,从小在家乡读书和务农,1948 年来到上海,他进入社会的第一份职业,就是和旧货打交道,他人生这一辈子几乎都在文物堆里过日子,为上海原"创新"旧货商店的经理,退休后他又担任了上海"百花园"古旧家具调剂商店的经理,在那个年代,还不曾有"文物商店"这一说法,他由于长年工作的原因,也由于个人的喜好,久而久之,也就对各类文物的品鉴认识,练就了一双"火眼金睛"的慧眼,也逐渐培养起他个人收藏"文物"的事业。迄今,他的收藏历史已逾60多年,他擅长对西洋古董钟、中国书画、古玩杂件和古旧家具等藏品的研究和收藏,他所过眼过手的各类文物,多达十多万件,其中不乏有传承有序的各历史时期的精品力作,我以为,凡文物,必有它的传统历史意义,而经过时间的绵延,那就是一个民族文化历史的文物见证。

　　据不完全的统计,韩克勤老先生的收藏,约已两万多件,可是这几十年来,这一辈子,他的行事风格非常低调,他依靠自己的本真,恪守着自己的志趣和情操,默默地而不曾有任何展示和拍卖的商业意识,只在乎那属于他自己内心的精神安宁,努力做好各类文物的收藏,这是他的最爱。

在去年岁末,在我们易元堂美术馆二周年的庆典活动之际,经过再三邀请和动员,也经过了长达五个月的精心策划筹备,当然也承蒙他的贤婿佩华先生的信任和委托,终于是获得了韩克勤老先生的首肯,在2017年11月12日,得以第一次公开在易元堂美术馆举办"观藏"展,这也是韩克勤老先生的收藏宝贝能第一次亮相申城,所集结陈列的藏品,更是经过了精心挑选,件件都是精品,每一个前来的观赏者都不由得感慨万千,因为都是难得一见的宝贝,这每一件藏品,几乎都是一个传奇。

在隆重的开幕仪式上,坐着轮椅的韩老先生,一身正装,透着世故的圆熟和慈和,含喜微笑着,在面对公众和媒体的聚焦访问时,他也只是简短的陈述:"能尽一己之力,尽最大的责任,尽心尽意去做好收藏的工作……"言辞不多,但实实在在,虽简单普通的几句话,却句句掷地有声,这是他一辈子做人做事的道理和心声。

此次"观藏"展分成三个门类,分别是中国近代书画大名家的作品,有张大千、齐白石、傅抱石、弘一法师、沈尹默、谢稚柳、黄胄、唐云,包括来楚生的十八罗汉印章,其中张大千和女友方月娟在1957年所合作的,其用金粉所精心创作绘制的册页,更是十分难得的孤品。其二,是三尊不同材质的佛造像,其重中之重当然是唐代的铜鎏金的佛像,虽有部分鎏金剥落,但整体完整,可谓美奂美轮的极致,而左右各是明代早期的铸铁鎏金佛像，和一尊刚从海外买回来的清中期翡翠观音（可看到玉雕工艺的精湛），以及清乾隆年间珐琅彩地屏等稀世珍品，除此之外，为了展览效果，刻意突出中西文物的有趣对话，还特意摆放了来自宫廷和民间的13座18、19世纪的西洋古董钟的陈列，也是一道亮丽的景观，而令人叹为观止。

可天下没有不散的筵席，如此高规格国宝级的"观藏"展，原计划两个月的展示活动，经过一延再延，持续到2018年的5月上旬才闭幕，足足展示了约6个多月的时间，几乎每天都有佳宾参访，更有不少从外地闻讯赶来的观众，展览会获得了广泛的社会认同和好评。

可能也是冥冥中的天意，也就在"观藏"展结束后仅不到三个月的时间，突然接到佩华先生的电话，被告知韩克勤老先生已因病住院，一时间，我总以为韩老先生还是能抗住病魔的侵袭，可仅有十来天的功夫便传来恶耗，终于是回天乏术而离开了人世，当然这年寿几何、人来人往，也是无可奈何的遗憾。

可我以为：人生是有限的，虽然韩克勤老先生已走了，但是他这一辈子在文物界所踏踏实实、兢兢业业的所作所为，所留下的丰富收藏，无疑是弥足珍贵的，应该是长寿的，对中国文化的有序传承是有极大贡献的，也是永垂不朽的。

而他这一辈子仅一次的"观藏"展，这仅有一次的公开亮相，亦是传世的经典。

以此短文，深切怀念韩克勤老先生！

2018年9月8日于西郊寓所

余仁杰的书法之道

余仁杰先生,安徽徽州休宁人。

看似不高的个,一头白发,可生性豪爽,尽管他已届七十五多的高龄,可给我的印象,他总是乐乐呵呵而满面红光的。尤其是在朋友圈的应酬场合,他不仅有着好酒量,更常常会一高兴便引吭高歌一曲,为在场的朋友们助兴,其时他血脉喷张、激情舒展的形象,又恰似一位壮硕的中年汉子,显然,他是一位襟怀坦诚、豪爽又悠游自得的性情中人。

而观其书法作品,楷书、行书、草书……笔力猷劲而淳厚。字里行间,似乎是行云流水而酣畅淋漓,恰又处处透着儒雅、秀慧的灵性,显示的是书法的气机、气质、气韵和气象,彰显的是一个书家其胸中悠悠的人文情怀。

书法创作,讲究的是"气韵生动",是要求书写者的身心能量得以"致广大而尽精微",亦是书写者陶冶自己性灵的过程,是借笔墨的书写,表达自己的意志和人文情怀,从而笔随形、形随势、势随象、象随心,既而寄情、畅神而进入"道"的书法境界。

通过书法的学习,也是涵养书写者自我心性的滋养,自然,这也源自余仁杰先生的天赋才情,当然更来自于他的勤勉和执着,这几十年来他在书法耕耘的园地里是不断地求索而矢志不渝,更无一日的懈怠而笔耕不辍,几乎每天都有5个小时的书写用功,因为书法艺术的追求是他这一辈子的最爱。

也正因如此,一份耕耘,一份收获,所以余仁杰先生今天才能造就出属于他的书法艺术形象,在他的书法作品中,他成功地再现了他心中的人文精神,所表现的是他心灵所直接领悟的笔墨情趣。

阅读余仁杰的书法作品,真是字如其人,可以强烈地感受到,在他书法点画的字里行间,混元充沛,似有一股豪情真气在回荡着。

是为序。

2018年9月17日

小猫 "基诺" 的 故事

为小猫"基诺"编故事的动因

　　为小猫"基诺"写传,可是我由来已久的想法,一个又一个春夏秋冬的轮回,小猫来我家生活,也已逾十个年头,其中所发生的故事之多,之有趣,总希望能让更多的人们分享。特别是"基诺"一种对生命简单而又纯净的生存理念和生活态度,似乎也间接给忙忙碌碌的人生俗世作了很好的参照。

　　由于人们对生活物质的无限向往,随着生活时代的变迁,人类的智慧被极度开发,为获得物质的最大利益化。如今借以科技的力量,"上天入地",已无所不能,可"人"的生活品质,则愈来愈快速地在向下沉沦。人类社会中理性主义的力量正与人文道德的精神力量呈现撕裂的惨状,人们把历史上一切真、善、美的生活精神理念,几乎通通抛开,成为完全丧失了人性精神情感的经济人和物质人,从而构成了人类生存的生活窘境。

　　历史传承的生活智慧和高贵的人文情操,在人们的意识中正逐渐已清空殆尽,这无疑是现代人类的生活迷失和精神悲哀。在家庭中,在社会中,在人与人之间,所有的关系链接,都变成了相互竞争者或可利用者。人们追求、崇尚于对权力、金钱、名誉的渴望，人们对一切可供享受的物质都满怀获得和占有的一份痴情。在人们的生活机能里，只有对"物"的理性诉求，认为只有纯粹功利的物欲才能帮助他们获得一切，这也就是现代人们的一种价值观。

什么"仁、义、礼、智、信，温、良、恭、俭、让"，都已是过往历史的回响，人们似乎已开始回归自己动物的本能。

不过我以为，人类的这种生活情感的蜕变及疯狂的物质占有欲，就某种程度而言，简直连一些动物都不如。

这也是我想为"基诺"列传的基本动因。

2012年10月17日

小猫"基诺"之一

　　"基诺"是一只十分普通的雄猫,是一般常识中所熟知的猫的形象,它有着一身金黄色斑纹的毛发,柔软之极,很美,小脑袋是圆圆的,一双天真无邪的眼睛也是圆圆的,略带棕色的眼珠,就像两块宝石,随光照的变化,会呈现出不同的色泽。

　　也可能是过于贪吃的缘故,它小小的年纪便已然是肥肥胖胖的雍容体态,很有些富贵相,但是它在行走端坐间给人的印象,却又很有一股雄赳赳的威武气势,形象酷似一只小老虎,我家对门的邻居,一看到这只猫出来,便会喊:"哦,小老虎来了。"实在是有意思得很。

　　因为是家养的,小猫的饮食,每餐都几乎有剩余,自然是过着"丰衣足食"的生活。

　　在家中,限于环境的制约,小猫大多是躺着,睡着,或是端坐在客厅、阳台的某地方,有时也在家里漫步,晃来晃去的。

　　而只有每天定时领它去外花园散步时,你才会看到它上蹿下跳、来回奔跑的样子,这个时候看"基诺",它的表现又显得特别地机灵,动作非常地敏捷,这才仿佛是还原了猫的自然天性。

说起小猫的出身,原先是我台湾朋友麦江先生所宠养的,据麦江先生告诉我,"基诺"是他前年去周庄考察的途中捡来的,那天正下着雨,又是冬天,气候十分地寒冷,这只猫当时正可怜兮兮地蜷缩在道旁的屋檐下,它还很小,似乎才生下来不久便被遗弃在野外,在一片凄风苦雨中,夹着寒流,伴着微弱的叫唤声,情势十分地令人感动,在恻隐之心的感召下,麦江便毅然决然地将小猫带回了上海,当时取名为"周小雨",以志纪念,后一直被圈养在麦江位于大都会的办公室里,一段时间之后,为了呼唤顺口,便又取了"基诺"的别名。

在我见到这只猫的时候,它已是一只大肥猫了,也没太在意,只是偶尔会逗它玩一玩,这只猫见人也不怕,眼神间似乎充满着对人的友善,尤其是在人多的时候,"基诺"总喜欢来凑热闹,会有许多有趣的动作,企图吸引大家对它的关注。

因为我身边常带着儿子诗元去大都会,不曾想到孩子特别地喜欢这只猫,他常会买一些猫粮去喂这只小猫,久而久之,小猫见到诗元就特别地亲近,好像认识一样的,小诗元走到哪,小猫就会跟到哪,在雨天、节假日,小诗元会因为惦着小猫的饮食,常会逼着我驾车买猫粮去大都会喂小猫,有一阵子,我很觉得麻烦,很浪费时间,但终于是很无奈。

去年,全国爆发了"非典"事件,人心惶惶,在办公室、公共场所宠养动物,必然招来诸多的非议,而恰在此时,小猫又走失了,有相当一段时间没了踪影。也许是和"基诺"

有缘，在过春节前夕的一个午后，在我带诗元去大都会时，不期然，小猫"基诺"突然现身，从旁跑了出来，就蹲在诗元身边叫唤，它已然是一只瘦猫了。

于是在诗元的坚持下我终于是痛下狠心，将小"基诺"接回家宠养，从此，小猫"基诺"也就在我家落户了，它也就有了一个安定的生活环境。

在家中，照料小猫的工作，自然就成了儿子诗元的差事，理由是他的主意和执着，我才同意将小猫领回家宠养，这是无可非议的。

不过，我这孩子实在也太溺爱小猫了，不仅仅是定期从商店给小猫买猫粮，每天还一定要从菜市场买来一条鲫鱼给小猫吃，时间一长，搞得家里鱼腥味特浓，因此常常遭到我太太的斥责。

更有意思的是，他居然还养成了每日带小猫在花园里溜达的习惯，起先是人跟着的，拴根绳子牵着，转上个把小时，后来，逐渐便开始放弃拴绳子的掌控，有趣的是，遛小猫，居然就像遛狗一样，"基诺"会乖乖地跟着人跑，邻里和过往的路人都觉得很好奇。

但是在一个月前，儿子办完了赴澳洲留学的手续，那说走就得走，于是，我们便开始训练"基诺"，培养它独自早出晚归的出游习惯，说来也神奇，仅仅几次实验，倒也成功了。

于是每天早上，在我们出门时，小猫"基诺"也会候在大门口，等着和我一块儿下电梯，我自顾自到车库开车，它则去花园里游玩。而每到我下班回家，也总会在电梯门口，看到"基诺"端坐着等我，便一块回家，它非常地守时间，如此，很有规律的活动，倒也去掉了我心中的一块心病。

一个星期前,儿子诗元去了澳洲,临走时,再三嘱托我一定要照顾好小猫。看来有"基诺"很好的配合,自然也不会构成问题的难度,只是每天必须去菜市场搞条鱼回来,以满足"基诺"的食欲,便可以相安无事了。

2004年8月于上海

小猫"基诺"之二

现在,小猫"基诺"在我家的生活,亦已平安地度过了春、夏、秋、冬的不同四季变化,懒惰的个性和着每一天的好胃口,它还是那样的金光灿灿、肥肥的,悠闲而自在。

其实照料小猫的日常饮食起居,可不是一件容易的事。它让我家日常生活的有序节奏,平添了许许多多烦而恼之的困扰,每天的辛苦,倒也不在乎为小猫准备必需的"猫食",以及相关的卫生处理,让我常常弄不明白的是小猫的许多欲望之诉求,它时常会瞪着一双圆圆的眼睛,朝我乱吼,并不停地在我身边绕来又绕去,时间一长,我就被它搞得心烦意乱而无名火起,而这唯一的办法,也就是开门请它出去,因为我家住 11 楼,这小家伙鬼精灵似的,又懒得很,早已养成了坐电梯下楼的恶习,所以非得由我陪着它坐电梯下楼,否则它会在楼道里,无休止地乱吼而影响邻居,不得已,无论是酷暑还是严寒,或者是刮风下雨的日子,我都必须领着它坐电梯下楼,出着它去花园里闲逛,但可气的是,这小家伙去花园转悠,有时还不到一个小时,它便又爬着楼梯回来了,在家东看看、西瞧瞧一阵子,它又会嚷嚷着要出去。如此反反复复的折腾闹剧,每星期几乎要上演两三回,常常弄得我疲惫不堪而无可奈何。

但更让我困扰而忧心忡忡的是,它居然有连着三四天不回家的纪录,特别是有一次的违规事故,非常严重,我前一天还和诗元在电话里,畅谈小猫如何乖巧懂事云云,可第二天,赶上下午突然变天,下起了滂沱大雨,我急赶着回家,一路上还在担心小猫会不会淋雨,殊不料在家门口却不见了小猫的踪影,让我茫然而焦虑不安,时不时要坐电梯下楼看看,但过了晚上11点,还不见小猫回来,雨还在不停地下着,我愈来愈按捺不住,便冒着风雨,打着伞在居家社区的花园里四处搜寻,深更半夜的,又怕声响会影响邻里住户的休息,简直就像做小偷般贼兮兮的,在一些灌木草丛、犄角旮旯间穿梭探寻,可这个"基诺"就是不露面,如此折腾到深夜。

之后的三天,还是不见踪影,我几乎已放弃了所有的希望,唯有默默地祷告,但愿"基诺"在外面的世界里能安全而健康。

在和儿子诗元每天一通的电话联络中,我也终于下定决心告诉他"小猫给弄丢了",诗元倒也十分理解,惋惜之余,也一再安慰我,就这样,我心中已了却了继续找猫的欲望,烦恼的心情也已慢慢复归于一种平静,可就在第四天,我像往常一样回家时,却又居然在家门口看到"基诺"蹲在那儿,还是那样的干干净净,一见到我,似乎还非常熟络,只是叫唤声中多了些丝丝的委屈,一时,我也几乎忘了几天来搜寻小猫的辛劳和困扰之苦,便即刻领它回家,从冰箱里给它取出"猫食",我想它一定也是饿坏了。

如此状况,在接下来的日子里,又常有发生,少则一日,多则四天,经验告诉我,找猫是无效的,而唯有等它在外面混够了自己跑回来。

我后来也一直怀疑,在我多次的找猫过程中,这小家伙那一刻也许就躲在某一个隐蔽的树丛里,正看着我那副狼狈的样子而暗中偷笑,于是便下定决心,再也不做那庸人自扰的蠢事了,但每回,心中还是有那么一份不安。

在照料小猫的成长过程中,让我们操心的除了它会偶尔走失,更多的莫过于它在外面游玩时所面临的安全问题。也许是因为我和儿子平时对它的那份怜爱之情,及过多的悉心照料,由此而夜以继日地在消磨锐减小猫其与生俱来的固有性情,即所谓猫的"野性",可以想象,它一旦与其他的野猫发生相争时,"基诺"必然会处于一种弱势,而不堪一击。

"基诺"第一次的受伤,至今还让我印象深刻。那时,诗元正在国内休假,那一天,我和诗元比较晚回家,夜色中,看到小猫正蜷缩在那道旁的昏暗灯光下,发出极微弱的声音,就是不肯爬起来自己走,诗元就顺势把它抱在手上,再凑近灯光一看,不由感同身受而伤感之极,只见小猫浑身上下几乎到处是伤口,有几处还在冒着淤血,看情形简直糟糕透了,很着急,可天色已晚,已无处替小猫寻医,我们便抱着小猫回到家中,忙碌了好一阵,主要是清理渗血的伤口,"基诺"这时候,似乎特别乖巧,安静极了,还时不时用爪子沾着嘴里的唾沫,在一些伤口处来回地舔来又舔去,看似在自我疗伤。

接下来,差不多有两个多星期,"基诺"都静静地蹲在沙发上,用自己的方法沾唾沫在伤口处进行自我疗伤,也不见有丝毫痛苦的样子,也再不嚷嚷着要出去了,我们就眼看着小猫身上那二十余道伤口,慢慢地日趋愈合。

"基诺"在疗伤过程中的表现,实在令我和诗元感动,尽管"基诺"是一只还年幼的猫,但它有着十分坚强的意志力和克服困难的能力,在二个多星期后,小猫的伤口便痊愈了,它又恢复了以往每天要出门游玩的习惯。

当然,在往后的一些日子里,小猫时而还会有一些不同程度的受伤,但情形一次比一次有所改善。

我依然坚持每日的放养政策,寄希望于能维持猫的自然"野性",而不至于因宠养而让猫自身的性情丧失殆尽。

关爱怜惜一些小动物,是人类慈悲心怀的情结所致,但必须要尊重小动物其固有的自然生活习性,不要去扭曲它,要将心比心。

"基诺",它毕竟是一只猫,当然是一只比较温顺的猫,但当你企图用所谓的"人道"态度来善待它、宠爱它,或许是仅仅满足自我的一种莫名其妙的心理愿望,这未必是件好事,或所谓的善行。

"道不同,不相为谋","人道"比较"猫道"而言,显然会产生极不对称的盲点。

有过这一阵养猫的经验,我发现当你和小动物相处久了,它会分辨出你的脚步声响,其嗅觉的灵敏,恐怕人的嗅觉是无法企及的。我每次回家,小猫都会迅疾地摇着尾巴,从某个角落里跑出来,发出欢快的叫声,然后跟着回家。

看似是个小不点,身体柔软的小猫,鬼精灵般地聪明,一身黄灿灿的毛发,一双似乎有内容的圆圆眼睛,对自然环境的适应,实在要高过人对自然环境的适应。每当严寒、酷暑,或刮风下雨的日子里,人们会不断地改变着不同的服饰来抵御自然环境的变化,而小猫却能始终如一,很显然,人类在自然界的适应度还远远不如一只小猫。

我过去,其实也一直反对宠养动物的,也常常以"玩物丧志"的警训,教育和开导诗元,但如今却不这样认为。当每天看着小猫"基诺"在花园里自由自在地游玩,这里嗅嗅,那里抓几下,又时而翻滚逗乐,或撒腿奔跑,我会觉得很惬意,会很欣赏这样的画面场景。

苦中有乐,小猫"基诺",还是给我的居家生活带来了种种的乐趣。

2005年4月于上海

小猫"基诺"之三

人生很辛苦,活着,就必须要去谋划生计,不仅仅要养活自己,在适当的年龄成家之后,更是要善尽责任去设法养家糊口。而且人是有思想的,多少会有些美梦和不同事业的追求。这就自然会要求在社会生活中去图谋个差事做,也就必然会在日常生活中形成"早出晚归"的行动规律而莫之奈何。

"日出而作,日没而息",大多数人都如此,我也亦然如是。

但是,我不曾想到,我家收养的小猫"基诺",它在我家生活已逾四年之后也越来越变得乖巧而温顺了,再也不会胡闹也不会走失了,而且也逐渐适应每日"早出晚归"的行动规律了,它还非常地守时准点。很显然,这一定是受益于我们居家生活环境的潜移默化之功效,而日趋于我们人性化的行为样式,它自身所固有的"猫性"已然呈快速地蜕化而愈来愈亲近我们人类了。

现在的小猫"基诺",不管是在家里,还是在楼下花园里,它见到所有陌生的人都不会再有恐慌的神色,它只会瞪着一双大大圆圆的猫眼,在茫然中略带有亲善的意味张望着。倘有人去抚摸它,它也会温和地接受而不会有丝毫的敌意去抗争。

我常在想,猫的天敌一定是老鼠,只可惜在当下都市环境里,却很难见到有老鼠的踪迹,所以很难想象,现在的小猫"基诺",它有着如何对老鼠的态度。

在家里,小猫的生活作息制度是有秩序的,在每天早晨用餐后,小猫就会根据当天的天气状况而作出判断,根本就不用我和太太帮着操心筹划。

当逢着下雨的日子里,它便会在餐后跑到阳台上蹲着发呆一会,随后就在客厅里找一个舒适的位置,开始安安稳稳地盘腿睡懒觉而消磨时间,它好像从不觉着寂寞的困惑。

但如果是到了晴天的日子,则不管是酷暑还是冰冻严寒,它都会在餐后就即时地蹲守在我家外出的大门口,时刻准备着跟我出门。通常我把它带到楼下花园里之后,都会陪着它玩上一阵,也就是兜上几个圈子,然后我再找机会偷跑,因为,小猫特别地黏人,常常会执拗地跟着,每当看我执意要走时,它就会流露出一种无奈的神色,瞪着眼望着我,有时也会喊几声,对此,我心里常会觉得很不舒服,所以我已习惯了早晨陪着小猫在花园里兜圈子,也就权当作每天的散步而已。

而在每天日落后的傍晚时分,小猫"基诺"就一定会适时现身在我家电梯门口的一溜台阶上。这个时候,也许是小猫玩了一整天而太困乏了,它通常会很舒适地呈睡姿横躺着,丝毫也不会忌讳有人路过而跨过它的身体,甚至有一些邻居家的小孩出于好奇要逗它玩耍,它依然还是不理不睬地保持睡姿而尽可能地不为所动。

可是，它只要是一旦察觉到我和太太的声响，有时也只是单纯的脚步声，小猫"基诺"就能及时地辨识，它会表现出一种超乎寻常的灵敏反应而迅捷欢快地向我们跑过来，然后，它非常亲昵地、悄无声息地靠着我们脚边，边摇着尾巴而紧随着我们回家。

偶尔在天色还明亮时，小猫还会在草地上翻几个滚，或者是抓着就近的树干上下蹭几下，表情极其地认真，好像要逗我们高兴，真是乖巧极了。

之后就一路乘电梯、进家门，小猫这时就一定会走在前头，熟门熟路的，绝不会走错。

它每天回家后的第一件事则莫过于找寻它要吃的食物，它会直奔它的食堂——厨房的一角，一旦发现没有，它会非常急迫地绕着我走，会不停地叫唤，这时候，它的脾气简直坏透了，直到我安排好它的伙食，彼此才相安无事。

在小猫晚餐后，它就不会太多地打扰我们，它会安安静静地蹲在一边，用爪子沾着唾沫梳理清洁它自己的一身黄毛。小猫非常地爱干净，在近一年以来，我听了朋友规劝，已放弃了每星期给小猫洗澡的安排，可是小猫每天都把自己整理打扫得干干净净而容光焕发。我后来才明白，猫很爱干净，它天生很怕水，它会自己梳理清洁，这也是猫的独特专长。

小猫在我们家里是无所顾忌的，它似乎能清楚地知晓到，它有这样一个属于它自己的"家"。

它在"家"里可以纵情而非常悠闲地玩耍，踱来踱去的，有时也会跟着我们糊里糊涂地看电视。记得有一次儿子诗元在电视里播放《加菲猫》的碟片，也许是看到小猫同类的有趣表演,"基诺"居然十分专注而认真地在旁观看,在这过程中,它还不时地随着影片故事的情节而摇头晃脑,好像是看懂了一些剧情,这可让我们全家乐呵呵地高兴了好一阵。

在"家"里,小猫会觉得很安全,它可以到处随意地躺下,不管是桌子椅子还是地板上,当然它最中意的还是柔软的沙发,它可以非常安稳地进入梦乡而不用有丝毫的防范戒备,每晚睡觉几乎和我们同步而一觉到天亮。

我和太太每天为小猫善尽的责任,也就是安排好小猫的一日两餐供应。超市的猫粮和菜市场里新鲜的鱼是必需的,如此而已,以保证小猫每天能品尝和享受到早晚两餐丰盛又精美的伙食待遇,以获取小猫每天所必需的营养补充。

在如此无忧无虑的"家庭"里生活成长,必定会身心安逸而导致体格的茁壮成长。小猫原本就肥胖的富贵体态,现在已愈来愈显得圆滚滚而硕实肥大,看上去更觉着敦厚而可爱,它的每一个动作和表情,直透着朴实的美学情趣。我和儿子为它拍摄的相片,已经有厚厚的一叠,都十分地精彩。

我有时在想,小猫有如此敦厚可爱的形象,似乎也应该有所作为而报效社会,倘能做一些电视广告的产品代言,我相信小猫"基诺"本身所具有的大众亲和力,一定不会逊色于一些大小明星的故作姿态,而且,拍摄成本一定相当地低廉,当然,要求不高,充其量也只是想能换回几袋猫的口粮而已。如此也能让小猫做到"自食其力",而让更多的人欣赏到小猫"基诺"那敦厚可爱的风采,又何乐而不为呢?

含醇守朴,无欲无求,悠然以自得。

小猫在"家"里的生活,显然是非常地健康、快乐而自在。

我和太太、儿子都很喜欢小猫"基诺"。

2007年5月17日

小猫"基诺"之四

差不多又一年有余的时间过去了,在我家居住的香榭苑里,小猫"基诺"的名号之响亮,已完全出乎我的意料。它在生活里的一些趣闻轶事,亦愈来愈被众多邻里朋友所熟知而津津乐道,它还常常被冠以"猫王"的显赫称谓。

思想来,"基诺"这小家伙能有如此亮眼而广泛的声誉,这绝不仅仅是因为它长着一副极酷似"加菲猫"的模样,以及它有着多次上电视银幕作秀和被报纸版面介绍的机会。我以为,最能激发人们对小猫的关注和议论,这必定还是在于小猫"基诺"其非常独特的生活习性。它那几近似于人性化蜕变的行为表现,不但会让人们啧啧称奇,就某种程度而言,"基诺"在当下所给予人们的直接观感和印象,都几乎颠覆了目前一般社会常识中人们对于猫的普遍认知和判断,尤其对于一些在以往有着丰富养猫经验的人士而言,则在羡慕之余,更多的是不可思议。

迄今,我还不曾听说有类似"基诺"的传奇故事。

小猫"基诺"的行为,如此善解人意,的确颇为神奇,特别是近一年来,它已然更日趋于稳定的生活作息时间,它已完全融入并适应了我们在日常居家生活里的常态。

"早出晚归"的日子,让它不仅享有居家舒适生活的安逸,更是能自由自在地穿行于户外的花草树木、凉亭石径和小桥流水所构筑的美丽造景间,而享有清新的自然空气。它绝对过着无忧无虑而快快乐乐的生活。

　　每当看着小猫"基诺"在生活里的表现,都会让我感同身受而由衷地体会到莫大的欣慰。

　　如此中规中矩而饱食安逸的生活起居,让"基诺"的脾气性情已愈来愈变得慵懒而无所作为。不论小猫是在家中赋闲,还是被放在楼下的花园里,我已很少看到"基诺"在跑动的状态,它好像只有在吃饭的时候,似乎还能够保持精神抖擞的明快节奏,而在其余的时间里,它大多是趴着或是躺着,而且它绝对会采用一个最佳又最舒服的姿态,一种似睡非睡的模样,神情安定而悠然自得。

　　要论这种好逸恶劳、饱食终日而无所用心的生活品性,也许就是小猫茁壮成长的催化剂。早些日子,给它称体重,小猫足足有15斤的重量,已愈加壮硕而肥胖了,不过,它很健康,一双眼睛时而也会炯炯有神,特别在面对一些"强敌"的环伺之下(经常有顽劣的孩童,有凶狠的野猫,也有一些超大型的狗在园子里侵扰小猫),小猫"基诺"的机警反应、速度判断、爪子的锋利依然决不含糊,它似乎有着与生俱来却又强有力的自我保护意识。

　　猫亦有道,目前它这种生活状态,也许正是小猫心目中最为理想的生活品质。

　　"饿了吃饭,困了睡觉",我以为,这在小猫的思维意识里,一定是仅有而唯一的欲念诉求,简洁而明了,它直接指向生命活动而求得生存的最基本乃至最重要的条件。

观察"基诺"对日常生活的态度,它很容易知足而要求甚微,这也许正是得益于它先天性的智商匮乏而导致其七情六欲的单纯而低能。

但凡聪明者,一定会多事,也必定会有理不顺的烦恼。而"基诺"这般愚笨又少识寡欲,似乎足以闭塞外诱之心扉,而能以静制止内欲的躁动,它一定是生活在自我美妙的意识里,它也许也经常会做梦而乐在其中。

很显然,平淡的生活,看似无味,但很安逸。在无衣食之虞的保障下,小猫"基诺"能如此自由自在地屈伸舒展而无忧无虑地快乐生活,这不由让我想起这状态,或多或少,都有近似于"禅悦"的超然境界。

我有时在想,甚至在怀疑,这小猫"基诺"应该是一只来自生命天堂里的"福猫"。

2008年10月7日

小猫"基诺"之五

小猫"基诺"在我家的生活成长,已过去了 11 年,也许这生活的日子,实在是太过于享受,舒坦、舒适而终于"乐极生悲"。就在去年岁末的一个星期五的晚上,小猫"基诺"可莫名其妙经历了一场"大难",其来势凶猛而突然。

当时我正驾车行驶在回家的路上,我接到太太丽苹的电话,言辞急迫又带着悲情:"你快回来,基诺快不行了!"

霎时,我懵了,片刻间我心跳得非常地慌张而不知所以然,似有一种对生命行将死亡的恐惧占据着我的思维。

于是我迅速赶回家要一探究竟,当我回家推开门时,一幅非常凄惨糟糕的画面就展现在眼前,只见客厅一角,"基诺"正软趴趴地瘫在地上,浑身像是散了架似的,呈痛苦状奋拉着脑袋,眼睛是紧闭着的,也许是疼痛难忍,它时不时会抽搐几下,伴着几声非常凄厉的哀鸣。我太太就蹲守在边上,早已没了主意,直喃喃地重复一句话:"怎么办?"

此时此刻,我脑子里就只有一个念头,就是能尽快地将"基诺"弄到楼下的花园里。这在我当时的潜意识里,不管后果怎样,楼下园子里的环境、空气,绝对要优胜于我家中狭小的空间,哪怕是它真的已熬不过这生命的大限,但愿它也能在它平时喜欢的树丛草地间,走完它生命的旅程。

于是,我顺手就抱起小猫,快步乘电梯下楼,就在我跨进电梯一刹那,怀抱着的小猫又突然一阵猛烈的抽搐,又是几声凄厉的哀鸣,只见它的右眼溢出淡淡的血水,一路就滴淌在电梯、过道和去花园的台阶上,这也似乎滴洒在我的心坎上,真让我伤心不已,至今我还不知这究竟是怎么回事。

到了花园里,四处静悄悄的,几盏庭院灯散发出幽幽的光,夜色中,我感觉到了几份凄凉。

我把小猫就安放在它平时最喜欢玩耍的一块树丛草地间,这时的小猫也不动,悄无声息的,依旧是软趴趴的,浑身像是散了架似的,呈痛苦状耷拉着脑袋,眼睛是紧闭着的,周围安静极了,静得让我有些害怕,我就在小猫边上守护着,总期盼着小猫能熬过这艰难的时刻。

大概也就一刻钟的时间,突然,"基诺"又爆发一声凄厉的哀鸣,随着它一个激烈的上蹿腾跃,足足就跳出了有三公尺之远,瞬间,它就在我视线中消失了,它已躲到了一个十分隐蔽的旮旯处。

然而,这眼前的一切,让我猛然回想起,我曾听过这样一个传说,就是猫类有一种特殊的本领,就是它能确切知道自己寿终的生命大限,而每到这个时刻,它都会找机会离开它的主人,它一定会争取跑出家门,去找一个僻静的隐蔽处,它会面对一个方向而孤独地离去,想到这,我的心不由紧张起来。

因为小猫基诺的实际年龄,的确是无从查找,从开始认识到领回家这13年是实实在在的,可当初它就已经是一只大猫了,这之前的情况就很茫然。

而猫们的寿数,约在 17 岁到 20 岁之间,如今似乎就已到了该寿终正寝的年龄? 于是,我这脑子里就这样稀里糊涂地进行推理,当然这样推理的结果,可让我忧郁而紧张的心情,能有所释然。

　　也正在这时,儿子诗元也出现在园子里,他也是接到妈妈的电话后急速赶回来了,这小猫也是他生活中的最爱。

　　在漆黑的夜色中,诗元用沮丧、悲切的表情望着我,语调哽咽地问我:"这,怎么办?"我于是就把我推理假设的结论告诉诗元,并细加分析生命无常的道理,我希望这也能平复儿子这焦虑纠结的心情。

　　而眼前所发生的过程,似乎也证实了我的一些判断和推理,特别讲到猫对于处理死亡的特殊本领。

　　一会儿,也许是我和诗元讲话的声音,又影响到小猫独自的清静,只见三公尺开外的树丛里,又腾身跃起一团影子,伴着几声凄厉的哀鸣,眼见小猫"基诺"正朝着更远的方向蹿去,中间还越过了一条水沟,这显然是在刻意回避我们。

　　儿子诗元闻声就要过去探视。我便顺势就拉住诗元,这时,我似乎更有道理来进行劝阻:"不要以自己人性的思考去度量小猫,猫们有属于它们自己的生活道理。"我不免又细声重复讲述猫们对死亡处理的特殊本领。

　　由于怕再次惊扰小猫的清静,之后我和诗元便相对无语,而此时,夜色更深沉了,已过了子时,寂静的院子里就我和诗元站着,却又不能发出声响。我想我们再继续待在园子里,也无事无补,于是,我便劝说着诗元回家,现状也确实很无奈,诗元也就极不情愿地跟着我,一步一回头地上楼回家了。

这真是一个不眠之夜,第二天,当太阳一露脸,我便又急着下楼去寻找小猫,不知小猫"基诺"是否能熬过这艰难的时刻?或已孤独地离去?这份担心,总得有个落实。

可是奇迹发生了,当我走出电梯,只见小猫正蜷缩在台阶上,它居然还抬起头来,朝我发出"喵喵"的叫声,而这时诗元又紧接着闪现在我背后,同样发出惊喜的叫声。此时此景,简直太让人兴奋了,真是"梦"醒来,景物全非,而这个"梦",就是一场噩梦,而且小猫的神色依然如故。

这小家伙一进家门,还是那样嘴馋地就直奔厨房而去,去吃它每日几乎一样的猫食,有块粒状的猫粮,有浓稠的猫鲜食,还有它喜欢吃的熏鱼……

所有的一切不幸,似乎都已过去。

否极泰来。

我不得不相信,猫有九条命的传说。

经过此次"大难",小猫"基诺"定然后福不浅。

现在我每天在微信上都有基诺的形象代言,我企图让更多的朋友来分享小猫基诺的"福分"。

2014年3月

小猫"基诺"之六

用文字来串联我家小猫基诺的有趣生活片段,在我是有着浓厚而执着的雅兴,这也是小猫那萌样憨厚的性情和它那悠游自得的生活状态,会常常令我感动的缘故。

当然,文字记述是有阶段性的,也必然会应着不同阶段非常故事的感动,以肆志、以寄言、以广意而成文。

2008年10月曾写过《小猫基诺之四》的记叙文,之后有六年之久,小猫都已不在我的字里行间走动了,可想这六年里,小猫的生活一定是平平安安,乐哉、悠哉地度过了。

直到2014年的早春三月,小猫在经历了一场突发眼疾的劫难之后,它才再度走进我的字里行间,仅一个通宵达旦的折腾,确也是惊心动魄的过程,恰逢我忙于书稿整理付梓出版之际,便因此事件而即兴撰写了一篇短文,也顺势编入了当年的拙作《艺林闲思录》里,以续接我之前撰写的《小猫的故事》一文,共计五篇。

今天,我不得不再次提笔,因为这两年多来,小猫基诺的生活状态,可再也没有恢复到以往那朝气蓬勃而肆意欢快的日子。

就在2014年3月的这场突如其来的劫难之后,我原本以为小猫命大福大,亦已平安顺利地躲过了那场突如其来的劫难,也就在我为之庆幸了一段时间后,却很快就从小猫的日常生活状态中,发现并清楚地意识到,小猫的生命体征,从此已呈非常明显的快速衰老的颓势。自然,由于它年岁的与日俱增,其生命能量和寿数的有限,也是极无可奈何的残酷现实。

其中一个显著的变化,就是小猫已大幅减少了它平日里的活动,也很少有主动要求外出的欲望,尽管它还能一如既往地经常出现在我家楼下的花园里,也时常还会在花园里一呆就是一整天,这主要还是由于我主观的意愿和坚持,因为我总以为,让小猫基诺能习惯地在花园里散养,必然会有益于它的身心健康,而更何况这也是小猫十多年来早已适应的放养生活。

特别是在阳光灿烂、时和气清的日子里,何不让小猫能况味寄情在这楼下幽致玲珑的花园里而自由溜达? 这里有溪水湍流,有花草毓秀,有嘉木树庭,更有着纵横铺设的红砖小道和凉亭、木桥……

昼则熙浴于阳光的抚慰,晚则眺赏落日的余辉,而每每在清晨,小猫还能吮吸到片片绿叶上晶莹的甘露,在这并不太大的花园里,在小猫的视野和心境中,可是一片天地交汇的大世界,在这里,小猫的身心活跃,得以自由地舒卷。

可是现在,小猫已无复往日嬉戏玩耍和活跃奔跑的天性,它的体能表现,已是十分地慵懒,能不动就不动,只是在它的意识里,尚还能勉强保持着尾随我散步的习惯。当然每次随我溜达的时间也愈来愈短,亦步亦趋的动作,也是愈来愈慢,甚至经常走不上几步远,便趴着憩息,完全像是一个迟暮耄耋的老人。只是小猫的形相,因为裹着一层浓密的黄毛,是绝对看不出小猫已呈衰竭的模样,怎么看,它依然还是一只敦厚、性情温和的小猫。

就在一年前,还闹出个不可思议的笑话,居然有邻居为了讨她女儿的欢心,也一定是观察窥视了很久,有一天,趁着小猫在我家后门台阶上蹲守等候时就给抱回了她家,并为了安全收养起见,还特意抱小猫去我家小区门口旁的宠物医院,花大钱给小猫做了全身健康检查,而且,得出的诊断报告显示,小猫基诺居然是一只非常健康的小猫,真是天晓得! 也可见现在兽医院的唯利是图,已是何等地荒谬。

可这一天,我可惨了,累了大半天就是为了四处找小猫基诺。那天又下着雨,直等到傍晚才有小区保安陪着这位邻居,找到了我家。这实在也是因为小猫有着坚强的意志力,随便怎么折腾,它不管是在宠物医院,还是在邻居家,就是不吃不喝的,并且是不停地叫唤,直让人听得心烦。

当我走进邻居的家门,就听到小猫在里面不停的"喵喵"声,直透着哀愁与无奈,我赶紧循声望去,看到小猫蜷缩在一张大长条桌子的底端旯旮处,伸手确也撩不到它,当小猫的眼神对上我的视线,它便即刻缓缓地爬了出来,可叫唤声还在持续,只是变得更加急促而迫不及待了。

如此失而复得,我很激动,伸手就把小猫抱进了怀里,这时我才看了一下这邻居家屋内的场景,只见一个中年男子领着一个小女孩还呆呆地站在一边,也不吭声,在靠近阳台落地窗的地上,中规中矩摆放着干和湿的猫粮及一碗清水,在不远处还给小猫准备了厕所——一个放满猫砂的塑料盆,都是崭新的,可谓一应俱全,显然,这邻居家也是诚心诚意要收养基诺这只小猫的。

既已找回了小猫，我也无意去指责邻居家的这番作为，也就不在乎邻居家喋喋不休的说辞，我便抱着小猫匆匆告辞了。

这失而复得的故事也实在太过于离奇，但这也足以证明小猫其惹人喜爱的魅力。

小猫已整整饿了一天了，得赶紧给它弄吃的，我也难得看到它狼吞虎咽的模样。

猫类实在大不同于人类，所以根据小猫的外貌形体，是无法来判断小猫体能的盛衰程度的，可我确已非常清楚地知道，小猫的生命体征和健康程度，已在每况愈下，在小猫的日常生活里，慵懒地发呆和愈来愈不活动，几乎已成了常态。

现在不管是在楼下花园里，还是在家里，它只要是在吃饱喝足的情况下，就一定会及时找一个地方去独处、发呆，当然，每次餐后，它自我打理卫生、爱干净的癖好，还始终保持着，用一双前爪舔着唾沫，浑身上下地捋一遍，非常地认真，连一根小尾巴也不会放过，之后，它便形同木偶般端坐着发呆，渐渐会闭上眼睛，看似在打坐，再时间一长，它就会顺势躺下，直到它肚子饿了，又要找吃的，这时它才会挪动身体，这也是它最佳活动的时候，它会挪动着尾巴，绕着我，也不吱声，神色间可没有丝毫乞讨的意思，只是有时等急了，不耐烦了，便会冲着我命令般地叫唤，眼神是非常地傲慢，而等到它吃饱喝足了，它便会闪身，堂而皇之地离去，它可不在乎你的什么感受，不会有些许感谢的表示，这也许就是猫类其贵族作派的自然天性，一切都是理所当然的。

小猫也只有在饿了要吃的时候,才会竭尽它的能量来活动,所以,我总特别注意安排好小猫的饮食,随着小猫活动量的逐日递减,小猫的胃口也是愈来愈难以伺候,必须得常常变着花样,变着法地来喂它,因为营养的摄取,对维持小猫的健康和增强体能实在是太重要了,我也清楚地知道,小猫的消化吸收功能也正逐步衰退。随着小猫年岁的与日俱增,这也是不争的事实,我唯有尽心尽力、尽己所能罢了。

　　看到小猫的生活状态,特别近几个月来,我愈来愈觉得似乎有一种不祥的阴影正步步逼近小猫……

2016年11月

小猫"基诺"之七

又到今年的早春三月,风和日丽,应该是阴阳调和,万物复苏咸得其宜的大好时节,可我家的小猫基诺,却连续遭遇两次大小便失禁的尴尬窘境,这当然是一时的,我也及时给予了卫生处理,可小猫是有洁癖的,我看当时小猫那忧郁的眼神,已是非常地沮丧,似怀有一种无可奈何的茫然自责,那瞬间,我心头也不由在隐隐作痛,又突然感到似有一种莫名的不祥,冷冰冰的而无所释怀,显然在我的内心已被蒙上了一道凄恻的阴影,满充着悲悯的况味。

此后,我大多的时间是在家陪伴着小猫,在潜意识里又总担心着会发生什么,看小猫的生命体征与生活状态,都也在每况愈下,小猫生活的精气神,似乎也已憔悴不堪,它每天除了在吃东西时还稍能有所活动,而大多时间则是迷迷糊糊地嗜睡而昏昏沉沉。

……悠悠岁月,真不知老之将至。

我心中的担忧,更是一天甚过一天。

后来,我干脆在客厅靠阳台的位置,特意给小猫搭建了一个临时居所——也就是用纸板盒上下裁剪出个门框和窗框,里面铺上些毛巾被之类的,再在周边摆放些吃的喝的,企图让小猫的日常生活能更便捷、更随意些,就这样,困了睡,饿了吃。因为小猫的饮食胃口已是愈来愈差,平日也不见有所活动,为了保证它每日必需的营养摄入,以维持其生命体能的基本保障,也是不得已而为之。

当然,我每天还是坚持抱小猫去楼下花园里,尽管它在花园里也懒得一动,但毕竟有花草树木的陪伴,能让小猫游游清风,陶陶阳光,荡荡春心,我也乐此不疲,只盼着小猫能平平安安。

可就在 4 月 11 日的傍晚,在我刚喂好小猫不久,只见小猫忽然纵身一跃,跳进了一个刚取出水果的空盒子内,而这纸盒的空间,又十分地狭小逼仄,也仅塞得下小猫的身体,还必须是盘着腿了。这一霎那,简直太出乎我的意料了,看似小猫在突发奇想,我一时也十分高兴而感慨。一直病快快的小猫,居然还能有如此慨而慷的动作,我也未加细想,只觉得有趣而宽慰不少。

也就仅一个多小时之后,我便听到纸盒内有一阵骚动,并伴着小猫一声声急迫的叫唤。我赶紧凑近察看,只觉得小猫似乎被什么给羁绊住了而急于要出来,于是我顺手就把小猫给抱了出来。可才一落地,我就发现小猫的两条后腿已呈僵直的状态。当时我也并不在意,毕竟小猫已有两次大小便失禁的记录,也是由两条后腿僵直引发的,所以我还是寄希望于小猫自我疗伤的能力修为。

这一晚,我几乎也一直在失眠的状态,因为要不断注意小猫的大小便问题,还要时不时地帮助小猫揉腿以助康复。

第二天一清早,我就抱着小猫去楼下的花园,先沿着小猫以往溜达玩耍的路线转了一圈,小猫在我怀里也是睁大着眼睛转悠着,等来到一棵大树下我才放下它,并继续帮它揉腿活络关节,希望能逐渐奏效,可小猫仍旧无奈地躺着,只一双前爪在空中伸来挠去的,眼睛里满是迷茫的落寞和哀伤,我的心也好痛。

就这样持续了有三天的着意调理,可小猫的病况非但不见有丝毫的起色,还出现了四条腿肥肿的症状,这时我急了,儿子诗元也直催着我赶紧送小猫去医院就诊。而且有一个颇具规模的宠物医院,就在我家小区边上,只是由于我过于自信,也就忽略了这个医院的存在。

当我抱着小猫踏进医院,居然还有几位医生认出了它,毕竟距那次小猫被邻居抱去体检,也已过了大半年之久,可想而知,小猫独特的体态相貌也是让人印象深刻。不过看小猫的现况,这几位医生都觉得十分地诧异而不可思议。

在接下来的诊疗过程中,小猫自然是苦不堪言,可有病治病也无可奈何。经过一番检查,小猫被确诊为肝功能衰竭,必须每天按时打针吃药,七天为一个疗程。

这有办法总比没办法强。之后的一周,我全天候照顾小猫,并遵照医嘱,每天抱着小猫去医院打针、灌食药丸,儿子诗元也及时从网上搜寻到专治动物肝功能衰竭的进口药物。如此认真的治疗,三天之后还真有所见效,不仅是小猫腿部的肥肿症状已明显消退,可喜的是它的两条僵直的后腿,也有了活动的迹象,小猫竟然可以跛着一双病腿走上几步了,而更让我感慨振奋的是,有两个晚上,小猫还不等我去抱它就能踮着一双病腿,从阳台穿过客厅而直接走到我的床前。这不由使我更加信心满满,期盼着命大福大的小猫能再次渡过难关。

可人算不如天算。

4月22日这一天,晴朗的天空,碧蓝碧蓝的,飘浮着几朵悠悠白云,可我的心情却非常莫名地沉重。看着小猫在阳光的沐浴下,正费劲地用舌头舔食着鱼汤,可每次好不容易吞了下去,却又即刻吐了出来,我就觉得情况不妙,不由忐忑不安,总觉得会发生些什么。

当天上午,我还必须陪太太丽苹去太仓中医院看诊,也就几个小时的往返。在临出门时,我尽可能妥善地在小猫身边摆放好食物和水,并在午后1点就匆匆赶回,还特意带回了一条长江刀鱼,这也是小猫最喜爱的食物。小猫依旧躺着,但眼睛随着嗅觉,紧盯着我递给它的刀鱼,可怜的小猫,仅费力地用舌头舔了几下,终于还是乏力而无奈地放弃了,后来我再怎样喂食,它还是开不了口。

整个下午直到晚上,小猫几乎都是昏昏沉沉的状态,我也时不时地抱它去楼下的花园转转,只希望看到小猫能奇迹般地逐渐康复,我还是坚信猫有九条命的说辞。

可奇迹终究没有再来。

晚上9点30分,当我再次把小猫抱回家,大概仅5分钟的间隙,小猫突然一阵猛烈地抽搐,随即发出极为恐怖的咆哮声,我突然心头一悚,好似要出大事了!便即刻抱着小猫迅速下楼,过程中,小猫在我怀里似又安静地睡着了。

这时的花园已是一片漆黑,只有几盏庭园灯散着幽幽的冷光。静寂的四周,似透着凝重而不祥的气息。我怀抱着小猫鬼使神差地来到了它平时最喜欢玩耍的一棵大榆树旁的草地上,小猫静静地躺着,微微地喘气。大约过了十分钟,小猫再一次爆发出猛烈的抽搐,接着是一声伤痛欲绝的狂啸悲鸣,直击我的心智!这一声,是那样地挣扎不屈和愤恨,那应该是小猫在临死前焦躁的狂怒和无奈的悲鸣。因为在这一声狂啸悲鸣之后,小猫基诺就再也没能缓过气来,终究是无助地停止了呼吸。

是的,不过几秒钟的时间,小猫基诺就这样走了。

周围再次回归寂静,夜空中有丝丝的凉意袭来。为了尽快让小猫入土为安,我赶紧上楼回家,找到挖土的工具及一件洁白的羊绒衫,便又回到花园。时间又过去了约半个小时,一切还是那样地静寂,没有一点儿声响。小猫的遗体就横亘在我的面前静静地躺着,我顺势在大榆树旁挖出一个洞穴,这是小猫多年来最爱嬉戏玩耍的地方,也是它抵达生命终点的位置。我用羊绒衫包裹好小猫的遗体,继而放入洞穴,再挖土掩埋。

此时,真是百感凄恻而唏嘘不已,我相信一个生命的躯壳虽死而其灵魂是不灭的,在死亡的深处不无魂魄在漂泊……

可就在我将小猫的遗体安置妥当,在遐想之际,一个极为神奇的现象,让我原本伤痛的心情终于是有所释怀。时间在晚上10点50分,远处突然传来雷鸣般的巨响,是三声非常有节奏的巨响,这恰似三声礼炮的仪式象征(应该是附近建筑工地的施工作业,可简直也太凑巧了!),我不由为之一怔——竟有如此凑巧的三声巨响?莫不是这小猫基诺正是一只来历不凡的小猫,所以才有这般吉祥的礼遇?我想,这应该是小猫基诺的福分。

春夜肃清,朗月垂光。

三声雷鸣般的巨响,似还在夜空中回响而感荡心志,原本我一颗悲怆颤怵的心,也正因此平复了下来,我知道基诺小猫,现已魂归天堂。

从哪里来,又回到哪里去,小猫基诺它已经回家了。

2017 年 4 月

跋

　　值此《艺林闲思录》再版更新之际，首先要感谢中西书局对我拙作的厚爱，得有机会让我对以往的文字论述作一些修正，以求减少谬误之处。因为我从事的专业是图画创作，文字功力有限，偶尔写一些也是不得已而为之，当然，通过对这些文字的阅读，能让更多的朋友、读者，能更进一步了解到我对现实文化环境的一些思考以及我人生体验的一些故事。所以，我十分在乎相关文字论述的品质。更况且，这已过去的6年多时间里，又多了几篇文章，其中最让我刻骨铭心的是，我慈爱的母亲在我六十岁退休之际，突然在日本去世，之后时隔一年，我宠养陪伴了我近15年的小猫"基诺"也离我而去，在今年更是遭遇到厄运的袭来，我最最、最最亲爱的爱妻施丽苹，因不堪忍受这一年半痛苦的医疗折磨，也悄然地离我而去。感慨之余，也就通过文字表达了我当时的心情波动，趁此再版更新之际及时收录。

　　我希望此书的再版能有更多的朋友、读者喜欢。